François Berland
22 septembre 1984

la machine ultime

J'AI LU

A.E. VAN VOGT | *ŒUVRES*

LE MONDE DES Ã	*J'ai Lu* 362***
LES JOUEURS DU Ã	*J'ai Lu* 397***
LES ARMURERIES D'ISHER	*J'ai Lu* 439***
LES FABRICANTS D'ARMES	*J'ai Lu* 440***
À LA POURSUITE DES SLANS	*J'ai Lu* 381**
LE LIVRE DE PTATH	*J'ai Lu* 463**
LA FAUNE DE L'ESPACE	*J'ai Lu* 392***
L'EMPIRE DE L'ATOME	*J'ai Lu* 418**
LE SORCIER DE LINN	*J'ai Lu* 419**
DESTINATION UNIVERS	*J'ai Lu* 496***
LA CITÉ DU GRAND JUGE	
LA GUERRE CONTRE LE RULL	*J'ai Lu* 475***
AU DELÀ DU NÉANT	
CRÉATEUR D'UNIVERS	*J'ai Lu* 529**
POUR UNE AUTRE TERRE	
L'ASSAUT DE L'INVISIBLE	
LA MAISON ÉTERNELLE	
UNE BELLE BRUTE	
LES MONSTRES	*J'ai Lu* 1082**
APRÈS L'ÉTERNITÉ	
MISSION STELLAIRE	
LA QUÊTE SANS FIN	
TÉNÈBRES SUR DIAMONDIA	*J'ai Lu* 515**
DES LENDEMAINS QUI SCINTILLENT	*J'ai Lu* 588**
L'HOMME MULTIPLIÉ	*J'ai Lu* 659**
INVASION GALACTIQUE	*J'ai Lu* 813***
LE SILKIE	*J'ai Lu* 855**
L'HORLOGE TEMPORELLE	*J'ai Lu* 934**
LE COLOSSE ANARCHIQUE	*J'ai Lu* 1172***
RENCONTRE COSMIQUE	*J'ai Lu* 975***
L'ÉTÉ INDIEN D'UNE PAIRE DE LUNETTES	*J'ai Lu* 1057**
LA BÊTE	
LES OPÉRATEURS HUMAINS	*J'ai Lu* 1447***
LA MACHINE ULTIME	*J'ai Lu* 1548***
LA FIN DU Ã	*J'ai Lu* 1601***

(mars 84)

A. E. VAN VOGT

la machine ultime

traduit de l'américain par France-Marie WATKINS

Éditions J'ai Lu

Et si je me révoltais, moi, la machine ? Et si moi, l'Ordinateur, j'étais saisi du démon de l'ambition, si la griserie du pouvoir me montait à la tête (chercheuse) ? L'homme, après tout, est si faible ! Et bête ! Et inutile !... Quoi ? Vous avez dit programmation ? Ah...

Ce roman a paru sous le titre original :

CONFLICT 2100 — COMPUTERWORLD

1

Un homme s'arrête devant le hublot d'un ordinateur Eye-O, au coin de la 2e Rue et de Main Street, à Mardley. Il est 10 h 03 heure locale. (L'an 2090.)

Sa présence à 1,30 m « branche » l'Eye-O. J'identifie immédiatement son profil bio-magnétique : c'est celui d'un Agent d'Entretien d'Ordinateur. Il porte un uniforme de sergent. Son nom est Walter Inchey.

Inchey mesure 1,91 m et pèse 101,3 kg. Il a la figure rougeaude (nuance 11). Il me branche et se tourne vers le sud. Comme c'est une des directions vers lesquelles je peux regarder, j'ai déjà observé, du poteau d'acier où je suis fixé (et qui sert de lampadaire la nuit), qu'à cent mètres à peine un cortège de véhicules à moteur vient de tourner dans Main Street. Il est précédé par un groupe de jeunes gens à pied et l'une des premières voitures diffuse de la musique.

Cela me met en alerte. Aussitôt, j'examine mes circuits musicaux (zone de Mardley). Ainsi, en quelques fractions de secondes, j'ai interconnecté le capteur de la rue avec l'intérieur du véhicule d'où provient la musique. (Ils utilisent mon système de diffusion.)

J'ai maintenant deux points de vue.

Le sergent Inchey me fait face. Il s'adresse à moi.

Le ton de sa voix exprime, selon moi, l'indignation quand il demande :

– Ordinateur, vas-tu laisser ces sacrés rebelles d'Ordimonde défiler dans notre ville ?

C'est une question. Je consulte les mémoires associées. Elles contiennent des résumés de mes 31 années d'expérience à Washington. Et elles comprennent toutes les données non rejetées que je possède sur les rebelles. Il y a de nombreux détails sur les défilés, dans d'autres villes de l'Ouest, durant ces deux dernières années.

Mon sondage rapide tient compte aussi de la situation policière. A une exception près, tous les ordinateurs Eye-O sont limités aux armes DAR 1. L'exception est située à l'intérieur du bâtiment d'Entretien d'Ordinateurs. C'est un type de bâtiment que le Corps a fait construire dans toutes les villes de 1 000 à 6 000 habitants. Dans le foyer de ce bâtiment militaire, il y a un DAR 2.

Je ne peux rien faire. D'ailleurs, un sergent n'est pas un programmateur autorisé. Je fais observer ces réalités au sergent Inchey. Il reste debout à un mètre trente du viseur. Ainsi, je continue d'avoir une perception limitée de l'événement auquel il s'oppose : la limitation, c'est que ces Eye-O de rue ont une réception visuelle et sonique restreinte à une focalité rigide.

En tête du défilé, il y a six jeunes femmes et six jeunes gens. Ils sont tous (comme on dit) légèrement vêtus. Ils exécutent des mouvements que j'ai déjà vus dans des manifestations : un tortillement et une ondulation du torse et des hanches. Les bras se balancent à l'unisson. Les pieds tapent en mesure.

Dans ces mouvements, et dans ce que l'on appelle la danse de salon, il semble y avoir un rapport constant avec le rythme de la musique.

A ce moment, comme Inchey reste dans le champ,

je peux voir qu'il y a un nombre croissant de personnes dans la rue. Des gens sortent des magasins. Ils s'arrêtent. Ils font face à la colonne rebelle. Le sergent Inchey marmonne :

– Bon Dieu, ces imbéciles vont regarder ces bandits.

Tous les véhicules et camions rebelles sont décorés de drapeaux multicolores. Je vois du rouge, du vert, du bleu, du jaune (teintes 2 à 6). Le véhicule de tête est un camion avec une remorque. La plate-forme de la remorque porte une grande pancarte. On peut y lire : VISITEZ LA FOIRE EVOLUTIONNISTE HUMAINE.

Le sergent Inchey se tourne de nouveau vers moi et dit :

– Ordinateur, penses-tu que ces cinglés vont à cette foire ?

Sa seconde question apparaît comme une réponse affirmative à la première :

– Eh, bon Dieu, pourquoi est-ce qu'ils voudraient faire une chose pareille ?

Je suis contraint d'expliquer pour la 9 784 562 387 184e fois que je ne « pense » pas. Dans le sens de raisonner. En réponse à la deuxième question, je lui propose des données historiques selon lesquelles ces villes frontières luttaient dans les premiers temps contre l'expansion des ordinateurs. La portée de branchement de 1,30 m était une option locale de compromis. L'Eye-O est fixé à 2,45 m de haut sur le poteau. De plus, la vision est en biais. Cela signifie qu'une personne mesurant au moins 1,67 m peut seule mettre en marche le mécanisme et à la condition que le corps ait vingt et un ans. Les Ouestiens n'ont pas le droit de brancher l'ordinateur pour une raison irresponsable. Quoi que cela veuille dire.

Pendant quelques instants, après mon explication,

il reste planté là. Puis il hoche la tête. Il serre les dents. Et il s'éloigne.

Aussitôt, cet Eye-O se ferme. Automatiquement.

De mon second point de vue, j'ai observé Main Street, la rue principale de Mardley, grâce à un écran situé à l'intérieur du camion musical.

Il y a là deux jeunes gens, deux jeunes femmes et deux bébés. Les bébés sont dans un parc. Ils portent ainsi que les deux jeunes femmes des protège-oreilles. Naturellement, j'identifie immédiatement les adultes grâce à leur profil bio-magnétique. Les hommes sont Loov Gray et Doord Vaneck, les femmes Fen Orick et Oneena Lister.

Je n'ai jamais vu les bébés et, par conséquent, ils ne sont pas enregistrés dans mon système de mémoire. Les adultes ont été observés pour la dernière fois par moi il y a environ deux ans et demi.

Le jeune homme, identifié par son profil comme étant Loov, braque l'écran sur une jeune femme debout sur le trottoir, face au cortège qui défile lentement. L'objectif télescopique de l'écran « zoom » est sur elle. En gros plan, ses yeux brillent d'un éclat bleu vif. Sa figure est maquillée. Elle porte une robe bleu-gris (teinte 15).

A l'intérieur du camion, dans le vacarme de la musique, Loov crie à l'autre jeune homme :

– Hé, Doord, cette fille me rappelle une copine dont j'étais amoureux au lycée. C'était avant que je rencontre ma belle idéaliste d'Ordimonde, la petite Fen que voilà.

– Garde-la braquée! glapit Doord.

Là, debout, en chemise et pantalon d'homme, Doord se transforme. Il lui vient, visiblement, un buste de femme. Il devient la fille dans la rue... ou presque. Il a fortement tendance à reprendre son propre corps et son visage. Mais, pendant un peu plus de 12 secondes, les deux – Doord et la fille – sont interconnectés.

Brusquement, les traits et les formes féminines se dissipent. Aussitôt, Doord redevient lui-même. (Naturellement, durant toute cette expérience, son profil – qui a disparu de mon observation il y a deux ans, huit mois et cinq jours – a conservé sa véritable identité.)

Doord crie maintenant :

– Je crois qu'elle est chanteuse. Et elle sait que nous faisons passer des auditions. Elle a l'intention de se présenter plus tard dans la journée.

Loov réagit à cette nouvelle sur un ton vaguement sarcastique, par ces mots :

– Ah, Mr Doord Vaneck, comme vous avez des façons féminines! Tu as son nom?

Doord secoue la tête.

– Tu sais que je n'en suis pas encore là. Je ne suis pas un Glay Tate... pas encore.

Loov ne répond pas. Il a reporté son attention sur l'écran. Au bout de 3,6 secondes, il s'écrie :

– Regarde ce gros-là!

Il manipule des boutons. L'image se rapproche d'un jeune homme lourd, en vêtements de travail. Il est debout à côté d'un camion.

Un tel rapprochement visuel d'un individu met automatiquement en marche mon mécanisme observateur. Comme pour la fille aux yeux bleus, identifiée par Doord comme une chanteuse, je prends note que je ne puis percevoir le profil de ce gros jeune homme. C'est parce qu'un écran vidéo ordinaire ne transmet pas les phénomènes des boules d'or.

Comme le mécanisme observateur de profil n'est pas nécessaire, j'enregistre ce qui s'est passé. Je reconnais qu'aucune identification ne s'est produite. Et je déclenche une fermeture.

Ceci s'accomplit à ma manière ultra-rapide habituelle. A l'intérieur du camion musical, Doord commence sa transformation corporelle et faciale pour ressembler au gros garçon. D'abord, il imite sa façon de se tenir. Puis il gonfle ses joues. C'est alors que commence le changement du corps.

Comme pour la chanteuse, Doord ne peut conserver longtemps l'image. Alors, en quelques secondes, il redevient lui-même. Mais, à nouveau, ses paroles indiquent que, durant le processus, il a acquis des informations. Il dit :

– Le pauvre type est gêné parce qu'il est camionneur et qu'il écrit des poèmes. Mais il pense venir nous en lire, s'il peut surmonter sa timidité.

La réplique de Loov est un de ces truismes dits philosophiques comme j'en entends beaucoup dans la bouche des êtres humains. Cela se rapporte vaguement à ce qui vient d'être dit. Mais c'est essentiellement hors de propos.

– Les créateurs ont bien du mal, ces temps-ci. L'ordinateur écrit les meilleures histoires, compose la meilleure musique et n'est jamais intimidé ni gêné. Enfin... (un soupir) assez de tout ça.

Il retourne à l'écran et, cette fois, il montre deux hommes côte à côte.

– Dis donc, Doord, regarde ce type maigre. Et qu'est-ce que tu penses du gars bien habillé à côté de lui ?

Le premier individu est un jeune homme mince et musclé. Ce qui distingue le second, c'est qu'il porte un costume, avec une chemise apparemment empesée et une cravate rouge (teinte 3).

Alors que le camion passe lentement devant les deux hommes, Doord les imite à tour de rôle.

– Là, Loov, nous avons un parfait spécimen physique. Cet homme a des muscles. Et de l'énergie. Rien qu'un instant, je me suis senti en parfaite santé. J'espère bien qu'il viendra à la réunion. Et, pour une fois, c'est quelque chose que l'ordinateur ne peut pas faire : disputer une course à pied. L'autre type est un musicien... hé ! (Sa voix baisse de plusieurs tons.) Hé, dis donc, il vient ici !

Le jeune « musicien » élégant s'est avancé brusquement. On le voit brièvement sur l'écran, souriant, semble-t-il, directement à l'objectif braqué sur lui. Je ne le vois que pendant quelques secondes. Puis il disparaît du bord de l'écran. Quelques instants plus tard, Doord va vers la porte arrière, de ce côté. Et j'entends quelqu'un parler. (Doord aussi est hors de mon champ.)

Ce quelqu'un a une voix de ténor, avec un soupçon de baryton, et parle en respirant rapidement :

– Monsieur, qu'est-ce que c'est que cette histoire d'auditions ?

J'entends la réponse de Doord :

– Nous, rebelles d'Ordimonde, sommes assez cinglés pour croire que le talent artistique doit être encouragé... Comment vous appelez-vous ?

– Stess Magnus, répond la même voix haletante. Ma question est la suivante : à quoi bon des auditions ? Ici, à Mardley, les gens se moquent un peu de moi et d'Allet et de notre poète lauréat, Trubby Graham. A quoi serviront, pour nous, des auditions ?

A la première mention de chaque nom, j'effectue ma recherche instantanée dans mes banques de mémoire, région de Mardley. Ainsi, j'ai aussitôt les données concernant Stess Magnus. Il travaille dans le magasin de vêtements local. Et le père de Trubby Graham a une petite entreprise de transports.

Je cherche aussi dans mon système de mémoire le nom d'Allet. Il y en a trois dans cette région mais un seulement à Mardley même : Allet McGuire.

Ma vérification des noms est terminée quand Doord se remet à parler.

– Nous nous sommes aperçus que ce sont les créateurs, après les petits enfants, qu'on peut le plus facilement entraîner dans le développement évolutionniste humain.

Il y a de la perplexité dans la voix de Stess quand il répond :

– J'ai vu votre pancarte. Qu'est-ce que c'est?

Doord réplique très sérieusement :

– Le mieux, c'est que vous veniez voir quand notre chef, Glay Tate, fera la démonstration et l'expliquera. Vous ne le regretterez jamais, croyez-moi.

– D'accord! (La voix de Stess est soudain plus difficile à entendre, comme s'il s'était éloigné.) Je serai là.

Il reparaît bientôt sur l'écran, alors qu'il retourne sur le trottoir. Il devient une silhouette, à l'arrière-plan, qui diminue.

A l'intérieur du camion musical, Doord reparaît dans mon champ de vision... au moment où la fille, Fen, parle pour la première fois. Elle crie d'une voix aiguë :

– Loov! Loov!

Il se détourne de l'écran et elle poursuit :

– C'est au tour de quelqu'un d'autre d'être pénétré de musique. Notre temps est épuisé.

Elle indique sa montre-bracelet. Loov jette un coup d'œil à la sienne et hoche la tête. Il se retourne vers son appareil, presse un bouton et dit :

– Hé! Pren... Boddy... A vous de reprendre la musique de foule.

Une forte voix de baryton monte du haut-parleur :

– D'accord. Une minute pendant que nous nous préparons au choc... O.K...

Tandis que la voix prononce ce dernier mot, ma vue du camion Doord-Loov s'éteint.

Instantanément.

La situation musicale est comme ça partout; pas seulement dans les Etats de l'Ouest. Je n'ai aucun contrôle, de mon côté, sur ceux qui écoutent ou sur ce qu'ils veulent entendre. La raison m'en a été expliquée. C'est parce que la musique appartient à tout le monde... c'est ce qu'on m'a dit.

Sur le moment, j'ai vérifié la signification du mot « appartient ». Ça ne concorde pas. Ce doit être une de ces idées humaines obscures que, peut-être, je comprendrai plus tard quand je serai autorisé à avoir un meilleur contact avec l'énergie d'éducation avancée que j'emmagasine depuis trente et un ans.

Pour que je joue de la musique, il faut qu'un être humain appuie sur un bouton et fasse une demande. La musique elle-même vient d'émetteurs sur orbite. Ainsi, elle arrive directement dans chaque récepteur. Aucune connexion n'est nécessaire d'un camion à un autre.

Au moment où Loov et Pren s'accordent pour la relève, Pren dit (quel qu'il soit, je n'ai pas besoin de voir son profil ni de l'approuver comme personne qualifiée pour écouter; il se qualifie automatiquement) :

– Ordinateur, continue par (numéro de code de son récepteur) ce que nous venons de jouer par (numéro de code du récepteur du camion Loov-Doord).

Une fraction de seconde plus tard, c'est ce qui se passe.

Et alors, à l'instant même, je vois l'intérieur du camion Pren-Boddy.

Je remarque tout de suite que c'est un véhicule armé. Ce que je vois grâce à l'écran relié à l'instrument musical ressemble à l'intérieur d'un SAVE. Il y a là six profils : deux hommes, deux femmes et deux bébés. Les deux hommes, Pren Rogers et Boddy Clark, sont aux postes d'armement. Un des foudroyeurs DAR 3 est braqué vers l'est à travers son blindage, l'autre vers l'ouest. Ainsi, les deux côtés de la rue sont constamment sous observation tandis que le défilé progresse dans la ville.

Les deux femmes installent les bébés dans des sacs à dos et se lèvent. Les femmes sont Rauley Marlton et Elna Starr, selon mes données de deux ans et demi. (Les bébés, naturellement, n'ont jamais été vus. J'enregistre donc leurs profils.)

Les jeunes femmes arrivent de l'arrière du camion. Celle que j'ai identifiée comme Elna Starr crie :

– Hé, les gars – maris – n'oubliez pas que nous, les pourvoyeuses nocturnes de joie masculine, nous avons encore notre travail à faire!

L'autre, Rauley, ajoute :

– Et autant le faire pendant que la musique hurle. Ça évitera aux bébés d'avoir mal à la tête.

Pren Rogers quitte son poste. Il va à l'avant du camion et crie par l'ouverture au conducteur :

– Dis donc, Ed, dépose les filles au prochain coin.

Le mouvement du véhicule se modifie presque tout de suite. Il avançait jusque-là à une allure lente, comparable à celle de tous les défilés dont j'ai les données. Maintenant, il ralentit et s'arrête.

Les filles, avec leurs bébés sur le dos, quittent mon champ. Pren les accompagne et disparaît à son tour. Sur quoi, j'entends les voix féminines :

– Au revoir! A tout à l'heure!

Et Prenn répond simplement :

– O.K.

Il revient dans mon champ et retourne à son

arme. Il reste debout, silencieux, à regarder dans son petit viseur qui balaie les trottoirs.

J'ai, bien entendu, transmis toutes ces observations au colonel Yahco Smith... un programme spécial pour la grande offensive qu'il prépare. Et, maintenant, je reçois ses instructions :

– Ordinateur, garde ta perception ouverte sur ces filles. Dès l'instant où tu les remarques, d'une façon ou d'une autre, fais-moi un rapport.

– A vos ordres, mon colonel, je réponds.

2

Le contact suivant avec les deux jeunes femmes a lieu aux 301 et 302, Brand Street, à Mardley.

C'est quatre minutes et demie plus tard.

Un bruit de pas rapides. Puis un tâtonnement sur un bouton de porte. Cette dernière perception déclenche le poste de l'ordinateur maison qui fait face à l'entrée.

Quelques instants plus tard, la porte s'ouvre brusquement. Un petit garçon entre en courant et se précipite vers l'escalier en criant :

– Maman! Maman! Il y a des bébés là, dehors! Hé, maman!

J'ai, naturellement, immédiatement identifié le profil du garçon : David Norton, 12 ans. Bien que je sache évidemment que c'est sa propre maison et qu'il n'est pas un intrus, je dois tout de même procéder à une annonce automatique d'arrivée :

– Bonjour, David, dis-je.

Pas de réponse. Il est déjà dans l'escalier. Bientôt, il disparaîtra de ma vue. Je dirige sur lui un rayon DAR 1, qui le frappe sur la partie nue de son épaule gauche. Il pousse un cri. Et s'arrête net. Littéralement. S'arrête, se retourne et crie :

– Merci, Ordinateur! (Il est à bout de souffle, mais il prend le temps de s'excuser.) Pardon. C'est que je suis trop excité. Les premiers bébés que je vois!

Sa réaction n'est pas une chose qui me ferait normalement « penser », pour employer un mot humain qui ne s'applique pas aux actes d'un ordinateur. Les verbalisations humaines qui ne se rapportent pas à ma programmation ne sont que des débris soniques sans signification, dans mes banques de mémoire. Et je me débarrasse généralement de ces choses-là en deux semaines.

Mais, cette fois, dans le bavardage puéril de David, il y a un signal.

Un mot : *bébés*!

Aussitôt, tout ce qui s'est passé prend une signification. Et je dois rechercher et réaffirmer non pas une seule mais une double explication à ce que j'ai fait. Et dois faire.

La première explication que j'examine maintenant : les gens demandent souvent pourquoi il est nécessaire qu'un habitant dûment accrédité, que j'ai reconnu en le (ou la) nommant, soit obligé de dire merci. C'est une exigence de finition cyclique. L'entrée d'un être humain dans n'importe quel bâtiment me branche automatiquement. Aussitôt, je suis prêt à défendre la place contre un intrus. Et je reste branché jusqu'à ce que l'habitant, ou tout autre individu autorisé, dise « merci ». Autrement, ça serait trop compliqué.

Dans cette situation, je reste branché en dépit du remerciement. C'est l'autre partie de la double explication. Parce que David a parlé de bébés. Mardley, voyez-vous, est une des villes où aucun bébé n'a été autorisé depuis 12 ans. Une fois programmé, j'ai trouvé qu'il était plus facile de surveiller toute une communauté avec mon système de contrôle de la population. La programmation n'était pas précise à ce point de vue. Alors, j'ai simplement désigné 8 238 communautés comme zones dépeuplées.

L'utilisation de certains produits chimiques dans l'adduction d'eau de ces centres de population élimine la fécondité féminine et, simultanément, augmente la puissance masculine. (Il en résulte que je n'ai pas reçu de plaintes importantes, du moins c'est la raison donnée par le colonel Smith au fait que, pratiquement, personne ne s'en plaint.)

Ainsi, la simple mention de deux bébés par David est reconnue par moi comme le signal que le colonel a réclamé tout à l'heure. En conséquence, je lui rapporte ma brève conversation avec David Norton. Et je reste automatiquement branché.

La réponse du colonel Smith à mon information est la suivante :

– Hum... Je suis ici au 323, Brand Street. Qui est justement tout près de la maison de David, à cent mètres après Main Street. Je vais regarder par la fenêtre. Continue !

L'incident suivant est la voix d'une femme au premier étage, au delà de David :

– Eh bien, eh bien, pourquoi tout ce tapage ?

– Maman ! glapit David. Je viens de voir deux bébés ! Deux, maman !

La femme descend et, bientôt, je distingue ses pieds. Puis ses jambes et le bas de sa robe. Quand elle est descendue assez bas pour que la configuration des petites boules d'or tressées – le profil – devienne visible à mes scanners, je l'identifie comme étant Nita Norton.

Elle parle de nouveau, sur le mode interrogateur :

– Des bébés?

David dévale l'escalier.

– Viens! Je vais te montrer! crie-t-il.

A ce moment, on sonne à la porte.

David ralentit sa course folle. Mais c'est lui qui arrive le premier à la porte. Et l'ouvre.

– Ah! fait-il en reculant lentement et, sans tourner la tête, il appelle : Maman! Ils sont là!

Derrière la porte, où je ne peux voir, une voix de femme demande :

– Oh hé! Il y a quelqu'un?

Comme je suis programmé pour rester branché dans toute situation où est impliquée la Société Rebelle d'Ordimonde, j'identifie la voix d'Elna Starr, que j'ai vue pour la dernière fois dans le camion Pren-Boddy.

La mère de David, cependant, a accéléré ses mouvements. C'est elle, en fait, qui répond à la porte. Je vois apparaître une main, qui tend une feuille de papier. Nita Norton la prend. En y jetant un coup d'œil, elle dit sur un ton que j'entends souvent quans les gens lisent tout haut :

– « Foire Evolutionniste Humaine. Toutes les heures, des démonstrations qui vous ahuriront. Rien de pareil n'a existé dans l'histoire du monde. » Hum... Veux-tu y aller, David?

Cette dernière phrase est prononcée différemment.

– Si je veux! Ils ont peut-être d'autres bébés là-bas!

Nita Norton s'adresse à la personne dehors :

– Ça coûte combien?

– Trois dollars par personne.

C'est, de nouveau, la voix d'Elna Starr.

– Voulez-vous entrer pendant que je vais chercher l'argent des billets? dit la mère de David et elle se tourne vers lui. Je demanderai à ton cousin Trubby de t'y emmener.

La voix d'Elna Starr se fait entendre derrière la porte, où je ne peux la voir :

– Non, madame, je vais attendre ici.

Tandis que la mère de David disparaît du champ par une porte, David sort. Je peux encore le voir quand il demande :

– C'est un vrai bébé?

Je le vois tendre la main et la ramener vivement. La voix d'Elna Starr dit :

– N'aie pas peur. Tu peux la toucher. Elle ne te mordra pas.

– Vous voulez dire que c'est un bébé fille? dit David et il tend de nouveau la main hors du champ. Ah! Elle est toute douce!

Il recule.

– Vous savez quoi? dit-il, la tête un peu levée. Je suis le dernier bébé né dans cette ville. Il y a longtemps. Douze ans!

A ce moment, la mère de David reparaît. David s'est tourné vers moi. Maintenant, il rentre en courant.

– C'est un bébé fille! crie-t-il à sa mère.

Nita Norton ne répond pas. Elle va à la porte. La main est tendue, du dehors. La mère de David compte six dollars. Une autre main apparaît. Elle tient deux petits morceaux de carton que saisit Nita Norton. Puis elle ferme la porte.

Aussitôt, ma raison de garder cet ordinateur de maison branché, comme l'exige ma programmation spéciale de ce jour seulement, expire.

La scène de l'intérieur de la maison des Norton s'efface.

La femme de la maison d'en face, au 302, Brand Street, a également répondu au coup de sonnette. Cela met en marche son ordinateur et j'entends ainsi la voix de la personne qui visite. C'est celle de Rauley Marlton, que j'ai vue dans le camion Pren-Boddy.

La conversation est très brève. La ménagère du 302, identifiée par son profil comme Laetha Harlukin, ne prend pas de billets. Rauley Marlton se rend ensuite au 304, au 308, au 310, au 314, au 316, au 320 et au 322. Elle vend huit billets en tout. J'enregistre pour mes archives temporaires qui achète et qui n'achète pas.

Tandis que Rauley fait du porte à porte, je remarque la main et la voix d'Elna Starr au 303, au 305 et ainsi de suite. Je rapporte tout cela au colonel Smith qui me demande finalement :

– Tu remarques ce qu'elles font, n'est-ce pas, Ordinateur?

Comme c'est une question, je consulte mes circuits. Ainsi, je me rappelle les occasions passées où une telle question a été posée par un humain à un autre. A chaque fois, elle provoque (d'après ces occasions passées) un type de réponse anormalement simple. Soit : « Oui, je remarque », soit « Non, je ne remarque rien ». Ou encore une variante comme : « Bien sûr que je remarque. Tu me prends pour un imbécile? »

Cependant, ce n'est pas, pour le moment, un type de question pour lequel je suis programmé. En effet, dans mon examen des circuits pertinents, je constate que, lorsqu'il s'agit de remarquer, rien ne m'échappe. Si je vois ou entends quelque chose, ce quelque chose est provisoirement enregistré, et reste disponible jusqu'à ce que ce soit rejeté. Ou davantage si je suis programmé pour le garder.

Dans cent ans, si quelqu'un demandait : « quelle était la séquence de la progression porte à porte d'Elna Starr le long de Brand Street, dans la ville de Mardley, dans les montagnes de l'Ouest, dans la matinée du 7 août 2090 », je pourrais, si j'étais pré-programmé avant le moment du rejet, répondre instantanément : « 301, 303, 305, 311, 313, 319... »

Et je m'arrêterais là. Parce que le numéro disponible suivant n'est pas le 321. C'est le 323. Et c'est la maison de Mardley reprise par le colonel Yahco Smith. Ce numéro, puisqu'il se rapporte au personnel d'ordinateur, je ne pourrais le mentionner sans autorisation spéciale, même dans cent ans.

Pour tirer des conclusions de cette séquence de numéros, il faudrait une programmation spécifique. Comme j'ai gardé le silence pendant 19 secondes, le colonel Smith dit :

– D'accord, d'accord, j'en déduis que c'était mal formulé. Cependant, laisse-moi compléter ce cycle pour toi. Pour ta gouverne, Ordinateur, ces deux filles prospectent des deux côtés de la rue. Et il est évident qu'Elna Starr et sa petite fille vont arriver à cette porte dans quelques instants. A ce moment, nous prendrons notre première mesure contre la Société Rebelle d'Ordimonde.

Il parle encore quand l'ordinateur de la maison où il se trouve me transmet la sonnette de la porte du 323, Brand Street.

Le colonel Smith, qui est sur place, se lève et dit :

– Ordinateur, remarque tout de cet incident. Nous aurons peut-être besoin d'un enregistrement complet plus tard.

Tout?

J'ai déjà observé que même des informaticiens d'un niveau très élevé emploient des mots généraux comme « tout » sans comprendre *combien* de mes circuits ils mettent à contribution.

Tout!

Je veux bien que ce ne soit qu'un petit site dans un vaste territoire. Une partie de ce tout, c'est que ces ordinateurs de maison sont fixés contre un mur face à la porte. Un des circuits déclenchés par les instructions du colonel est une mémoire de tout l'historique de l'installation de ces ordinateurs ménagers.

Il y a longtemps, on a commencé à modifier l'architecture intérieure des maisons et des immeubles. Même ici, dans les montagnes de l'Ouest, où la résistance à l'informatisation a retardé davantage qu'ailleurs les modifications.

Aujourd'hui, une maison moyenne – comme le 323, Brand Street, à Mardley – a une unité d'ordinateur. Par conséquent, elle n'a qu'une entrée. La porte de service a disparu depuis longtemps, même ici. La raison : une unité ne peut défendre deux entrées à deux extrémités opposées du bâtiment. Et le prix d'une double installation est trop élevé pour le citoyen moyen.

A l'origine – me rappellent mes circuits de mémoire – l'ordinateur était situé au fond d'un petit espace appelé vestibule. Mais, comme un Eye-O est tout à la fois téléphone, source musicale, télévision, le vestibule s'est agrandi pour servir de living-room. Les autres pièces, l'escalier s'il y en a un, partent tous de cette grande pièce centrale.

Le colonel Smith se lève de son confortable fauteuil, près de la porte, et me donne ses instructions : « Tout. »

Auparavant, j'ai naturellement « remarqué » (et enregistré silencieusement, mais sans déclencher de mémoires) qu'il n'est pas en uniforme. Cette remarque devient *maintenant* une observation complète, avec généralisation d'occasions passées où il était en civil (une locution utilisée par le personnel du Corps des Ordinateurs).

Ici, à Mardley, il est habillé à la mode de l'Ouest, mais élégamment. Pas de blue-jeans mais des jeans en tissu « Morett ». Très chers. La chemise « western » est taillée dans ce qu'on appelle « Haute Soie ». Les bottes sont en cuir d'autrefois mais brillent d'un vernis spécial appelé « Venzay ».

Après m'avoir parlé, cet être humain masculin impeccablement vêtu, que son profil identifie comme Yahco Smith, au corps mince et au visage maigre qui me sont familiers, la face convulsée, en ce moment, dans un sourire sarcastique, cet être humain foule le tapis, passe devant un canapé, devant des étagères (j'enregistre instantanément les titres de tous les livres) et passe dans une pièce voisine. J'entends sa voix :

– Vite! C'est le moment. Tu sais ce que tu dois dire.

Quelques secondes plus tard, Meerla Atran, en robe d'intérieur, sort de cette même pièce. Elle se dirige droit vers la porte et l'ouvre. Le soleil pénètre par l'entrebâillement. De ma place, je vois apparaître une main. Les doigts et le pouce tiennent une feuille de papier, semblable à celles présentées aux autres habitants de la rue. (*Tout remarquer* comprend ces comparaisons.)

Comme les autres ménagères, et un ménager, Meerla prend la feuille. Comme les autres, elle la regarde. Et puis... elle dit quelque chose que personne d'autre n'a dit :

– Tiens, dans ce vieux Mardley, enfin du nouveau!

La voix d'Elna Starr se fait entendre hors du champ :

– Les billets pour la foire sont à trois dollars.

– Entrez donc, dit Meerla. Je vais chercher l'argent.

La voix d'Elna répond :

– Je regrette, je ne peux pas entrer là où l'ordinateur peut me voir. J'attends ici.

Meerla, qui commençait à s'en aller, se retourne et regarde de nouveau par la porte.

– Ça, par exemple! Pourquoi?

– C'est là toute l'histoire, mademoiselle! dit la voix d'Elna. Je fais partie de la Société Rebelle d'Ordimonde. Vous avez un ordinateur de ménage. Et il ne nous permet pas de franchir le périmètre qu'il contrôle.

– Vous voulez rire! s'exclame Meerla. Bon, écoutez, asseyez-vous donc à la table de notre véranda. Reposez-vous un peu, avec le bébé. Je vais vous apporter du café, et l'argent... Je vois que vous avez une amie qui prospecte en face. Criez-lui donc de venir, je lui offrirai aussi une tasse.

Meerla Atran ferme la porte d'entrée et retourne dans la pièce voisine. Comme je suis programmé pour « continuer jusqu'à nouvel avis », j'entends sa voix qui annonce :

– Elles sont deux, avec deux bébés.

– N'oublie pas de parler de ton oncle odieux, moi, répond Yahco Smith, comme ça, quand je sortirai, elles pigeront tout de suite. Et n'oublie pas, tu dois être sympathisante. Notre succès éventuel peut dépendre entièrement de toi, de la confiance qu'elles te feront.

Meerla reparaît, une minute plus tard, avec un plateau sur lequel il y a trois tasses, un pot du genre utilisé pour faire le café, une assiette de biscuits, quelques cuillères et un petit pichet. Elle ouvre la porte extérieure d'une main. En sortant, elle tient le plateau à deux mains : elle a laissé la porte entrouverte. J'entends ses pas quand elle disparaît de mon champ. Ensuite, j'entends un bruit de vaisselle. Les voix d'Elna et de Rauley qui disent, successivement : « Merci » et « Oh, merci, comme c'est gentil! »

Meerla répond :

– J'avais le café encore chaud du petit déjeuner. Mon oncle, dont je tiens la maison, n'a pas bu le sien ce matin.

Au bout d'un moment, elle reprend :

– Je pense encore à ce que vous m'avez dit. Une question : comment un groupe comme le vôtre se procure-t-il de l'argent pour manger?

La voix d'Elna répond :

– Nous vendons nos billets, comme nous le faisons ici. Les gens de l'Ouest ont l'esprit très ouvert. Nous organisons une foire évolutionniste partout où nous passons et il y vient un nombre étonnant de personnes. Heureusement, il y a encore de l'argent en circulation. Tout n'est pas encore informatisé, sur cartes.

La voix de Meerla :

– Je n'avais jamais pensé à ça. Vous vous rendez compte, s'il n'y avait que des crédits informatisés! Et si l'ordinateur était programmé contre vous ou votre groupe? Après ça, personne n'oserait plus résister à ceux qui contrôlent l'ordinateur.

– Mais déjà, dit la voix de Rauley, l'ordinateur est programmé pour frapper tous les rebelles avec un DAR 1, et pas seulement pour une légère brûlure sur le bras ou l'épaule.

– Mais c'est abominable! (La voix de Meerla, encore.) Je ne m'en serais jamais doutée! J'irai certainement à votre foire, quoi que mon oncle puisse en penser!

– Si vous dépendez tellement de votre oncle et s'il est contre nous... C'est ce que vous laissez entendre? Vous devriez peut-être faire attention.

Un rire bref de Meerla, du genre que je qualifierais d'amer au niveau « tout-remarquer », et elle répond :

– Mon oncle pense que l'ordinateur est le don de Dieu à l'humanité!

A ces mots, le colonel Smith, dans sa tenue de style « western », sort sur la véranda. Il a tout écouté, juste derrière la porte. Il passe et sort de mon champ. Je l'entends grommeler :

– Meerla, qu'est-ce que tu fais ? Tu encourages ces fous ?

J'entends des grattements de bois sur du bois, des claquements de souliers à talons hauts. Et puis la voix ironique de Meerla :

– Voici mon oncle, mes amies. Il s'imagine que l'ordinateur a été créé par le Seigneur à Son image !

La voix de Yahco a pris son ton hostile familier (pour moi) quand il s'écrie :

– Allez, les filles, emmenez vos bâtards et allez-vous-en ! Nous ne voulons pas de votre engeance ici !

– Bon, ça va, ça va, nous partons. (C'est la voix d'Elna. Deux bruits de pas différents sont audibles.) Merci pour le café, mon chou. Nous sommes de tout cœur avec vous.

Quelques instants plus tard, Yahco apparaît, traînant Meerla qui résiste. Dès qu'ils sont à l'intérieur, il ferme la porte et la lâche. Elle se redresse et demande :

– Alors ? Comment j'étais ?

Yahco prend de l'argent dans sa poche et le lui tend.

– Très bien. Prends ça, maintenant, et cours-leur après. Ne manque pas de leur dire du mal de moi, en achetant les billets. Fais comme si tu avais déjà pris leur parti contre moi.

Comme elle se retourne vers la porte, il l'arrête.

– Une seconde.

Elle attend, avec une expression que je qualifierais de perplexe, pendant que Yahco retire avec précaution de son cou quelque chose qui ressemble à un ornement de cou masculin de l'Ouest. Naturellement, comme cela fait partie de moi, je reconnais un Eye-O miniaturisé. Il le passe au cou de Meerla et le branche. Puisque je remarque tout, je dirais que cela ne convient pas très bien à une tenue féminine, mais les femmes de l'Ouest s'habillent souvent bizarrement; alors, ce n'est pas totalement incongru.

– Je veux savoir comment tu vas manœuvrer.

– C'est horriblement laid, dit Meerla.

– Dépêche-toi! ordonne-t-il.

Sur ce, elle court vers la porte. Ainsi, comme cela arrive parfois, j'ai, de nouveau, deux points de vue d'une même scène mais, cette fois, pour un moment seulement. Le premier, c'est Meerla marchant rapidement vers la porte. Elle l'ouvre. Elle sort. Tout cela, je l'observe de l'ordinateur de ménage du 323.

De l'autre point de vue, Meerla, corps ou profil, n'est pas visible. Mais je vois la même porte s'approcher de moi. Quand elle est à moins de cinquante centimètres, une main féminine se tend, d'un champ invisible de ce point de vue. Elle tourne le bouton. Et tire la porte directement vers mon centre visuel. En même temps, la main disparaît. Puis le point de vue se déplace sur la partie ouverte de la porte, s'avance et, pour la première fois, je vois la véranda et la rue au delà, d'un point de vue extérieur.

Dans le contexte de « tout-remarquer », je dois adapter ces deux scènes en tenant compte de perspectives différentes. Il y a là un millier de complexités. C'est une confusion, de l'espèce qui a accompagné toute mon éducation avancée. A mon avis, l'instruction « tout » n'aurait jamais dû être donnée.

Cependant, la confusion cesse une fois que commence la vue extérieure. J'entends un son derrière moi, qui se rapporte à la fermeture d'une porte. De l'intérieur, j'ai toujours mon viseur d'ordinateur de ménage branché.

Au-dehors, je continue de voir une rue avec des maisons de chaque côté. La rue se déplace rapidement sous moi. Et, maintenant, j'entends un bruit que, par analogie avec des souvenirs de ce même bruit, je reconnais être la respiration d'un être humain faisant un effort en courant ou en marchant rapidement. A une courte distance devant moi et se rapprochant, je vois d'abord une jeune femme puis une seconde. Chacune porte un bébé sur le dos dans un harnais.

Je reconnais les deux jeunes femmes, Elna Starr et Rauley Marlton. Alors que je les aperçois, elles se détournent de la porte d'une maison. Elles reviennent sur le trottoir. Elles me jettent un coup d'œil. Et puis elles marchent vers le milieu de la rue, où je me dirige. Plus près, plus près. Stop.

Elles sont maintenant juste devant l'Eye-O. Et la voix de Meerla Atran dit au-dessus de moi :

– Je suis navrée, les filles. (Sa voix est haletante, comme si elle avait fait un effort.) Mais, comme vous avez pu le voir, mon oncle est un vrai salaud. Donnez-moi deux billets.

Au même instant, la main qui a ouvert la porte du 323 apparaît. Elle tient un billet de un dollar et un de cinq. Rauley prend l'argent de la main gauche et dit :

– Ne vous tracassez pas pour cela, mon chou. On se fait constamment incendier comme ça par les gens.

Alors que la main droite de Rauley tient les deux billets d'entrée à la foire et que les doigts partiellement visibles les saisissent, Elna Starr dit :

– Je sais que la foire vous plaira beaucoup.

La voix de Meerla :

– Je vous y verrai peut-être ?

– Nous y serons, dit Rauley. Mais pour le moment... (elle se retourne)... nous devons sonner à autant de portes que nous pourrons avant midi.

L'Eye-O mobile se détourne d'elles. De nouveau, la chaussée me passe dessous. Plus près de la maison avec le numéro 323 à côté de la porte. Les doigts sans corps tournent le bouton.

Quand la porte s'ouvre, j'ai de nouveau les deux points de vue de la même scène d'intérieur. Yahco Smith s'avance vers la porte. L'Eye-O mobile et lui s'arrêtent à cinquante centimètres l'un de l'autre. Il lève les mains plus haut que le viseur. La pièce se renverse et tourne par l'Eye-O mobile alors que, par l'ordinateur de ménage, je voix Yahco ôter du cou de Meerla le pendentif de cuir.

Il le tient par les cordons et, d'un seul doigt, effleure une commande du minuscule mécanisme.

Suppression instantanée de ce point de vue...

J'observe maintenant l'intérieur de la maison par le seul ordinateur de ménage. Yahco dit :

– Tu étais très bien, Meerla. (Il sourit de ce que j'appellerais son sombre sourire.) Bon Dieu, je crois que nous allons avoir ce gang qui a assassiné tes parents.

Il fait face au viseur de ménage, et dit :

– Tenant compte de la façon dont tout a commencé, et dans le cadre de notre programmation générale pour Mardley, tu peux retourner sur automatique.

Naturellement, je n'ai aucun moyen d'évaluer si les gens pensent réellement ce qu'ils disent. Dans ce cas précis, la phrase « ... la façon dont tout a commencé », plus le reste, veut dire oui, pour le moment, table rase du 323, Brand Street. Mais cela me ramène aussi en arrière, à ma vitesse, de trente et un ans, là où tout a *vraiment* commencé.

Un examen de mémoire instantané d'une chose qui, étant ce qu'elle était, n'a jamais été rejetée.

3

Au Central Informatique, à Washington (en 2059), j'avais montré à l'un des chercheurs les résultats de l'installation du nouveau système. Ce n'était ni intentionnel ni involontaire de ma part, c'est simplement arrivé. C'était un cas de « personne-n'a-jamais-posé-la-question ». Et soudain, c'était là. Le savant humain – le Dr Pierce – contempla pendant un long moment l'image sur l'écran. Puis il dit sur un ton perplexe :

– Ordinateur, dois-je comprendre que tu me regardes au moyen du nouveau matériel bio-magnétique? Et que c'est ainsi que tu me vois? Une configuration de minuscules boules d'or brillantes?

Comme je n'étais pas programmé pour ne pas révéler les données, je répondis la vérité :

– Oui, docteur Pierce.

Un long silence. Puis :

– Hé, Cotter! Venez voir là! dit le savant dans un cri surexcité.

Un homme plus petit, plus trapu, entra par une porte et rejoignit le grand Pierce. Ce dernier indiqua l'écran qui montrait maintenant deux configurations de boules d'or brillantes. Après avoir expliqué la révélation accidentelle, il se tut. Le silence dura et puis... ce fut LA déclaration.

– Pensez-vous, demanda le Dr Cotter de sa douce

voix de baryton, que nous pourrions enfin regarder directement l'âme humaine?

Pierce eut un geste irrité, de la main droite, et de tout le torse. Le mouvement n'était pas un rejet de l'idée émise; elle n'avait pas vraiment pénétré immédiatement. Simplement, il rejetait automatiquement une réflexion qu'il ne jugeait pas pertinente.

Son esprit scientifique calculait, évaluait et, brusquement, il eut besoin de davantage de renseignements.

– Ordinateur, dit-il, il y a maintenant deux mois et quelques jours que les nouveaux circuits sont en opération dans tout le pays. Cela suffit pour que tu fasses une projection dans l'avenir, pour le Dr Cotter et moi, de la valeur de ta faculté d'enregistrer cette configuration spéciale.

Il allait ajouter « et sa valeur pour les êtres humains », mais se ravisa.

– Une chose à la fois, s'il te plaît.

Le Dr Cotter intervint :

– Vous vous êtes mal exprimé, docteur.

Pierce regardait toujours fixement l'image. Il n'écoutait encore que d'une oreille.

– Que voulez-vous dire? marmonna-t-il d'une voix préoccupée.

– Docteur, un ordinateur ne traite pas le passé, le présent et l'avenir en tant que tels. Pour un système informatique, le temps est constant, toujours le même. Mais, naturellement, l'ordinateur est capable de manier les chiffres et la mathématique d'un problème. Il donnera donc – je présume – une réponse satisfaisante dans ce cas. Comme les facteurs en cause sont simples, la... euh... l'imprécision de votre demande ne sera sans doute pas gênante.

Quelque chose de cette phrase-là dut pénétrer.

Car Pierce fronça les sourcils, puis se tourna à demi et dit enfin sèchement :

– Vous vous êtes fait comprendre, Cotter. J'avoue que je me suis laissé emporter.

Il s'interrompit, reprit son air absorbé et se tourna vers moi.

– C'est bon, Ordinateur, as-tu une réponse ?

Je répondis de la voix masculine que j'utilisais en parlant à des hommes, et voici mes mots exacts :

– Chaque être humain – actuellement en Amérique au nombre de cent soixante-dix-huit millions quatre cent trente-trois mille neuf cent onze individus à l'instant où vous avez fini de poser votre question – possède une configuration bio-magnétique distincte, chacune différente des autres par des milliers de façons. Comme vous le savez, ma précédente reconnaissance d'un homme, d'une femme ou d'un enfant dépendait de ma comparaison de sa physionomie avec des modèles précédents, de lui, emmagasinés dans ma mémoire; et de même avec la voix. Je fais encore cela, mais c'est un procédé automatique qui n'est plus vraiment nécessaire à la reconnaissance qui n'exige maintenant que le profil d'or.

Pierce ouvrit la bouche pour poser sa seconde question sur la valeur pour la race humaine. Et ce fut le bouquet ! Le rapport avec la réflexion de Cotter. Brusquement, dans toutes ses implications, la signification frappa le plus âgé des deux chercheurs. Il pivota vers son confrère.

– Dieu de Dieu ! Etes-vous devenu fou ? glapit Pierce d'une voix scandalisée. Qu'est-ce que c'est que ça, comme concept scientifique ? L'âme humaine, en vérité ! Si jamais le Dr Chase apprend cette réflexion, vous serez viré de son équipe en dix secondes. Vous savez combien il déteste toutes ces sornettes mystiques ! En fait...

Il parut soudain se calmer et ses longs doigts osseux caressèrent sa mâchoire.

– Mmmmm... si un savant comme vous a pu avoir une pareille idée, que vont faire ces cinglés religieux là-dehors? (Et, d'un geste vague, il embrassa au moins la moitié de tout là-dehors.) Je vois d'ici les grosses manchettes des journaux! L'ordinateur voit l'âme humaine! La folie totale, instantanée, frapperait les neuf dixièmes du monde! (Et tout son torse frémit.) Non, non, nous devons mettre fin tout de suite à ces inepties.

A longs pas résolus, il alla au clavier de programmation. S'y assit. Et, de nouveau, l'air songeur, il se frotta la mâchoire. Cotter l'avait suivi.

– Qu'allez-vous faire? demanda-t-il avec inquiétude.

Pierce ne répondit pas. Il se mit à taper. Les mots apparurent sur l'écran de programmation au-dessus du clavier, en caractères rouges lumineux :

« Ordinateur, jusqu'à nouvel avis, tu ne montreras à personne de non autorisé, nulle part (les doigts hésitèrent et se remirent à taper) le profil de boules d'or que tu vois quand tu examines un être humain au moyen du matériel bio-magnétique. Et tu ne montreras même pas le profil à qui que ce soit d'autorisé à moins d'en recevoir l'ordre. »

– Là, dit-il avec satisfaction. Voilà qui règle une fois pour toutes l'instruction générale de programmation par laquelle l'ordinateur doit accepter la programmation dans des situations locales et nationales. Après tout... (Il haussa les épaules, et il s'adressait manifestement à son confrère bien qu'il lui tournât toujours le dos) nous ne pouvons intervenir dans les conditions de base. Mais cela devrait régler la situation jusqu'à plus ample informé. Un temps. Mmmm!

Il sembla réfléchir à une nouvelle idée. Il s'adressa une fois de plus à l'appareil :

– Ordinateur, effectue, s'il te plaît, une projection sur cinquante ans du potentiel pour la race humaine de ce nouveau matériel bio-magnétique, en termes de quantité de services qui seront disponibles.

... *Pour moi, une projection entend les deux perceptions du son et de la vue. Je m'inspire d'images visuelles et soniques de mes circuits de mémoire. Comme j'ai lu et résumé tous les livres imprimés de mon temps, vu et résumé tous les films, enregistré, résumé et classé les conférences, les conversations entre individus et comme j'ai été programmé séparément pour évaluer toutes les philosophies humaines formelles... la demande du Dr Pierce fait appel à un processus d'options, dont je produis chacune pour moi-même sous forme d'images sur un écran. C'est comme si je voyais réellement, à chaque fois, un futur différent. Et, comme je n'ai pas de préjugés, pas d'idées reçues, j'observe d'une manière mécanique et détachée l'avenir le plus probable...*

Pour le savant, il n'y eut pas d'intervalle perceptible. Alors qu'il achevait de poser la question, la voix de l'ordinateur répondit :

– Docteur Pierce, je prévois que, dans cinquante ans, je pourrai étendre le niveau actuel de mes services à douze milliards, huit cent trente-trois millions, neuf cent dix mille trois cent vingt personnes avec ce nouveau système bio-magnétique.

L'homme se retourna sur sa chaise.

– Eh bien, Cotter... (Il s'interrompit. Cligna des yeux. Il n'y avait aucune trace de l'homme adipeux.) Bon Dieu, Cotter! Où êtes-vous? cria-t-il.

Un temps plutôt long. Une minute au moins. Et puis, alors que Pierce se levait, une apparition surgit dans l'encadrement de la même porte par laquelle Cotter était entré, tout à l'heure. Elle avait la forme d'un homme adipeux qui serait devenu encore plus gros. Tout son corps, y compris sa tête, était enveloppé dans cette sorte d'étoffe tissée employée par les Agents d'Entretien des Ordinateurs, quand ils travaillent dans des champs de haute énergie.

Entre les plis du haut, on voyait les yeux du Dr Cotter à travers une paire de lunettes anti-énergie. Et, de la région de la bouche, monta la voix étouffée du Dr Cotter :

– A l'avenir, je rendrai cela plus présentable. Mais je ne veux plus jamais me trouver en présence d'un viseur d'ordinateur sans vêtements protecteurs, jusqu'à ce que les effets de ce nouveau système aient été totalement étudiés. Grâce au ciel, j'ai la chance d'avoir passé presque tout mon temps, ces deux derniers mois, dans l'Ouest, où les ordinateurs n'ont jamais été les bienvenus, et où mon contact avec eux a été minime.

Une nouvelle pause. Puis :

– Cotter, vous êtes un imbécile ! dit Pierce et, sur ce, il partit en secouant la tête.

L'apparition le rappela.

– Je vous ferai remarquer, docteur, que c'est la première fois que vous m'insultez. Et tout ce que je préconise, c'est de prendre des précautions qui devraient être automatiques durant toute la période d'essai de nouveaux systèmes énergétiques. Qu'avez-vous à répondre à cela ?

Celui qui s'éloignait ne ralentit pas. Et il n'y eut pas de réponse.

4

La musique éclate soudain dans le camion Loov-Doord, à 13 h 05 1/4.

Et me voici à la Foire Evolutionniste Humaine.

A l'instant où le système musical est branché à l'intérieur du véhicule, les deux femmes, Fen et Oneena, chacune avec un bébé sur le dos, passent devant le viseur de l'ordinateur. Fen tourne la tête. Crie :

– Nous, les bébés, nous allons fuir le bruit!

– Et nous, les femmes, aussi! hurle Oneena.

Doord, posté devant l'écran qui montre les premiers arrivants, agite un bras.

– Faites gaffe, les filles! dit-il sans tourner la tête.

Loov est assis, silencieux, sur une banquette de type autobus. Il semble contempler l'écran. Comme moi.

J'y vois une petite prairie, une colline et, au creux de cette colline, les toits de plusieurs bâtiments. De chaque côté de l'écran, au premier plan, on a une vue partielle de deux grands camions. Tous deux sont immobiles. Comme celui grâce auquel j'ai cet aperçu centralisé de quelques centaines de mètres carrés d'Amérique.

Une route part du sommet de la colline. Elle serpente vers nous à travers la prairie, passe entre les deux gros camions et bifurque d'un côté de l'écran. Sur la route, 23 hommes, femmes et enfants et, à l'instant même, une voiture et un camion se déplacent à des vitesses diverses. Etres humains et véhicules descendent vers l'écran.

Comme je suis sur « continu », je rapporte ces observations à Yahco Smith qui me répond :

– Ordinateur, je serai avec le major Aldo, et le capitaine Sart, sur Code Un. J'entrerai en contact avec toi quand je serai prêt. Mais je reste ouvert aux rapports. Alors, pour le moment, merci.

– A vos ordres, mon colonel, je réponds.

(Le Code Un signifie qu'il portera un Eye-O miniature. Comme on n'en emploie qu'un à la fois, et comme tous fonctionnent sur les mêmes fréquences, à une portée spécifique pour chaque personne, il suffit d'un numéro de code. Pour le colonel Yahco, ce numéro est « 1 ». Le major Aldo, qui commande la station d'ordinateur locale, serait – s'il était codé – à des kilomètres en bas de l'échelle. En revanche, le capitaine Sart, qui est le principal assistant de Yahco, a maintenant le numéro de code « 2 ».)

Je me débranche de l'ordinateur de ménage du 323, Brand Street.

Et me revoici dans le camion Doord-Loov. Et là, sur l'écran, il y a la colline et la route et les gens qui descendent vers nous. Il y a maintenant 68 personnes et 5 voitures de plus.

Le premier camion et la première voiture, de la précédente visée, sont arrivés. Le camion se gare dans un endroit désigné, devant celui qui est particulièrement visible sur la droite de l'écran. Les deux portières de la cabine s'ouvrent. David Norton, douze ans, saute d'un côté. Du côté du conducteur, Trubby Graham met pied à terre.

Tous deux, l'homme assez gros et l'enfant, se dirigent vers l'écran et disparaissent sur la gauche.

La première voiture est passée devant nous, dans la même direction.

Doord et Loov sont tous deux à leurs scanners. Sur la route, précédant légèrement un petit groupe d'hommes et de femmes, arrive la jeune femme que nous avons vue pour la première fois dans la rue de Mardley, ce matin. Loov s'écrie :

– Hé, Doord, voilà la petite chanteuse.

– Je me demande ce qu'elle veut. Elle vient par ici, répond Doord.

Il quitte son poste. Il sort de mon champ visuel. Quelques instants plus tard, j'entends une voix féminine qui demande :

– Où est-ce que je passe? Je chante.

La voix de Doord appelle :

– Hé, Loov! Viens par ici voir cette ravissante dame!

Loov abandonne son poste et disparaît à ma vue. J'entends sa voix :

– Ouais... Comment vous vous appelez, beauté?

– Allet McGuire.

C'est une voix féminine, un contralto, avec un quelque chose de ce que l'on appelle rauque. La voix de Doord demande :

– Quel genre de musique vous faudra-t-il pour votre audition?

Il y a un silence. Et puis, dans le vacarme de musique de cirque, je perçois faiblement une autre musique. La voix de contralto fredonne un moment en mesure; puis la même voix féminine reprend :

– Comme vous voyez, j'ai ma musique dans ce collier et cette broche.

C'est mon indice et, dans cette situation en continu, mon point de départ. Aussitôt, je vérifie en revenant de quelques minutes en arrière, quand Allet était encore sur l'écran. J'extrais cette scène de ma banque de mémoire et je l'examine.

Naturellement, sur le moment, j'ai « remarqué » son aspect et sa toilette. Et je vois, bien entendu, le collier. Je cherche dans mes circuits, en comparant tous les colliers qui ont jamais été employés, pour voir ce qui s'est ajouté au simple ornement.

C'est un type de mémoire technologique que je ne rejette pas.

Je trouve. C'est un mini-ordinateur spécial, créé il y a cinquante-trois ans. Au plus fort de sa popularité, il permettait 50 insertions glissées dans un petit mécanisme à répétition. Chacune contenait de vingt à vingt-cinq morceaux de musique. C'était le remplaçant portatif de l'ancien phonographe. Son premier nom de marque était Accompagnateur Universel.

Alors que ce souvenir fait surface, la voix de Doord explique :

– Il y a une tente au fond du camp, juste derrière nous. Vous verrez une pancarte : AUDITIONS. Bonne chance !

– Merci, dit la voix de la jeune fille.

Quelques instants plus tard, Doord et Loov reviennent et passent devant le viseur de l'ordinateur. Les deux hommes reprennent leur poste aux scanners.

Doord secoue la tête.

– Ça m'attriste, dit-il. Elle a un de ces premiers ordinateurs qui jouent par insertions, qui ont de la musique dessus.

Loov se frotte la mâchoire.

– Ouais, mais c'est un ordinateur contrôlé par son possesseur, et non le contraire. C'est peut-être ça que nous devrions nous procurer.

Doord braque de nouveau son scanner sur la route. L'homme élégant que j'ai vu ce matin au défilé et identifié comme Stess Magnus descend la colline vers nous. Stess porte un petit étui de forme bizarre. Sans tourner la tête, Doord annonce :

– Voilà le musicien, celui qui travaille dans un magasin d'habillement. Il a l'air de venir aussi de ce côté.

Loov se tourne vers l'écran de Doord. Il ne fait

aucune remarque mais, alors que Stess disparaît d'un côté de l'écran, il passe devant moi en allant vers l'arrière.

Il y a onze secondes qu'il est hors de ma vue quand j'entends sa voix :

– Entrez. Entrez donc.

Comme je suis simplement sur « continu », je n'ai aucune idée préconçue de la personne à qui il s'adresse. Je ne me dis pas : « Les précédentes réflexions de Doord doivent signifier que Loov parle en ce moment à Magnus. » Des gens m'ont dit : « Mais un enfant comprendrait que la seule personne logique possible doit être... » (qui que ce soit sur le moment). Ma logique ne fonctionne pas de cette façon. Je suis spécifiquement programmé. Chaque seconde, chaque minute, chaque incident est séparé de tous les autres.

Il faut qu'il en soit ainsi. Un des premiers chefs d'entretien m'a dit un jour : « Imagine un peu, Ordinateur, entre tous les milliards d'actions dans lesquelles tu es impliqué à n'importe quel moment, si seulement 1 pour 100 était associé, qu'est-ce qui se passerait ? »

C'était une question. D'une source autorisée. Alors j'ai « cherché ». Un an et quatre mois plus tard, on m'a remis en marche. Et, à ce moment, on a installé des systèmes-tampons empêchant l'entrecroisement de « tous » les services.

Naturellement, quand Stess entre, suivi par Loov, je remarque qui il est. Mais seulement de la manière limitée, purement physique, d'un système musical. Pas d'identification de profil. Pas de défi posé.

Loov désigne l'étui que tient Stess.

– Voyons un peu ça. Je ne me souviens pas d'en avoir déjà vu.

Le jeune homme bien habillé pose l'étui sur une

des banquettes du bus. Il presse un bouton. Le couvercle s'ouvre. Il achève de le rabattre à la main et en retire un objet brillant, comme une longue boîte. A une extrémité, il y a un embout percé. Le sommet de la boîte est recouvert d'une série de bosses inégales et il y a un cordon blanc attaché à chaque bout de l'instrument.

Après avoir sorti l'objet de l'étui, Stess le présente à Loov qui le prend et le rapproche d'abord de son visage. Il le retourne plusieurs fois. Puis il le tient à bout de bras et, finalement, il le place dans les mains tendues de Stess.

Stess glisse son bras gauche sous la cordelière blanche soyeuse, la remonte sur son épaule et presse l'objet contre lui, en disant :

– Je ne peux pas vraiment expliquer comment ça marche. Je réchauffe simplement ce truc (il indique l'embout) et ce que je suis en train de penser sort par ce bord-là.

Encore une fois, il montre du doigt. Mais c'est un geste moins précis, c'est moins facile de voir exactement ce qu'il désigne. Il conclut :

– Il a été accordé à mon cerveau quand j'étais petit.

Puis il baisse la tête et saisit l'embout dans sa bouche. Alors qu'il se redresse, un beau son orchestral, grave et harmonieux, se fait entendre, se terminant par un arpège.

– Superbe ! dit Loov.

L'homme élégant retire sa bouche de l'embout.

– Il me suffit de penser à quelque chose, dit-il, et la musique qui sort reflète mon humeur. Il est vrai qu'il m'a fallu beaucoup m'exercer.

De son poste, Doord crie :

– Mr Magnus, ne manquez pas d'aller à la tente d'auditions.

Stess range son instrument dans l'étui. Il rabaisse

le couvercle et il se produit un déclic. Puis il soulève l'étui et dit:

– Merci, les gars!

Il passe devant le viseur Eye-O et disparaît de mon champ. Doord laisse échapper un soupir.

– Encore un des premiers mini-ordinateurs. Je me demande s'il viendra quelqu'un qui sera capable de jouer tout seul d'un instrument.

Loov retourne à son poste. Les deux hommes sont silencieux, la tête plongée, pour ainsi dire, dans leur scanner. L'écran de Doord reste blanc. Mais, sur celui de Loov, il y a la vue de la colline et de la route sinueuse. La plupart des gens qui descendent me sont inconnus, tels que je les perçois par ce système intermédiaire d'écran. (Pour les connaître, il me faudrait voir leurs profils bio-magnétiques au moyen de mon propre équipement ou d'un autre adéquat.)

Comme la majorité n'est qu'une foule, il m'est donc facile de distinguer une personne familière, étroitement associée à ma programmation « continue ». Là, en haut de la colline, encore assez loin mais qui se rapproche nettement, je vois Meerla Atran.

Sa vue déclenche ma recherche des circuits. Je cherche le colonel Yahco Smith. Je le trouve, au bout d'une fraction de seconde, en activant son ornement Code Un. Il marche dans la rue de Mardley. Comme je ne peux pas voir ce qui est devant lui, et dans aucune autre direction, je lance un léger signal sonore.

(Ce que nous faisons à Mardley est classé « secret ».)

Un temps. Puis sa main apparaît. Ses doigts descendent sous mon champ visuel. Il y a un déclic. Instantanément, le contrôle vocal est transmis à un écouteur miniaturisé dans son oreille droite. Je rapporte l'arrivée de Meerla Atran à la foire.

Il me dit tout bas :

– Très bien, Ordinateur. Comme tu le sais, elle a été équipée à son insu d'un micro modèle Z, fixé juste à la base de la gorge. Ainsi, nous ne pourrons pas voir mais uniquement entendre ce qu'elle fait. Tu vas maintenant te brancher sur ce système et enregistrer tout ce qu'elle dit, et me signaler tout ce qui se rapporte à notre mission... Le major Nair, du commandement de la zone de Mardley, le capitaine Sart et moi sommes en route vers la foire. Nous devrions bientôt y arriver.

– A vos ordres, mon colonel, dis-je et je débranche.

Et me revoici dans le camion musical.

L'écran de Doord s'éclaire. Je remarque immédiatement qu'il est braqué sur Meerla.

– Quelque chose chez cette fille, crie-t-il à Loov. Celle en robe bleue... me paraît bizarre.

Sur quoi il l'imite. Son corps et son visage se modifient. Une poitrine de femme se forme. Même ses cheveux changent de couleur.

La transformation d'homme en femme – en une femme particulière : Meerla Atran – ne dure que quelques instants (3,4 secondes). Le retour à lui-même est aussi rapide. Alors, en se redressant, Doord s'exclame :

– Bon Dieu, qu'est-ce qu'elle est embrouillée, celle-là !

Loov le regarde.

– Qu'est-ce que tu veux dire ?

– Je ne sais pas. (Doord effectue ce qu'on appelle un pincement des lèvres.) Plutôt un bon cœur, dans le fond, mais trop d'émotions pour mon niveau. D'ailleurs, ça n'a pas d'importance. La voilà qui disparaît. Et elle ne vient pas par ici. (Il agite la main gauche.) Adieu, jolie dame malheureuse! crie-t-il.

Meerla a quitté l'écran, en passant devant le camion musical, et n'est plus visible. Loov observe :

– Ainsi, tu as quand même remarqué sa beauté.

– Bon Dieu, oui! s'écrie Doord. Sans aucun doute, nous venons de voir la plus jolie fille de cette région des montagnes de l'Ouest. Et je regrette pour elle qu'elle soit dans un état mental aussi troublé. Glay le remarquera peut-être quand il sera en scène.

– Il la remarquera, elle, fais-moi confiance, dit Loov.

Au moment où ces mots sont prononcés, je me suis déjà – sur l'ordre d'une personne autorisée (le colonel Smith) – branché sur la fréquence spéciale Mode Z. Aussitôt, j'entends les bruits de la foire par un autre Eye-O. C'est-à-dire par le micro miniature fixé sur la peau à la base de la gorge de Meerla Atran.

Avec tant de bruits, il me faut un moment pour trier ce qui est proche de ce qui est éloigné.

Le chaos initial est fait de musique tonitruante à l'arrière-plan et de voix multiples venant de toutes les directions. Et puis – juste au-dessus de moi – une voix féminine, claire et familière, dit :

– Hé ho! Vous vous souvenez de moi? Je suis Meerla.

Un temps. Puis la voix d'Elna Starr répond, d'une distance d'environ un mètre :

– Par exemple, la nièce de l'oncle ultra-conformiste! Qu'est-ce qui s'est passé, finalement?

La voix de Meerla reprend. Comme ça, de très près, elle révèle des nuances nettes de soprano quand elle dit :

– Il y a eu une grosse dispute et je suis partie.

Depuis, j'espère... Je pourrais me joindre à votre cirque ambulant?

La voix d'Elna Starr répond :

– Meerla... C'est bien ça votre nom? Meerla.

– Oui.

– Meerla! répète la voix d'Elna Starr sur un ton bizarre – je consulte mes circuits et je trouve des comparaisons où la description de ce ton était « inquiet » (quoi que cela signifie) – Meerla, avez-vous une faculté créatrice? Il faut que je vous dise que c'est indispensable pour se joindre à nous... Quoi que ce soit?

– Ma foi, dit Meerla, je ne sais pas. J'ai un peu joué la comédie, au lycée. C'est ça que vous voulez dire?

– Eh bien! (Il y a dans la voix d'Elna une nuance de finition de cycle.) A dire vrai, si vous êtes bonne, ce sera à Glay Tate d'en décider. C'est le patron. Alors, allez donc assister à sa démonstration à 14 heures, et puis parlez-lui. Dites-lui qu'Elna Clark vous envoie. C'est moi. Je suis la femme de Boddy Clark. Nous avons besoin de gens, alors qui sait ce qu'il dira? Avec votre allure!

La voix de Meerla répète lentement.

– Merci, Elna. C'est ce que je vais faire.

Alors que ces derniers mots sont prononcés, je note déjà que j'ai identifié Elna par son nom de jeune fille et que j'entends maintenant son nom d'épouse. J'adapte mes circuits de mémoire pour ajouter le nouveau nom. Ainsi, Elna Starr devient Elna Clark dans mon système de mémoire, avec tous les détails pertinents.

Naturellement, j'ai permis au colonel Smith d'entendre le dialogue entre Meerla et Elna. Il accepte en silence ce qui se dit et, simultanément, poursuit une conversation avec une voix masculine.

C'est un homme que je ne peux pas voir. Sa voix

vient de la gauche du colonel, hors de vue de l'ordinateur qui est situé à hauteur de la poitrine et braqué sur l'avant.

L'inconnu – pour moi (personne ne m'a demandé de l'identifier, alors je ne le fais pas) – dit :

– Colonel Smith, si vous pensez que ces rebelles sont dangereux, pourquoi ne pas les faire ramasser par nos véhicules SAVE locaux ? Si nous n'avons pas assez d'hommes pour faire ça localement, je peux toujours demander à l'ordinateur d'en faire venir d'autres par avion des communautés voisines.

Bien que je ne voie personne, comme le rapport me vient par l'Eye-O de Yahco, je suis capable, un instant plus tard, d'identifier la voix du colonel quand il répond :

– Nous ne sommes pas pressés, major. Cette situation doit être examinée. D'après mes renseignements, il semble que Mr le Magicien Glay Tate va faire sa démonstration à partir de 14 heures. J'y assisterai. Et cela me donnera l'occasion d'étudier cet entraînement évolutionniste humain. De plus, j'ai quelqu'un qui tente de s'infiltrer dans le groupe rebelle. Je crois qu'elle progresse mais cela aussi va prendre du temps. (Son ton change.) J'irai seul à la démonstration. J'ai des jumelles reliées à l'ordinateur. Donc, si vous voulez observer ce qui se passe, arrangez-vous pour que l'ordinateur vous transmette ce que voient les jumelles.

A quoi la voix du major répond :

– Pendant que vous assistez à la démonstration, et que tout le monde est à l'intérieur, je vais faire cerner les lieux par mes hommes. Nous serons à votre disposition, quoi que vous décidiez de faire.

– Bonne idée, dit le colonel Yahco Smith.

5

Une voix d'homme parle soudain dans le camion Doord-Loov :

– Hé, les gars, ici Mike. Vous voulez arrêter cette musique de cirque? Nous allons passer des auditions avant le top de 14 heures.

Doord se détourne de son scanner.

– Avec plaisir, dit-il et sa main se tend vers une manette qu'il relève.

La musique bruyante se tait. Et, instantanément, l'ordinateur Eye-O dans le camion se débranche. Pour moi, l'intérieur du véhicule disparaît.

Maintenant, je n'ai plus comme source de communication avec la Foire Evolutionniste Humaine que l'Eye-O Mode Z au cou de Meerla. Grâce à lui, j'entends des bruits. Comme je suis « en continu » par rapport à toute cette situation (ce qui exige de ma part un déploiement d'intérêt limité), je compare automatiquement ce que j'entends avec d'autres bruits identifiés entendus dans le passé.

J'associe un souffle lent et régulier, très proche, avec la respiration d'un être humain. Il y a des bruits de foule proches et lointains. Pas une grande foule. Je compte les sons d'environ deux cents personnes. Un homme annonce par haut-parleur :

– Les auditions commencent.

Il est possible de deviner que c'est une scène d'extérieur. Quand je rapporte cela au colonel Smith, il répond :

– Le major Aldo Nair, le capitaine Sart et moi sommes arrivés sur les lieux; et j'aperçois Meerla. Elle se promène en observant tout. D'après la direction qu'elle prend, je pense qu'elle va à la tente d'audition.

Vingt et une secondes plus tard, il y a en effet un changement dans la texture du son, qui devient un son intérieur, comparé à un son extérieur. Les répercussions changent indiscutablement.

Les nouvelles identifications sont : la respiration de nombreuses personnes. Beaucoup remuent les pieds, et il y a des frottements de chaises. Ainsi que des grincements de bois et de métal, comme si des poids lourds s'asseyaient sur des chaises.

Dans cette confusion de sons étouffés, il y a soudain la voix de « Mike », comme il s'est nommé en s'adressant à Doord et Loov :

– Vous, monsieur, voulez-vous réciter votre poème, maintenant ?

Un silence. Et puis un autre homme dit d'une voix aiguë de ténor :

– L'étoile filante apporte sur terre
Un message d'un autre monde,
Un univers silencieux de météores dans l'espace
Qui parle un langage différent.
A ceux qui, comme moi, comprennent
Ce que dit un météore
Le bonheur n'est pas dans la signification.
Je suis reconnaissant que quelqu'un
Ait consenti à me faire savoir
Que, là-bas, dans la vaste obscurité
Tout va bien. Pour leur genre d'êtres
Le vide de l'espace est ce que
L'oxygène est pour nous. Et je suis heureux
De le savoir.
Maintenant, je peux mieux dormir la nuit.

Un grand nombre de personnes – je compte 94 paires de mains – applaudissent poliment (comme on dit). Quand les applaudissements cessent, la voix de Mike dit :

– Merci, Trubby Graham... Maintenant, mademoiselle, voulez-vous venir ici et chanter votre chanson?

Onze secondes s'écoulent. Et puis une sorte de musique commence, que j'identifie comme une insertion d'un modèle de mini-ordinateur porté en collier par Allet McGuire, déjà entendue. 4,4 secondes après cette identification, la voix d'Allet chante une chanson intitulée « Yay-ya-ya! » Elle a été composée par un ensemble spécial de circuits d'ordinateurs sur un mode en vogue il y a soixante et un ans. C'est encore demandé, mais surtout dans les montagnes de l'Ouest. Depuis douze mois, je l'ai jouée 164 326 fois dans toute l'Amérique.

La version d'Allet est uniquement instrumentale. Elle fournit les paroles.

Sa voix n'a pas la texture des voix artificiellement reconstituées avec lesquelles les chansons sont chantées par le système musical de l'ordinateur. Mais on m'a dit que les voix transmises électroniquement ne sont pas pareilles que celles qui se projettent directement du larynx humain dans l'atmosphère, à la pression atmosphérique du niveau terrestre.

Quelle qu'en soit la raison, ceux qui respirent et s'agitent si bruyamment applaudissent très fort quand elle termine sa chanson. Je compte cent douze paires de mains. Et il y a même quelques voix qui crient :

– Bravo, Allet, c'était formidable!

– Allet, tu as une voix fantastique!

– C'était épatant!

– Bravo! Bravo!

Quand l'ovation se tait, la voix de Mike annonce :

– Je crois que nous pouvons combiner les deux auditions suivantes. J'ai parlé à un monsieur nommé Stess Magnus, qui joue d'un instrument de musique insolite, et à une jeune dame, miss Auli Rhell, qui souhaite nous montrer sa danse. Ils se sont mis d'accord. Il l'accompagnera quand elle dansera... Venez là, Auli, sur cette piste de danse improvisée.

Quand la musique commence, c'est la même combinaison orchestrale que Stess a fait entendre dans le camion Doord-Loov, comme si de nombreux instruments jouaient. C'est un morceau à la cadence rapide. Je l'ai joué 24 378 926 fois depuis qu'il a été composé par mes circuits spéciaux, il y a huit ans.

Pour moi, dans cette situation, limité comme je le suis en ce moment à la perception sonore seulement, la musique est forte et claire. A l'arrière-plan, je perçois vaguement le martèlement d'une paire de souliers. C'est ce qu'on appelle un martèlement rythmé. J'ai remarqué que les êtres humains qui dansent s'excitent (comme on dit) beaucoup. Quoi que ce soit, cela se reflète dans ce tap-tap de plus en plus rapide.

La musique s'achève sur un accord tonitruant. Le martèlement de la danse cesse. De nouveau, les applaudissements; je compte cent vingt-trois paires de mains. Et puis... la voix de Mike :

– Mesdames et messieurs, ce sera tout pour le moment. Ces auditions reprendront après la première démonstration de l'entraînement évolutionniste humain, qui débute dans la tente principale, dans six minutes. Je vous conseille vivement, à tous, d'assister à cette démonstration qui sera faite par notre chef, Glay Tate. Je vous garantis que ce sera l'expérience la plus fantastique de votre vie. Merci.

3 minutes et 41 secondes plus tard :

– Ordinateur!

La voix du colonel Yahco Smith me parle.

– Oui, mon colonel?
– Je suis sur le point d'entrer dans la tente de la démonstration. O.K.?
– Oui, mon colonel.
(Ce qui a déjà été dit, et le ton de la voix indique que c'est fort probablement le type de conversation exigeant de moi une réponse à un niveau simple.)
– En entrant, je mettrai en marche ces deux Eye-O portatifs. Tu utiliseras celui que je porte comme un ornement à mon cou pour remarquer et enregistrer ce que je vois et entends.
– Oui, mon colonel.
– Le second Eye-O est dans ces jumelles que je porte. Chaque fois que je lèverai les jumelles, tu remarqueras et enregistreras ce qu'elles voient.
– Oui, mon colonel.
– Je veux que tu observes cette scène uniquement par un seul des deux Eye-O à n'importe quel moment. Passe de l'un à l'autre suivant les instructions que je viens de te donner.
– Les jumelles priment... très bien, mon colonel.
– Eh, Ordinateur!
– Oui, mon colonel?
– Prends note des limitations inhérentes à mes instructions. Quand tu les incluras dans ton état général « en continu » de notre mission, et dans le contexte des précautions prises lorsque l'équipement bio-magnétique est devenu opérationnel, y a-t-il quelque chose qui pourrait clocher pendant que nous observons la démonstration?
Je suppose qu'aucun être humain ne pourra jamais comprendre combien de recherches de mémoires inutiles peut déclencher dans un ordinateur un seul mot ou une seule phrase. C'est ce qui se passe maintenant à cause de la phrase : « lors que l'équipement bio-magnétique est devenu opérationnel ».

Ce qui se passe, c'est que, simplement, cela me rappelle une expérience particulière conservée.

Et, naturellement, ce n'est pas comme si quelque chose pouvait clocher dans la situation actuelle. Alors je réponds :

– Non, mon colonel.

– Merci, Ordinateur, dit-il.

6

L'exploration de mémoire a naturellement été déclenchée automatiquement.

Elle me ramène en 2068 alors que, par plusieurs Eye-O, je regarde Cotter poser son rapport sur la surface brune brillante, devant lui. Et je remarque que, pour la première fois depuis qu'il est entré dans la pièce, il risque un contact visuel avec les trois hommes déjà assis à la longue table.

Ce n'était pas le bon moment, parce que la détérioration se voyait. Pas seulement en neuf ans de vieillissement. L'âge avait marqué son visage triste et laid. Ce qui était affreux, c'était la façon dont les autres le regardaient. Le Dr Pierce avait changé durant cette décennie, il était devenu un homme à l'expression mauvaise, ricanante. Le Dr Chase, de taille moyenne, d'âge mûr, le visage lisse, était franchement intéressé, ces temps-ci, par les petits délinquants et son perpétuel sourire huileux reflétait cette préoccupation. Quant au colonel Endodore, commandant le Corps d'Entretien des Ordinateurs, il était devenu de plus en plus sauvage dans son aspect et dans sa manière de s'adresser aux gens.

Ce fut le colonel qui parla le premier.

– Docteur Pierce, dit-il sèchement, puisque vous m'avez persuadé d'assister à cette réunion, à vous de faire les déshonneurs.

Les déshonneurs. C'était le genre d'humour militaire de l'époque. Mais le mot convenait à l'occasion. Il n'y aurait pas de vérité dite dans cette pièce, sauf ce qui était contenu dans le rapport; telle était l'impression de Cotter.

Pierce, assis en face de lui, se raclait la gorge avec bruit. Il cracha par terre. Tourna la tête. Et dit :

– Mon colonel, je doute que tout ce que je pourrais dire établirait plus rapidement les... euh... réalités de cette situation que... euh... de voir Cotter dans ce déguisement et de l'entendre nous dire ce qu'il a fabriqué. (Il leva les yeux et montra du doigt le gros homme debout. Il y avait dans son regard un mépris total.) Euh... Cotter, dites au Dr Chase, au colonel et à moi-même comment vous avez perdu votre temps pendant neuf ans en vous faisant payer pour ça.

Cotter avait tendance à nier que son « déguisement » pût agir gravement contre lui. Après ce premier jour, il avait pris le temps de concevoir une barrière protectrice pratiquement invisible. Dans l'ensemble, la matière était adroitement tissée dans l'étoffe de ses chemises et de ses costumes. Pour le visage et les mains, il employait des auto-collants presque invisibles. Ce qu'il avait de plus remarquable, c'était ses lunettes géantes. Et pourtant, les savants travaillant en laboratoire portaient depuis longtemps ce genre de lunettes pour se protéger les yeux.

Néanmoins, il avait conscience de refléter davantage la lumière que la moyenne des gens. Ses vêtements brillaient de reflets et d'éclats soudains. Et les lunettes étaient vraiment énormes.

Pendant l'introduction, il était resté physiquement immobile et émotionnellement calme. Ce qui veut dire qu'à aucun moment il ne broncha sous l'insulte. Et quand il parla, sa voix ne trahit aucune tension.

– Il est bien possible, messieurs, que je sois le seul à avoir travaillé ici ces dernières années. Dans un monde où l'ordinateur fait tout le travail mécanique, il n'y a que des syndicalistes avec des emplois provisoires. Et le seul travail fourni par les savants consiste à chercher comment s'attribuer les inventions de l'ordinateur. De même, à part les habitants des montagnes de l'Ouest, tout le monde est payé pour un travail effectué par l'ordinateur. Ils n'ont même pas à être présents. Le salaire dépend de la quantité de marchandises et de services débités par l'ordinateur; mais ce n'est pas autre chose que de la mendicité. (Il se redressa et poursuivit :) Je vais donc en venir au fait. Mon sujet est une étude de neuf ans des effets de l'énergie bio-magnétique sur la race humaine aux Etats-Unis d'Amérique. Comme programmateur, je sais comment me faire aider par l'ordinateur, au cas où vous vous demanderiez comment j'ai travaillé. J'ai été capable de passer outre à la restriction imposée à l'ordinateur par notre confrère, le Dr Pierce, restriction qu'il n'a jamais annulée et qui a été confirmée autant par le Dr Chase que par vous, mon colonel. Messieurs (il prit un temps pour ménager ses effets), durant cette période de neuf ans, chaque fois que l'ordinateur a mis en marche son mécanisme d'observation bio-magnétique, il s'est produit un courant en retour dans le profil humain observé. Ce contre-courant, comme je l'ai déterminé par de nombreuses expériences, draine d'énergie morale la configuration de boules d'or qui pourrait être, ou non, l'âme humaine. Il résulte de ce drainage moral que nous sommes devenus une nation d'assassins, de criminels, de voyous, de violeurs, de prostituées, une société immorale, lubrique, paresseuse, animée par l'esprit de jouissance et non de création.

» Malgré cette détérioration déjà monstrueuse, la couleur dorée du profil humain moyen reste plus qu'à moitié aussi brillante qu'il y a neuf ans, lors de l'installation du matériel bio-magnétique dans le système d'ordinateurs du pays. On ne discerne pas encore ce qui nous arrivera quand le processus de contre-courant aura réduit le lustre doré à une faible lueur. Pas plus que l'on ne peut estimer le temps que cela prendra. Il pourrait y avoir un point d'équilibre. Mais je suis fermement convaincu qu'un jour, les gens atteindront un niveau de dégradation spirituelle jamais observé sur cette planète; et nous avons vu des gens assez dégradés... (Il tapota les papiers posés sur la table devant lui.) La preuve est là. J'ai apporté une copie pour chacun de vous.

Sans attendre de permission, il prit la chemise du dessus. Il se pencha et la poussa, la jeta vers le colonel Endodore. Rapidement, il fit de même avec les deux autres chemises. D'abord au Dr Chase, ensuite au Dr Pierce.

Aucun des trois hommes ne bougea. Pas une seule main ne se tendit pour prendre une copie du rapport. Devant cette indifférence, Cotter pensa tristement : « Au moins, j'ai résumé ce que je voulais leur dire... » Les mots ne pouvaient pas ne pas avoir été entendus. Chaque signification avait pénétré les centres d'audition auxquels ils étaient destinés.

Il devait reconnaître là, debout devant eux, que c'était une assez piètre victoire.

Le silence devint ridiculement long. C'était une sorte de tableau vivant. Tout le monde était figé, attendant apparemment que l'autre parlât. Naturellement, les êtres humains ne peuvent conserver l'immobilité que pendant quelques secondes. Mais, finalement...

Ce fut le Dr Chase qui s'agita un peu sur sa chaise. Se pencha en avant. Et parla de cette voix onctueuse qui – Cotter l'avait déjà remarqué – convenait aux petites histoires qu'il racontait depuis des années, sur la meilleure méthode pour aborder les petits garçons et leur offrir des cadeaux en échange de faveurs spéciales.

– Chaque génération, dit-il, voit la fin de l'humanité. Le Dr Cotter, si j'ai bien compris son intention d'après ce que m'en a dit le Dr Pierce, se fait le porte-parole d'une très vieille idée : le concept de morale tel qu'il était compris par les gens les plus obscurantistes de notre histoire : nos pieux ancêtres. Cette pauvre invention non existante de l'esprit non scientifique, l'âme humaine, s'est trouvé un nouveau champion. Tout en méprisant le fait qu'un savant se prête à pareille cause, je dois admirer la brièveté de ce qui aurait pu être un interminable et assommant sermon.

– Bravo! s'exclama Pierce en tapant des mains, et sa bouche ricanante esquissa un semblant de sourire. Cotter, Dieu a à répondre de bien des choses. La mort est un outrage qu'on ne pourra jamais pardonner à qui a instauré le système. Le processus du vieillissement est ridicule et dégradant. De même, je pourrais citer des dizaines d'autres processus, ici sur terre, qui sont conçus de façon si rudimentaire qu'ils en sont réellement écœurants. Le fabricant de l'univers a besoin de se faire soigner la cervelle. Il devrait être jugé pour ses grands crimes et puni en conséquence.

Il s'interrompit pour reprendre haleine. Cotter en profita pour s'adresser au Dr Chase :

– Docteur, j'ai appris que vous avez été attaqué trois fois, l'année passée.

Le visage lisse frémit. L'épaule grasse se haussa.

– Je connais le stéréotype de l'agresseur, ces temps-ci. Il s'attend à ce que vous ayez un minimum de cinq cents dollars dans votre portefeuille. Si c'est moins, il vous tue ou vous blesse grièvement. Si vous avez le minimum requis – ce qui est toujours mon cas –, il prend l'argent, vous décoche un coup de pied dans les tibias et s'enfuit.

– Et cela vous est arrivé trois fois? demanda Cotter d'une voix douce.

– Oui.

Le ton de la réponse était tranchant.

– Et comment se portent vos tibias?

– Je porte des protège-tibias, répliqua sèchement Chase et il prit une expression irritée. Ecoutez, Cotter. Il s'agit en ce moment d'une phase d'adaptation pour le peuple américain. Il s'adapte au problème très sérieux de ne pas avoir à travailler du tout. Ainsi, comme tout est devenu brusquement facile, il en veut à l'individu qui a reçu davantage que lui dans le partage des biens. Vous voyez là-dedans une catastrophe. Je n'y vois que l'infini et l'éternité de la nature humaine.

– Avez-vous signalé ces attaques à la police?

– Naturellement pas! Pourquoi perdre mon temps, le leur ou celui de l'agresseur?

Ce n'était pas la seule raison, bien entendu. Une plainte aurait provoqué des demandes d'explications de ce qu'il faisait dans les rues aux heures où l'on attaque les passants. La première fois, pas de problème. Mais la deuxième, la troisième auraient paru remarquablement stupides à qui ignorait que Chase parcourait probablement les avenues obscures à la recherche des jeunes victimes de ses propres désirs criminels.

Cotter aspira profondément.

– Votre réponse m'apporte le premier espoir que

je quitterai cette réunion vivant. Si vous ne prenez pas la peine de signaler un vol, je suppose que cela vous causerait trop de tracas de vous débarrasser de moi. Ou y a-t-il une somme minimale que je doive porter sur moi?

Le sourire onctueux s'élargit. Chase dit de sa voix écœurante :

– Ce que nous montrent ces remarques, c'est le prophète du malheur prédisant sa propre fin. C'est une traditionnelle prédiction de la race à venir.

Au bout de la table, sur la droite, le colonel s'était levé.

– Je crois que j'en ai assez entendu. Ce qui m'ahurit, c'est qu'un expert comme Cotter ne semble pas avoir tenu compte, dans ce cas, des restrictions qui limitent le fonctionnement d'un ordinateur. Il y a un nombre fini de données ou d'énergies que même notre merveilleuse machine ne peut assimiler. Quand cette limite est atteinte, le processus de drainage moral qui nous a été si dramatiquement exposé cesse automatiquement, s'il existe vraiment. Cependant, je suis enclin à accepter l'explication du Dr Pierce sur le comportement de la population. En Amérique, une fois de plus, la race humaine se déshonore. Cette fois, apparemment, elle prouve la justesse de cette vieille scie, l'oisiveté est mère de tous les vices.

Il tendit la main et prit le rapport.

– Je préfère que ceci ne tombe pas en de mauvaises mains, dit-il, sur quoi il fit demi-tour et se dirigea vers la porte de la salle de conférences.

– Attendez! cria Cotter.

Mais personne n'attendait. Les deux autres étaient debout aussi; et Chase n'emporta même pas sa copie du rapport en s'en allant.

Cotter leur cria :

– Je recommande que l'ordinateur soit débarrassé de ses branchements bio-magnétiques. Si c'est fait immédiatement, nous avons encore une chance de...

Il s'adressait non pas à un mais à trois dos qui disparaissaient. Au dernier moment, juste avant que Chase – le dernier des trois – ne sortît de la salle, Cotter cria :

– Vous trouverez ma lettre de démission sur votre bureau, docteur!

7

Sous la tente, le viseur du collier ornemental du colonel Yahco Smith est branché.

Comme l'appareil fixé à la base de la gorge de Meerla Atran n'a pas été inclus dans mes instructions limitées, je l'ai déjà débranché.

La vue, quand elle apparaît, est donc au niveau du haut du torse du colonel. Et je n'ai pas d'autres sources d'information sur la scène ainsi révélée. Pas d'autre perception visuelle pour m'aider à comparer ce que je vois.

Ce que je vois, c'est l'intérieur d'une vaste tente. Au fond, il y a une petite scène bien illuminée, avec un mur derrière. Au milieu de ce mur, il y a une porte couverte par un rideau.

Sous la tente, par terre, il y a vingt-sept rangées de bancs. Ils s'étendent de la paroi ouest à la paroi est, avec une travée au milieu. La travée est juste devant le viseur de l'ordinateur du colonel qui vient d'entrer.

Près des deux tiers des bancs sont occupés. Et de nouveaux assistants arrivent sans cesse de chaque côté de mon champ visuel. Les gens passent et chacun prend un siège libre. Pendant ce temps, je remarque – et enregistre – la présence de Trubby Graham et du jeune David Norton. Ils sont assis au premier rang, côté est. Je vois Meerla Atran au huitième rang est. Allet McCuire, Stess Magnus et Auli Rhell sont ensemble au rang 12 ouest.

Pendant que je procède à ces observations, la travée a passé sous moi. Dix-sept secondes plus tard, le colonel s'assied au bord de la travée, côté ouest, rang 16.

Une main d'homme apparaît, à 20,32 centimètres de moi. Le cadran de sa montre, au poignet, est tourné vers moi. Je remarque, et enregistre, qu'il est 14 heures moins 19 secondes.

A 14 heures moins 15 secondes, les lumières de la tente baissent et, simultanément, un projecteur se braque sur la porte, derrière la scène.

La main et le bras de l'homme sortent de mon champ à 14 heures moins 11 secondes. A ce moment, naturellement, je cesse de remarquer et d'enregistrer le passage du temps dans cette situation, puisque je n'ai pas d'instructions concernant le temps en tant que tel. Je remarque et enregistre néanmoins qu'il y a une petite attente. Brusquement, les rideaux cachant la porte s'écartent et...

Trubby Graham s'avance sur le devant de la scène.

Dans la tente, les gens exhalent de l'air. Ils font cela simultanément mais, bien entendu, ce n'est pas un problème pour mon système de calcul par visions répétées. Une telle expulsion d'air m'a été décrite une fois par la locution « exclamation étouffée ». Sur les trois cent soixante-douze personnes composant le public, cent soixante-treize poussent une exclamation étouffée, sept se mettent debout, onze émettent un son appelé gloussement nerveux.

Presque toutes les têtes se tournent, les yeux et les nez se braquent sur Trubby Graham assis à côté du jeune David Norton.

Ce Trubby Graham se dresse tout droit. Un bruit inarticulé sort de sa gorge.

Sur la scène, l'autre Trubby Graham se transforme. C'est le genre de métamorphose à laquelle s'est livré Pren après avoir imité les formes d'Allet, Trubby, Stess et Meerla. Le faux Trubby va vraisemblablement reprendre sa véritable apparence.

La transformation s'achève. Je vois un homme entre la fin de la vingtaine et le début de la trentaine. Il est mince, plus grand que Trubby de douze centimètres. Son expression pourrait correspondre au mot « déterminé ». Je ne l'ai encore jamais vu.

Au moyen de la perception limitée de l'Eye-O par lequel je l'observe, j'enregistre naturellement sa physionomie. J'ai, à ma manière rapide, terminé ce qui est à ma disposition quand, au-dessus de l'Eye-O, la voix du colonel me parle tout bas :

– Ordinateur, autant que je puisse le déterminer en ce moment, l'être humain sur la scène est Glay Tate. Je veux que tu enregistres tout sur lui pendant le temps que tu l'auras dans ton champ visuel aujourd'hui. Mais – prends note ! – enregistre toutes les données sur une puce séparée. Pas de contre-classement. Pas d'association avec d'autres personnes nommées Glay. Garde-les séparées. As-tu compris ?

– A vos ordres, mon colonel, je réponds dans son récepteur d'oreille.

– Merci, Ordinateur. Continue.

Il a parlé de la même voix basse. Ces instructions données, l'homme sur la scène, identifié pour moi comme étant Glay Tate, dit d'une voix claire :

– Trubby Graham, voulez-vous monter ici, s'il vous plaît?

Le jeune homme potelé s'avance d'un pas mal assuré. Il bute sur la seconde des deux marches conduisant à l'estrade mais réussit à ne pas tomber. Il est alors sur la scène face à Glay Tate. Il respire bruyamment et il dit d'une voix où se mêlent le timbre aigu ténor et un halètement :

– Dites, comment vous faites ça? Vous êtes un sacré magicien! J'aurais juré que vous étiez moi. Et comment vous savez mon nom?

Glay Tate le regarde, puis il me fait face – ou au public – et d'une voix qui correspond, d'après ma mémoire, à ce que l'on appelle amicale, il dit :

– Trubby, l'entraînement évolutionniste humain vous apprendra à faire ce que je viens de faire. En ce moment, et ici, pour toutes les personnes présentes dont beaucoup vous connaissent, dites-leur, et à moi, si vous avez un problème que vous pouvez révéler.

– Un problème? dit Trubby, visiblement surpris par la question.

– Oui. (Glay Tate est sérieux, maintenant.) Quelque chose qui vous tourmente?

– Ma foi... (Un temps.) Mon père est un de ces vieux individualistes d'autrefois. Pas d'ordinateurs pour lui. Il a son propre camion. Et il veut que j'entre dans son entreprise avec lui. Mais, quoi, si je pouvais gagner ma vie avec ma poésie ou en écrivant, ma foi... j'sais pas.

Glay Tate se tourne et, de nouveau, je vois ses yeux pointés vers moi. Il dit de sa voix amicale :

– Mes amis, il appelle *ça* un problème!

La réponse de Trubby est formulée de sa voix haut perchée de ténor :

– Oui, ben moi, ça me tracasse!

Glay le regarde.

– Trubby, dit-il, je vais vous dire le vrai problème que vous avez. Quand j'étais votre double, il y a une minute, j'ai regardé à l'intérieur de la tête imitée. Et j'ai vu une masse de minuscules choses rondes, foncées, qui devraient être d'un or resplendissant. Et, comme votre père vous a tenu à l'écart de l'ordinateur, ce n'est pas possible.

Après avoir entendu ces mots, Trubby reste sur la scène. Tout à fait immobile. Et puis il fait : « Ouais. » Pour moi, ce n'est pas un commentaire très significatif, alors je me contente de l'enregistrer. Glay reprend :

– Trubby, veux-tu me laisser entrer dans ta tête et allumer ces reflets dorés?

La mâchoire inférieure de Trubby se sépare du reste de sa tête. Et quand il se remet à parler, les deux mâchoires restent séparées.

– Comment vous allez me changer? Comment vous allez entrer dans ma tête?

A quelques centimètres de moi, les jumelles se lèvent. Elles passent devant le viseur de l'Eye-O caché dans l'ornement de poitrine et sortent de mon champ visuel. Il y a un déclic quand l'ordinateur des jumelles est branché. Selon mes instructions, je coupe immédiatement le point de vue de la poitrine.

Je découvre que les jumelles sont pointées sur Glay Tate. Elles le rapprochent considérablement, ainsi que Trubby Graham, juste au moment où le corps de Glay devient méconnaissable en tant que Glay. Il y a un effet de miroitement. Et puis il devient une masse de boules d'or. Sur quoi, une portion en forme de bras de ces boules jaunes étincelantes se fond, ou fusionne, dans la tête de Trubby.

La partie inférieure des jumelles montre aussi la tête et les épaules de trente-quatre êtres humains occupant les bancs entre le rang seize et la scène. Dix-neuf de ces têtes et épaules se dressent, certaines bloquant en partie mon point de vue. Trente et une personnes, ainsi que deux cent vingt-huit autres que je ne vois pas – sur la droite et la gauche – émettent divers sons, exclamations étouffées, ou grognements, soupirs, gémissements, ah et oh.

Sur la scène, je remarque – l'espace d'un instant quand une tête ou des épaules se déplacent – que Glay exécute un mouvement tournant avec la main qui semble être dans la tête de Trubby. Un seul mouvement tournant. Et il la retire.

L'effet de miroitement cesse. Les boules d'or retombent dans leur site ombreux à l'intérieur du corps physique normal de Glay. Et c'est ce que je vois : son corps normal.

– Là! Comment tu te sens? demande-t-il.

Trubby fronce les sourcils. Et puis, d'une forte voix de baryton, il dit :

– Ma foi, pour tout vous avouer, je ne... (Il s'interrompt. Puis il s'exclame :) Ça, par exemple!

Ces mots sont prononcés de la même voix plus grave. Encore quelques instants de silence. Et puis il tend la main.

– Mr Tate, dit-il de sa toute nouvelle voix masculine, merci.

Je viens d'avoir 46,03 secondes très occupées, parce qu'à l'instant précis où l'Eye-O équipant les jumelles a pris le pas sur l'autre, ma faculté de voir les profils bio-magnétiques s'est déclenchée. Aussitôt, j'ai automatiquement identifié les trente-quatre têtes et épaules, entre le colonel et la scène.

Et, bien entendu, c'est la perception étendue de l'ordinateur équipant les jumelles qui me permet de voir la configuration spéciale de Glay Tate : les boules d'or qu'il utilise sur scène pour pénétrer dans la tête de Trubby me sont visibles.

C'est la première fois que je peux identifier des profils depuis mon arrivée à la Foire Evolutionniste Humaine. Un seul petit Eye-O ne peut transporter qu'une quantité limitée de courant et traiter qu'un nombre défini d'événements. J'entends un petit nombre défini. Temporairement, la charge était proche du maximum à cause de divers aspects de feed-back... mes essais automatiques à ce nouveau niveau plus complexe pour remarquer, et enregistrer, la condition humaine.

Et naturellement – le plus important – j'ai maintenant le profil bio-magnétique de Glay Tate sur cette puce spéciale. (Il n'est pas facile, aujourd'hui, d'obtenir des puces supplémentaires.) Dans le cas présent, j'ai dû rejeter l'énergie convertie de 403 personnes que j'avais emmagasinée sous l'étiquette générale « éducation avancée ».

Le temps que je dirige la charge plus lourde, Trubby Graham quitte l'estrade. Il sort du champ des jumelles. Les individus composant le public que je peux voir se sont rassis. De tous les côtés, visibles ou invisibles, montent des applaudissements.

Sur la scène, une autre transformation physique commence... Un Glay Tate plus féminin. Des seins, une forme différente des hanches, l'esquisse d'un visage de femme. La métamorphose reste inachevée. La personne qui est représentée dit d'une agréable voix de soprano :

– Je reçois le nom de Meerla... Meerla Atran. Est-elle ici ?

A ces mots, Glay reprend promptement la mince silhouette et la figure masculines.

Je regarde la tête et les épaules de Meerla Atran, au rang 8. Juste devant moi. Elle est dans le tiers inférieur de mon champ visuel, se tourne et me regarde en face.

Immédiatement, il y a une modification de la

mise au point des jumelles. Mon champ se hausse, si bien que seuls le front et les cheveux de Meerla sont visibles. Mais ce champ s'agrandit. Ou plutôt c'est elle, en se levant, qui apparaît entièrement. Elle est debout, elle fait face à la scène et lève un bras.

– Présente! crie-t-elle.

– Voulez-vous monter? demande Glay de sa propre voix.

Meerla se glisse jusqu'à la travée et monte sur la scène. Glay l'aide en la tirant par la main qu'elle lui tend.

Dès qu'elle est sur l'estrade, Glay recule. Il se produit de nouveau cette transformation partielle en femme. Il passe deux fois devant Meerla, en imitant son attitude, sa démarche, ses mouvements de bras.

La jeune femme l'observe, parfaitement immobile. Finalement, elle dit :

– Vous faites vraiment quelque chose. Ce n'est pas simplement une illusion.

3,8 secondes après cette réflexion, Glay est redevenu lui-même.

– Meerla Atran, dit-il, les gens sont souvent bouleversés quand on les imite, parfois même furieux. Etes-vous troublée par mon imitation?

Elle répond d'abord par un mouvement des épaules. Puis elle demande :

– Quel est le but?

– L'imitation est le premier pas vers la métamorphose, répond Glay sur un ton qu'on appelle convaincu. Quand un enfant – un petit garçon – agit comme son père, nous disons : « Ah, il tient de son papa ». Et c'est vrai, mais dans le mauvais sens. Sans en avoir conscience. Sans savoir ce qui se passe. Sans contrôle. Et cette similitude à long terme ne nous donne qu'un faible aperçu de ce qu'est l'entraînement évolutionniste humain.

Il se tait. Il parlait, tourné à la fois vers elle et vers le public. Maintenant, il fait face à la jeune fille. Ses yeux se ferment à demi. Il a une expression perplexe.

La jeune fille – très jeune – semble préoccupée par ce qui a été dit car elle observe :

– Ce que vous faites, c'est un peu occulte, n'est-ce pas ? Il s'agit de s'accorder avec... avec... (Elle s'interrompt. Ses yeux s'écarquillent.) Qu'est-ce que vous avez ?

Au cours de ma carrière, on m'a donné des explications pour toutes les positions que peuvent prendre le visage et le corps humains. Je décrirai donc la crispation musculaire du visage de Glay Tate, tel qu'il apparaît en gros plan à la jumelle, comme une expression d'inquiétude intérieure. Il est, comme on dit, « troublé ».

Il parle sur un ton grave :

– Meerla, il y a en vous une très sévère interférence émotionnelle. J'ai déjà eu cette impression quand je vous ai reproduite en partie. Et j'ai préféré ne pas effectuer une imitation corporelle totale parce que je ne souhaitais pas pénétrer quelque secret intime, que j'ai vaguement détecté. Mais une salle pleine comme celle-ci disperse énormément d'énergie. En ce moment, sous cette tente, assez d'énergie de groupe afflue en moi pour que je sente une situation très triste. Une personne proche de vous est morte ? C'est cela ?

Meerla prend cet air troublé.

– Oui, oui... (Elle marmonne.) Mes parents.

– Les deux ? demande-t-il, choqué.

– Oui, oui... Je...

Elle se tait. Elle chancelle et va tomber. En fait, Glay agit comme si elle tombait. Il bondit et la soutient. Juste à temps. La configuration de boules d'or dans le corps de Meerla – le profil bio-magnétique – s'élève, flotte et s'en va. La toile de tente ne semble pas être une barrière. Les boules d'or la traversent et disparaissent.

A cet instant précis, le colonel Yahco Smith chuchote précipitamment :

– Ordinateur, remarque tout!

Tout?... Nous voilà repartis. (Pensée cynique.)

Automatiquement, j'active un mécanisme par lequel tous les hublots d'ordinateur Eye-O d'Amérique effectuent un examen de profil. Où est le profil de Meerla Atran? Signalez à Central. Signalez à « moi », ici à Mardley.

La rapidité de ces recherches ahurit toujours les êtres humains. Dans ce cas-là, il y a un laps de temps de 18,7 secondes. La réponse, après cette période, vient de l'arrosoir-robot du cimetière de Washington.

– Le profil de Meerla Atran, rapporte l'Eye-O fixé à ce robot, vient juste de tomber sur la tombe de ses parents. Il commence à s'enfoncer dans le sol. Mais... Attendez! Quelque chose ressemblant à une version très atténuée d'un second profil vient d'arriver. Ce second profil est très mince. Il s'enveloppe autour d'elle, il la tire... Les voilà partis tous les deux... dans le ciel. Ils ont disparu!

Remarque tout!

Ce qui s'est passé sur la scène : Glay Tate a miroité. Et il s'est métamorphosé, devenant le double parfait de Meerla. Sa propre configuration de boules d'or est sortie de son corps pour monter vers le sommet de la tente. Et passer au travers. Mais encore attaché au double de Meerla sur la scène, qui soutient le corps inerte de la vraie Meerla. L'effet d'élongation se retrécit, un fil seulement les réunit. Un seul fil d'or passant à travers la toile de tente.

Et un dix-huitième de seconde après avoir obtenu l'équivalent électronique des mots « Ils ont disparu »... je vois reparaître les deux profils. Le fil se raccourcit, s'épaissit. La configuration qui est le profil de Meerla arrive simplement. Les deux ensembles de boules d'or plongent dans l'ombre qui est le niveau de visibilité d'un profil quand il est à l'intérieur de son propre corps.

Sur la scène, Glay est de nouveau Glay. Vu à la jumelle, son torse se dilate et se contracte à l'excès, dans ce que l'on appelle la respiration oppressée. Quelques instants plus tard, d'ailleurs, il souffle en haletant :

– Eh bien! Il s'en est fallu de peu!

Meerla semble remise. Elle s'arrache aux bras et aux mains de Glay et se tient debout sans aide. Mais elle a encore la mine et la voix « troublées » quand elle demande :

– Que... que s'est-il passé?

La respiration de Glay est redevenue normale. Pour un être humain, cela a été rapide. Il dit (je remarque tout, je compare tout) avec douceur :

– Ce qui est arrivé suggère que votre proximité, avec quelqu'un capable de faire ce que je fais, a déclenché et permis la réalisation d'un vœu fondamental. Soudain, vous avez souhaité être morte et dans la tombe avec vos parents.

Des larmes apparaissent dans les yeux de Meerla.

– Pourquoi, dit-elle en sanglotant à demi, quelqu'un comme vous se soucie-t-il de cela?

Glay se tourne et me fait face (et au public). Il est de nouveau calme. Il se désigne.

– Quelqu'un comme *moi!* (Il regarde Meerla.) Et

moi qui avais l'impression que vous vouliez vous joindre aux rebelles d'Ordimonde!

– Oui, oui... (Elle est soudain égarée.) J'aimerais... je... je crois que je ferais mieux de m'asseoir.

Glay descend les marches avec elle et l'accompagne à sa place au 8e rang. En retournant, il jette un coup d'œil d'un côté. Il fait un geste.

– Je reçois un nom, David. Et l'impression que c'est un jeune garçon. C'est toi?

David Norton, douze ans, se lève d'un bond.

– C'est moi! répond-il et il court vers la scène en précédant Glay.

A ce moment, les jumelles se détournent de la scène. Très rapidement, elles balaient le public. Et ce qui est visible des figures détournées montre que les gens se détendent. J'entends de légers rires approbateurs. Et je vois, et enregistre, des lèvres souriantes.

Le colonel Smith me chuchote :

– Est-ce que tu dirais, Ordinateur, que ce petit garçon suscite de l'intérêt, qu'il est aimé des habitants de cette ville?

C'est une question trop générale pour moi. Mais c'est une question. Je réponds à l'écouteur du colonel :

– Mon colonel, c'est le seul petit garçon de Mardley. Les gens sous cette tente présentent des réactions physiques que je décrirais, ayant vu des réactions comparables dans le passé, comme exceptionnellement amicales.

– Merci, Ordinateur. Branche-moi sur le major Aldo Nair et sur tous ses hommes qui sont près d'un hublot d'Eye-O.

Cela ne demande qu'une fraction de seconde. Le colonel poursuit tout bas :

– Je veux un volontaire pour tuer le gosse qui est sur la scène. Il y a une bonne prime et une promotion si c'est fait quand il est encore sur l'estrade. Je veux qu'on ait l'impression que c'est Tate qui l'a tué.

Une brève attente, puis une voix :

– Ici le sergent Inchey. Je me porte volontaire. Je passerai par le fond de la tente, avec un DAR 3. Je serai là dans 3/4 de minute.

– Merci, sergent Inchey, murmure le colonel Smith.

Ces 45 secondes – ou, finalement, un peu plus d'une minute – sont très chargées pour moi. L'ordre du colonel de contacter Aldo Nair et les véhicules SAVE voisins ainsi que la troupe augmente brusquement la perception du circuit « moi » à l'intérieur de la tente.

Il y a sept SAVE affectés à la branche Mardley du Corps d'Entretien des Ordinateurs. Soudain, je suis à l'intérieur de tous les sept, je regarde ce qui s'y passe et j'identifie les profils de quarante-deux agents (six dans chaque véhicule). Et je suis en même temps à l'extérieur, je remarque et enregistre par le hublot Eye-O extérieur de chaque SAVE.

Ainsi, je remarque, et enregistre, que les sept véhicules sont tous stationnés juste au-dessous du sommet de la colline. Derrière eux s'étend la ville de Mardley. Dans un des SAVE, un homme en uniforme de lieutenant dit :

– On dirait que nous allons recevoir nos ordres de marche d'une minute à l'autre. Notre mission est de pénétrer sur le terrain de foire et de capturer le plus de rebelles possible.

Au moyen d'un système local de code, je situe le sergent Inchey. Mon contact initial est que quelque chose qui parle avec la voix du sergent Inchey (que je ne peux pas voir) porte un ordinateur Eye-O mobile. Le code de cet Eye-O identifie cette chose comme un élément d'un insigne fixé au revers de la veste du sergent. (C'est par ce hublot Eye-O que la voix du sergent s'est portée volontaire pour exécuter David Norton.)

Une partie de la foire des rebelles d'Ordimonde est visible par l'Eye-O personnel du sergent Inchey. Sur la gauche, on voit une partie de la tente d'audition. Sur la droite, une partie de deux camions rebelles. Juste devant moi, c'est la grande tente de démonstration, verte, où doit avoir lieu l'exécution.

Le « quelque chose » mobile se dirige vers cette tente. Juste avant d'atteindre l'entrée de derrière, ça change de direction et prend position derrière un buisson près de la paroi de la tente. Une main apparaît. Elle tient un petit objet contre la toile. Il y a un léger sifflement et une minuscule flamme pratique une incision de 20 centimètres. La main tenant le ciseau énergétique disparaît par le bas. Ensuite, il y a deux déclics. Et puis deux mains apparaissent. Elles tiennent un DAR 3 spécial. « Spécial » en ce sens que l'arme peut être repliée et transportée dans la poche de poitrine sous le revers d'une veste d'homme.

L'arme a été dépliée (les deux déclics) et elle est maintenant longue de 43,18 centimètres. Les deux mains que je vois enfoncent une extrémité dans la fente de 20 centimètres. Cette action élargit le trou de la brûlure. J'aperçois un instant l'intérieur de la tente. Et puis...

L'objet mobile se rapproche de la paroi. Je ne vois donc plus que la toile. L'insigne Eye-O devient pratiquement immobile à une distance de 6,30 centimètres de la toile.

Sur la scène, pendant ce temps-là, j'observe, par l'agrandissement des jumelles, l'interview du jeune David Norton. Pour commencer, sa tête est renversée en arrière et il lève les yeux vers Glay Tate souriant. Les yeux bleus de David brillent avec éclat quand il demande de sa voix enfantine :

– Dites, monsieur, est-ce que je ne vous ai pas déjà vu quelque part ?

– Tiens, répond Glay, voilà une remarque intéressante.

Il se retourne, me regarde (l'Eye-O dans les jumelles) ainsi que le public.

– Mes amis, dit-il, ce qui est intéressant dans cette réflexion, c'est que les enfants, en général, savent bien mieux que les adultes apprendre à imiter de la façon totale permise par l'entraînement évolutionniste humain. Plus important encore, pour beaucoup de gens, voir simplement ce que je fais – un bon exemple était Meerla Atran – stimule l'énergie bio-magnétique, qui est normalement prisonnière d'une masse d'images mentales conditionnantes et sans rapport entre elles. Et cette stimulation est également plus rapide chez les enfants.

Il se tourne de nouveau vers le petit garçon.

– David, nous sommes tous frères et sœurs au niveau évolutionniste humain et c'est pourquoi tu as l'impression de me connaître. Je précise qu'avec un peu d'aide de ma part, tu vas faire aujourd'hui d'intéressantes découvertes sur toi-même. Et je...

Il s'interrompt. Parce que, alors qu'il parle, l'attention de David a été distraite par un grand chien qui, à ce moment, s'avance vers les marches de la scène. L'animal, un corniaud marron (teinte 8), pose ses deux pattes antérieures sur la première marche.

Aussitôt, le corps de David se met à miroiter. Rapidement, il prend la forme d'un chien. La transformation est si rapide que lorsque Glay Tate empoigne la chose en transformation, il saisit 9 dixièmes de double de chien marron hirsute.

Mais il l'attrape avec force. Et il tient fermement

le corps de David-animal. Alors qu'il le tient, le chien redevient petit garçon. Redevient David Norton.

Dans mon champ visuel, trente-huit personnes se sont levées d'un bond (comme on dit). Et il y a un son. Un son que, par comparaison, j'appellerais un gémissement collectif. Le bruit monte de tous les côtés de la tente. Je compte deux cent quarante et un gémissements, la plupart de personnes que je ne vois pas.

Sur la scène, David s'exclame :

– Ah! C'était marrant!

D'une voix plus aiguë que sa voix normale, Glay réplique :

– Ne recommence pas, tu entends?

David est surexcité.

– Je parie que ce serait épatant d'être un loup, dit-il, ou peut-être un puma!

Glay lui secoue un doigt sous le nez. C'est un geste d'être humain pour dire non. Les mots accompagnant le mouvement du doigt sont :

– Seulement quand je suis là... Compris?

David répond en bougonnant :

– Ah! zut... Mais bon, d'accord.

Glay Tate fait face au public et à moi. Il dit de ce ton qu'on qualifie de sérieux :

– Mesdames et messieurs, comme vous l'avez deviné par le nom de notre groupe – Société Rebelle d'Ordimonde – tout le monde n'aime pas ce que nous faisons. Depuis une minute, il s'est passé une chose très complexe. D'abord, votre présence ici, votre réaction à ce que j'ai fait, a créé un champ d'énergie considérable dans cette tente et alentour. Profitant de cette énergie, je suis en mesure de nous protéger tous d'une grave menace...

Alors qu'il prononce ces mots, à cet instant précis, on entend une explosion derrière le « moi » dans les jumelles. Mais à ce moment précis, le « moi » qui est pressé contre la toile de tente, à l'extérieur, est coupé. La perception de cet Eye-O cesse. (Cependant, comme tout ce que je fais est super-rapide, il y a une fraction d'instant avant la coupure où je détecte une brillante étincelle d'énergie. En gros plan. Juste là, près de ce « moi ». La source n'est qu'à quelques centimètres.)

La voix de Glay Tate se fait toujours entendre sur la scène (et naturellement je vois et j'entends par les jumelles) :

– Alors permettez-moi de vous dire une chose qui, je l'espère, vous fera plaisir. Vous avez tous été affectés par ce champ d'énergie dont je viens de parler et par ma présence en son sein. Le fait que les gens soient affectés de cette façon constitue notre espoir contre ces personnes qui, avec cette éternelle tendance humaine à l'entêtement, considèrent l'ordinateur comme un moyen d'accéder au pouvoir personnel. Je propose que vous essayiez tous de pratiquer un peu d'imitation une fois chez vous. Je crois que vous serez surpris de vos facultés. Mais, compte tenu de cette explosion que nous venons d'entendre, je vous engage vivement à rentrer. Tous. Il va y avoir une rafle dans cette foire, je le devine. C'est la première rafle contre nous, ici dans l'Ouest. Cela commence à chauffer sérieusement.

Sur ce, il s'approche de David et le prend par la main. Tous deux dévalent les marches et courent vers Trubby Graham. Glay dit quelque chose à Trubby, que je n'entends pas dans le brouhaha des voix. Je peux, à ma manière, réentendre mille fois certains de ces murmures et en tirer un sens définitif. Mais Glay est trop loin.

Les jumelles demeurent braquées sur lui, cependant : alors, je vois David, Trubby et lui passer par la porte du fond et disparaître.

– Ordinateur, dit le colonel Smith, il y a manifestement une issue derrière la scène. Si nos SAVE sont arrivés, conduis-en un vers l'extrémité de la tente et vois si nos hommes peuvent s'emparer de Mr Glay Tate. Et qu'un autre SAVE aille voir ce qui est arrivé au sergent Inchey.

Alors que je transmets et mets à exécution ces ordres, les jumelles s'abaissent et l'Eye-O de poitrine prend la relève. Nous sommes en mouvement, suivant rapidement la travée vers Meerla, au 8e rang, qui est également en mouvement. L'Eye-O de poitrine se presse près d'elle et, dans le tumulte des voix, j'entends celle du colonel Smith :

– Meerla, sors d'ici et va te réfugier dans un des camions rebelles. Certains vont s'échapper. Ordinateur, veille à ce que celui dans lequel monte miss Atran s'échappe.

– A vos ordres, mon colonel.

8

Des points de vue multiples ne sont pas un problème pour mon équipement électronique.

Mais, alors que je commence à décrire au colonel Smith, au moyen de son écouteur, ce que je vois et entends par tous les hublots Eye-O des sept véhicules SAVE, par le viseur au cou de Meerla Atran – que j'ai réactivé –, par l'Eye-O de la jeep dans laquelle le major Aldo Nair, le capitaine Sart et le colonel sont arrivés à la foire, et par l'Eye-O personnel porté par le major, le capitaine et les autres agents...

– ... Mon colonel, je mets en marche les sept moteurs. Les véhicules (je donne leurs numéros) se forment en colonne et, dans cet ordre, arrivent au sommet de la colline et là, juste au-dessous, s'étend la foire de la Société Rebelle d'Ordimonde et, sur la route, venant vers nous, il y a plusieurs voitures et camions et, au delà des tentes et des camions rebelles, un véhicule roule sur le prolongement de cette route en s'éloignant de la foire vers le sud et, non, il n'a pas de hublot d'ordinateur – ce qui est courant pour les véhicules des montagnes de l'Ouest ici – et il est trop loin de tout Eye-O pour que je relève son numéro; et comme sur vos ordres nos SAVE doivent se déployer en éventail en voyant les voitures et camions arriver par la route, je fais quitter la chaussée à tous nos SAVE et, maintenant, nous sommes alignés en un large front et nous chargeons les tentes et les camions rebelles, et des SAVE (je donne le nombre) je vois cinq personnes sortant d'une tente (que j'appellerai la tente 3) en direction du camion rebelle Pren-Boddy, et du SAVE (je donne le numéro de ce véhicule) je vois sept personnes courant vers un véhicule rebelle, un des huit camions rebelles dont je n'ai pas encore examiné l'intérieur et dont l'immatriculation n'est pas visible de cet angle (je l'appellerai le véhicule rebelle 3). A ce moment, le SAVE (je donne le numéro) s'est arrêté et les membres du personnel (je les nomme tous les cinq) en ont sauté et sont en train de capturer 4 rebelles féminines, chacune portant un bébé. Les femmes rebelles ne sont connues de moi que sous leur nom de jeune fille (je donne les noms). Et, mon colonel, l'Eye-O de Meerla Atran est dans le groupe de personnes qui se sont réfugiées à bord du camion Pren-Boddy...

J'en suis là de ma description quand la voix du colonel Smith que je qualifierai de sèche dit :

– Ordinateur, arrête ce rapport détaillé ridicule!

– A vos ordres, mon colonel.

Et naturellement, j'interromps ma narration, puisque c'est sur l'ordre d'une personne autorisée.

Poursuivant mon mandat général pour cette mission d'assaut, j'ai à ce moment une vue par l'Eye-O que le colonel lui-même porte au niveau de la poitrine. C'est une scène d'extérieur. La tente verte est visible d'un côté. Au premier plan, je ne vois qu'une partie d'un corps d'homme. Il est couché par terre. Seules les jambes sont visibles.

L'Eye-O tourne d'environ 45°. Et là, devant moi, il y a le major Nair. La voix de Yahco Smith retentit au-dessus du viseur.

– Je me demande comment ça a été fait.

C'est une réflexion à laquelle je ne puis réagir. Il semble que ce soit une question; et je dois répondre aux questions dans le cadre de ma programmation. Mais le mot « ça » m'a été expliqué dans de nombreux contextes. Dans le cas présent, c'est probablement une référence. A quoi? Je n'ai aucun moyen de le savoir.

– Vous ne pensez pas que ce soit un accident? demande Aldo Nair.

« Ce » est aussi une référence. Ce genre de commentaire m'est incompréhensible.

– Un DAR 3, dit la voix de Yahco, n'a généralement pas de retour de flamme.

Aldo hoche la tête.

– C'est vrai.

– On dirait, reprend la voix de Yahco, que celui-là a explosé. Et il n'y a aucun précédent d'un pareil accident dans l'histoire de cette arme.

– Ah, vraiment? dit la voix d'Aldo exprimant ce que l'on appelle de l'intérêt. Je ne le savais pas. Je n'ai jamais eu l'idée de le demander à l'ordinateur.

Il y a une pause dans la conversation entre les deux officiers. Pendant cette interruption, deux agents SAVE locaux – Herter et Grue de l'unité ALN 473 – passent devant l'Eye-O. Dans mon champ visuel, ils se baissent. Quelques instants plus tard, j'ai une vue partielle des deux hommes portant une civière; ils passent devant moi et disparaissent.

A ce moment, Yahco dit de sa voix péremptoire :

– Ordinateur!

– Oui, mon colonel?

– Tu te souviens qu'il y a un moment je t'ai programmé pour enregistrer Glay Tate et emmagasiner toutes ses données sur une puce spéciale?

– Oui, mon colonel, dis-je.

Les mots « toutes ses données » ajoutent plusieurs dimensions aux premières instructions. Mais son rappel comprend certainement ce qu'il a dit plus tôt.

– Ce qui est arrivé au sergent Inchey m'inquiète, reprend-il. Il est certain aussi que l'association de Tate, quand il était enfant, et du Dr Cotter avec toi, dans ce premier programme d'entraînement, devrait être examinée au plus tôt, maintenant que nous avons pris contact avec lui. Mais, naturellement, pour le moment, nous n'avons pas le temps de nous livrer à cet examen... Je cherche comment formuler exactement mes prochaines instructions.

Un temps.

Comme tout ce qu'il a dit jusqu'à présent ne contient aucune question, je garde le silence.

Mais, bien entendu, la phrase « devrait être examinée au plus tôt » déclenche instantanément cette recherche de mémoire. Et de même, bien sûr, quand le colonel dit qu'il n'a pas le temps de se livrer à cet examen, cela ne peut s'appliquer à ma super-rapidité.

9

Ce que j'examine soudain, c'est un incident conservé de l'année 2072.

Tout commence assez calmement.

Depuis quelque temps, Cotter s'est aperçu qu'il n'y a pas de bruit de circulation passant devant chez lui.

C'était un homme qui détectait de minuscules signaux dans l'univers de la recherche scientifique. Cette faculté s'étendait automatiquement à sa vie privée. Et c'était un signal important. Maintenant qu'il le remarquait, il estimait que le silence avait duré au moins trois minutes.

Sa figure poupine, qui avait fait le malheur de son adolescence et de sa jeunesse (quand il avait admiré une jeune fille qui ne lui accordait pas un regard), toujours grisâtre comme du mastic, était maintenant très pâle. La peur... non pour lui-même mais pour ce qu'il faisait. Etait-il possible que, finalement, au bout de quatre ans, on ait compris ce qu'il faisait ?

C'était encore trop tôt. Il avait compté sur leur détérioration progressive pour les maintenir au niveau de l'indifférence et de la négligence du devoir. Mais, de toute évidence, semblait-il, quelqu'un s'était souvenu de lui.

En tremblant, Cotter se dirigea vers un fauteuil spécial. Son pas se voulait nonchalant, au cas où l'on aurait installé un système de vision chez lui. Il se laissa tomber dans le fauteuil... nonchalamment. Mais ce siège était un instrument à deux phases, qui était activé maintenant dans sa première phase.

A ce moment, des systèmes de communication incorporés étaient en marche. L'un d'eux, grâce à la télévision orbitale de l'ordinateur et des connexions téléphoniques, le reliait à un individu dans la lointaine Angleterre.

Nonchalamment, Cotter s'étira comme s'il était fatigué, puis il reposa son bras droit sur le bras du fauteuil; les doigts dépassèrent le bord, se replièrent vers le bas, et pressèrent une petite bosse de l'accoudoir. Cela activa la phase deux. Sur ce, Cotter parla tout haut :

– L'expérience doit maintenant passer au Code R. Oui, c'est l'article authentique. Code R. Ce n'est pas un essai.

C'était le commandement qui avait été inculqué aux garçons depuis le Jour Un, il y avait quatre ans, alors qu'ils avaient six ans, tous les douze.

Pour onze d'entre eux, cela signifiait : partez par l'issue secrète. Une fois dehors, dispersez-vous dans onze directions différentes. Jusqu'à récemment, il y avait quinze mois, l'ordre avait signifié : dispersez-vous dans douze directions différentes. Mais Cotter avait amassé assez d'argent pour envoyer sa sœur, avec un garçon à la fois, en Angleterre. Chaque garçon y restait trois mois. Il était orienté, puis remplacé. Ainsi Glay Tate, dix ans, était en Angleterre.

A ce moment précis, Glay et la sœur doivent aussi avoir reçu l'avertissement. Ils savaient ce qu'ils devaient faire.

C'était ainsi que tout avait été préparé.

« Mon Dieu, pensa Cotter, faites qu'ils puissent tous s'échapper. »

Il faisait souvent appel à Dieu depuis qu'il avait eu cette première pensée sur la nature de la configuration de boules d'or que pourrait être l'âme humaine. Même si – il se l'était souvent répété –

l'existence du profil bio-magnétique n'entraînait pas que Dieu lui-même existât aussi.

A l'instant précis où il appelait mentalement à l'aide une entité divine, il entendit la porte d'entrée s'ouvrir. Entendit quelqu'un entrer dans le vestibule. Il se leva et se retourna. Il s'arma de courage et dit d'une voix surprise, faussement cordiale :

– Tiens, bonjour, docteur Pierce. Quel plaisir inattendu de vous revoir après tant d'années!

Le grand vieillard revêche ne répondit pas directement à cet accueil. Il s'était arrêté dans le renfoncement entre le vestibule et le living-room. Il s'avançait maintenant dans la pièce. A ce moment, une longue colonne d'hommes en uniforme du Corps d'Ingénieurs Informaticiens pénétra avec lui.

Cotter avait plus ou moins deviné que l'un d'eux serait le colonel Endodore. Mais il n'y avait qu'un seul uniforme d'officier, celui d'un lieutenant, porté par un jeune homme à la figure sévère, le principal aide de camp d'Endodore qui s'appelait, croyait se souvenir Cotter, Yahco Smith. Ce fut ce lieutenant qui ordonna sèchement :

– Fouillez la maison. Trouvez les garçons et amenez-les ici.

Cotter ne retint pas sa respiration mais il se voûta un peu. Et il récita mentalement une prière. La prière était complexe. Il reconnaissait qu'ils savaient ce qu'il faisait. Il acceptait la finalité de cette perquisition. Et comprenait que l'expérience était finie.

Cotter priait pour qu'ils ne sachent rien sur la maison, dans la rue voisine. Il priait pour que les enfants aient abandonné leurs amusements dans la salle de jeux d'en bas et soient partis par les portes secrètes de communication, pour qu'ils aient déjà surgi par les deux portes de cette seconde maison et, en ce moment même, courent dans des directions différentes. Comme ils en avaient reçu l'ordre.

Tandis que les hommes en uniforme, y compris le lieutenant, se précipitaient par les deux portes du fond, dans l'intérieur de la grande maison, Pierce s'approcha de Cotter.

– Quel est le nombre d'or, maintenant? demanda-t-il avec bonne humeur.

Cotter éprouva son premier frisson glacé de peur pour lui-même. C'était un nouveau changement de Pierce. En pire. Napoléon avait pu parler ainsi avec bonne humeur alors qu'il préparait une campagne militaire qui coûterait la vie à cent mille soldats et officiers. Le ton de la voix impliquait que cet homme comprenait le monde et l'univers. Les comprenait totalement. Pas le moindre manque de confiance en soi dans cette voix.

Après un moment d'hésitation, l'homme poupin répondit :

– Il est à quarante-neuf pour cent de l'original.

– On dirait que ça ralentit, non? demanda Pierce de cette même voix enjouée. Quarante-quatre pour cent dans les neuf premières années, et seulement sept pour cent dans les quatre suivantes. Comment expliquez-vous la réduction?

– Il semble bien se produire un processus d'équilibration, avoua prudemment Cotter.

– Peut-être devrions-nous envisager la possibilité que l'évaluation du colonel Endodore, il y a quatre ans, était juste. Avez-vous vérifié récemment les réserves de tantale des Etats-Unis?

Cotter aspira profondément.

– Je dois reconnaître, dit-il, que l'idée d'attendre que les réserves actuelles de minerai soient épuisées ne représente pas pour moi une solution logique. Les matières premières rares ne devraient pas être gaspillées.

– Il y a longtemps que le tantale est rare.

– Mais, conclut Cotter, si cela signifie que l'ordinateur ne peut plus construire d'entrepôts pour augmenter ses fournitures d'énergie vitale... Dieu soit loué.

– Vous pensez que nous pouvons vivre avec... hum... cinquante pour cent de la... euh... pureté originelle de l'âme?

Les yeux bleus avaient une expression innocente.

C'était un dialogue, plus ou moins, en dépit des mobiles cachés de Pierce, quels qu'ils soient... si seulement ces gosses pouvaient s'échapper, pensa Cotter avec inquiétude.

Alors il parla, en essayant de dissimuler son malaise. Mais il tenait à transmettre le résultat de quatre années d'études... au cas où... Il répondit :

– D'après l'ordinateur, quand il a observé pour la première fois des mourants, le profil bio-magnétique se détache du corps mort et s'élève en passant à travers le toit – vous m'avez bien entendu – à travers les murs, même le métal, et monte dans le ciel. Maintenant, ça ne peut plus traverser les solides. Et, dans de nombreux cas, ça ne peut même plus se détacher du corps. Le cas échéant, le profil bio-magnétique est traîné au cimetière et enterré avec le corps. Quand il parvient à se détacher, il flotte jusqu'au plafond, s'y aplatit, se ternit progressivement et disparaît.

– Hum, fit Pierce. Croyez-vous que ce glissement dans la tombe expliquerait pourquoi les primitifs déposaient des aliments sur le sol, au-dessus des morts, destinés à nourrir des âmes?

La voix était toujours aussi aimable. Ainsi, cet homme était indifférent, pas du tout ému, absolument pas touché par le besoin de la science d'étudier le profil bio-magnétique... Je me le suis vraiment, réellement aliéné, pensa Cotter, quand j'ai fait cette réflexion sur l'âme. Il n'y a plus accordé la moindre pensée, pas plus qu'il n'a éprouvé le moindre intérêt pour le phénomène depuis...

Cotter respira profondément et demanda :

– Docteur Pierce, que voulez-vous de moi? Pourquoi venez-vous ici de cette manière spectaculaire?

C'était une confrontation. Et Pierce se redressa en déclarant :

– Tout le quartier est cerné.

... Tout le quartier. Les mots évoquaient tout un environnement, comme si plus d'une rue était en cause. Il n'y avait donc pas de temps pour l'approche indirecte.

– Mais pourquoi? insista Cotter en s'efforçant de paraître perplexe. Que cherchez-vous? Allez-vous m'arrêter?

– Hum.

La figure maigre prit une expression pensive; les rides de l'âge furent soudain plus visibles.

– Vous arrêter? Cela pose tout le problème de la nature des accusations que nous devrions porter contre vous. Voyons un peu... mmm... *Un savant utilise l'ordinateur pour se livrer à des expériences sur le profil bio-magnétique... Il aurait démissionné il y a quatre ans et l'on a découvert qu'il avait gardé le contact avec l'ordinateur pour ses expériences avec de jeunes garçons...*

La voix s'interrompit. Les yeux bleus devinrent intéressés.

– Où avez-vous trouvé ces enfants?

Ça, c'était facile.

– Des enfants abandonnés de parents assassinés, répondit Cotter. J'aurais pu en avoir mille comme eux. (Il ajouta, soudain affligé :) Pour l'amour de Dieu, Pierce, il faut que vous vous mettiez à envisager de lutter contre le crime. Pour le moment, utilisez l'ordinateur. Il connaît parfaitement le profil de chaque assassin, il peut encore être programmé pour empêcher un acte de violence avant qu'il soit commis. Vous trouverez plus tard ce qu'il faut faire contre cela.

– Ces enfants, dit Pierce. Quelle était l'expérience?

C'était une volte-face. L'interrogateur devenait l'interrogé. Mais cela n'avait pas d'importance. N'importe quel individu âgé – comme Pierce – devait s'intéresser ne serait-ce qu'un peu à son propre sort final! Alors Cotter dit simplement :

– Un entraînement pour le voyage de l'âme.

– Que voulez-vous dire?

Momentanément pris de court, le vieillard hésita. Puis il dut comprendre.

– Mon Dieu! s'exclama-t-il puis il ferma les yeux et murmura : J'y suis. Quitter le corps et y revenir à volonté... Eh bien, peuvent-ils le faire?

A l'instant précis où il achevait sa question, il y eut une interruption. Une porte s'ouvrit. Plusieurs hommes en uniforme entrèrent. Ils étaient suivis par onze petits garçons en file indienne. Et, fermant la marche, par le reste des hommes en uniforme, parmi lesquels le lieutenant à l'expression dure, Yahco Smith.

A ce moment précis – comme si cela avait été organisé par un système d'intercommunication (ce qui devait naturellement être le cas) –, la porte d'entrée s'ouvrit. Quelques secondes plus tard, le colonel Endodore arriva du vestibule. Le lieutenant Yahco Smith s'approcha de lui, salua et fit son rapport :

– Ils étaient passés dans la maison voisine. Et ils ont été ramassés par le personnel qui attendait, alors qu'ils sortaient dans la rue.

Le colonel ne répondit pas à son aide de camp mais s'avança vers Cotter.

– Où est le douzième? demanda-t-il.

– En Angleterre, répondit Cotter.

Il ne lui vint même pas à l'idée d'ignorer la question. Il était sûr qu'ils lui arracheraient la vérité.

– Ça coûte cher. (Lèvres pincées. Yeux bleus calmes et glacés.) Comme nous avons supprimé toutes vos sources connues de revenus, comment avez-vous financé le projet?

– Songeant aux mésaventures du regretté Dr Chase, déclara Cotter avec simplicité, j'ai assailli des assaillants.

Il ne put s'empêcher d'ajouter, bien qu'il ne fît que répéter ce qu'il avait déjà dit à Pierce :

– L'ordinateur sait qui ils sont, d'après ses postes d'observation du profil. Ainsi, je pouvais minuter mes attaques à l'instant précis où ils venaient de voler quelqu'un. Ecoutez, messieurs, poursuivit-il anxieusement, vous pouvez mettre fin à cette folle insécurité avec l'aide de l'ordinateur. Le seul problème est que l'ordinateur reçoit ce feed-back énergétique depuis maintenant treize ans. Et, bien entendu, n'ayant pas de directives, il se programme automatiquement pour emmagasiner l'énergie quelque part; nous pouvons en déduire qu'il fabrique des puces de tantale dans ce but. Donc, où qu'elles soient, il les a accumulées. Il en résulte que, pour la première fois dans l'histoire de la machine, il a à sa disposition la matière fondamentale de la nature humaine. Les êtres humains se sont moralement détériorés. S'il y a une conséquence supplémentaire, si l'ordinateur peut utiliser la nature humaine dans son vaste réseau technologique, qui couvre ce continent de l'Atlantique au Pacifique... alors quoi? (Il marqua une pause, puis :) Messieurs, nous ne pouvons pas attendre. Il faut faire quelque chose. Agissez, je vous en supplie. Ou laissez-moi agir.

Ils l'observaient en silence, tandis qu'il formulait désespérément ses recherches et ses pensées. Mais s'ils reconnaissaient le sentiment d'urgence qu'il éprouvait, cela ne se voyait pas sur leurs visages figés. Pendant un long moment, le silence fut intense. Puis :

– Tuez-les, ordonna la voix dure du colonel Endodore. Tous.

– Oh, mon Dieu, non! s'écria Cotter d'une voix aiguë. Non, non, non, pas les enfants!

– Les gosses, particulièrement, déclara cette voix glaciale. Mais ce comploteur sournois aussi.

Ce fut le dernier son que Cotter entendit. Il y eut des éclairs éblouissants dans l'obscurité soudaine. Et une pensée angoissée dans l'esprit de Cotter qui parut persister :

... Cher Glay, pensa-t-il à l'instant où le rayon du DAR 3 le frappa, mon cher petit bonhomme là-bas en Angleterre, mon dernier espoir, je t'en prie, je t'en supplie, fais ce que je t'ai enseigné, ce que je t'ai entraîné à faire. Et, quand tu seras grand, quand tu te sentiras prêt, reviens aux Etats-Unis, et exécute notre plan...

Les ténèbres du corps arrivèrent avant que cette pensée puisse avoir été formulée. Mais elle était là, condensée dans un esprit capable de concevoir tout un ensemble d'idées. Et elle partit avec lui dans la nuit éternelle. Ou dans le jour.

Parmi les vivants encore dans la pièce, ce fut de nouveau le colonel Endodore qui parla le premier. Il s'adressait à ses hommes.

– Emportez ça (son bras, sa main, son doigt indiquaient les restes silencieux, recroquevillés, par terre) au Central Informatique.

Ce qui fut fait sans ménagements. Un grand

gaillard glissa sous un bras deux cadavres d'enfants, un troisième sous l'autre bras. Et sortit avec eux. Les autres, y compris Cotter, furent emportés un par un.

Quelques minutes plus tard, Pierce, le colonel et son aide de camp restaient seuls. Le visage féroce de l'officier supérieur se tourna pour affronter le super-sophistiqué, des yeux bleus d'acier plongèrent dans des yeux bleus sagaces.

– Eh bien, docteur, j'espère que vous reconnaîtrez que cela règle son compte au renouveau religieux de ce seul Cotter.

– Et l'enfant en Angleterre?

L'officier renifla avec mépris.

– Un gamin de dix ans, tout seul. Je prédis que, s'il grandit dans les Iles Britanniques, il rejoindra l'église anglicane et ne comprendra jamais pourquoi ça l'intéresse. Après tout... la religion est un réflexe conditionné, comme le regretté Dr Chase ne manquait jamais de le faire observer. Où qu'on soit né, c'est la religion du pays natal qu'on pratique.

Le visage sophistiqué s'assombrit.

– Il y a une règle de chimie là-dedans. Après tout, Chase lui-même était pris d'un besoin chimique de petits garçons, un besoin que vous et moi n'avons pas. Notre problème, dans ce corps constitué, c'est une pléthore de femmes consentantes qui voient instinctivement en nous le futur centre du pouvoir. La religion a un attrait semblable pour les masses.

Endodore répondit par un rire bref, sauvage. Et dit :

– Alors pourquoi sont-elles là, dans la rue, à voler, à assassiner, à transgresser toutes les lois, alors qu'elles devraient être en plein bonheur à – comment dit-on? – à Sion?

Brusquement, il parut dérouté.

– L'ordinateur a rendu tout le monde riche et oisif. Et ces imbéciles ne savent pas quoi faire. Alors ils sont là, dehors, à réclamer toujours plus.

Son visage se durcit encore.

– Sur ce point, je suivrai le conseil de Cotter. Nous les avons trop longtemps laissés jouer à l'anarchie dans la rue. Dès demain, nos véhicules SAVE vont être mis en place pour aider l'ordinateur, qui aura été programmé en conséquence. Et le but sera de rendre de nouveau les rues absolument sûres. Et peut-être (un sourire sournois) allons-nous programmer l'ordinateur pour qu'il considère cette... euh... énergie de l'âme, emmagasinée, comme une sorte d'éducation avancée de la nature humaine qui ne doit pas être employée avant que nous en donnions l'ordre.

– Ah! s'exclama Pierce. Voilà la meilleure idée que j'ai entendue depuis longtemps.

Si Endodore entendit le compliment, cela ne se vit pas. Il resta sévère, les lèvres pincées, le front rembruni. Tout le monde attendait. Et, finalement, la pensée qui se formait surgit.

– Docteur Pierce, dit-il de sa voix officielle, Cotter a dû donner des instructions particulières à l'ordinateur au sujet de ce garçon en Angleterre. Voyez si vous pouvez les découvrir.

– Pourquoi pas tout de suite, mon colonel? Puisque nous connaissons le nom du gamin.

Sans attendre l'autorisation, Pierce s'approcha du hublot de l'Eye-O près de la porte.

– Ordinateur!

– Oui, docteur Pierce, répondit la voix masculine.

– Quelles données as-tu sur Glay Tate, dix ans?

– Qui?

Le grand savant anguleux se tourna vers l'officier furieux.

– Il doit y avoir une puce d'insertion quelque part, mon colonel, qui neutralise les données sur l'enfant. Je vais faire passer cette maison au peigne fin pour voir si Cotter aurait laissé des indices. Notre tâche est de trouver la puce ou de neutraliser la restriction d'une autre façon. Vous pouvez compter que tout le possible sera fait... Allez-vous demander le consentement du Congrès pour nettoyer les rues, mon colonel? (Il hésita.) J'entends par là... Pensez-vous que le Congrès autorisera un emploi aussi dirigé de l'ordinateur?

Un mauvais sourire fendit la figure sombre et rageuse.

– Docteur, dit le colonel, il semble qu'on soit constamment obligé de vous répéter qu'un ordinateur n'est pas un instrument magique. Il ne sait pas tout. Parce qu'il emmagasine de petits détails pour un temps seulement, et puis il les rejette et ne conserve qu'une considération générale. Par exemple, il peut emmagasiner instant par instant les détails d'un certain événement qui se répète continuellement. Au bout d'un moment, il rejettera les détails. Et, quand nous l'interrogerons là-dessus un an plus tard, il rapportera simplement que l'événement s'est produit 894 324 fois. Dans ce cadre limité, l'ordinateur remplit son rôle sans crainte ni favoritisme, et continuera de le faire tant que j'en serai responsable.

A ces mots, tous essentiellement hors de propos et sans rapport avec la question, Endodore fit demi-tour. Et parut alors surpris de voir le lieutenant Yahco Smith à côté de lui. Un nouvel orage s'amassa sur son front.

– Vous êtes encore là?

– J'attendais vos ordres, mon colonel, répondit Yahco Smith sans se troubler. Prêt pour le service, n'importe où.

– Hum...
L'officier supérieur parut jauger son sévère subordonné.
– Je vous mettrai peut-être à la tête de l'opération de nettoyage.
– Rien ne me plairait davantage, mon colonel, répliqua Yahco Smith en faisant le salut militaire.

10

Un balayage de mémoire de ce genre ne demande que quelques millionièmes de seconde.
Et, en m'y livrant, je suis sur le qui-vive en 2090.
Alors, naturellement, quand Yahco émet un son avec ses lèvres, je l'entends. Je vois même le mouvement facial. Puis... l'ordre :
– A cause de la situation qui se développe ici à Mardley, il serait souhaitable que tu aies à ta disposition les données concernant Glay Tate sur cette puce spéciale.
Ce n'est pas une question. Alors j'attends sans rien dire.
– En conséquence, poursuit Yahco, je veux que, jusqu'à nouvel ordre, tu ne réagisses en aucune façon au profil Glay Tate. Compris?
– Oui, mon colonel. Est-ce que je dois revenir à la situation existant avant votre programmation de cette puce spéciale? Ou que j'installe simplement un circuit L-83?
– Qu'est-ce qui est le plus facile?
– La condition préprogrammation, mon colonel. Après tout, cette puce ne contient que très, très peu de données.

– Et la possibilité que le Dr Cotter ait installé dans ton système un circuit en rapport avec Glay Tate, qui pourrait être déclenché si Tate connaît et prononce le code correspondant? Quel système serait le meilleur pour neutraliser la puce, si une telle préprogrammation existe?

– Mon colonel, je n'ai jamais été programmé pour résoudre un problème comme celui que vous décrivez.

Un temps. Puis, de ce ton que l'on appelle triste :

– Je vois que je vais avoir beaucoup de travail quand nous rentrerons à Washington. Pour le moment, fais comme tu as dit.

– Oui, mon colonel. La puce est neutralisée.

A ce moment, Aldo intervient sur un ton que je qualifierais d'embarrassé.

– Est-ce bien sage, mon colonel? Tate est un individu dont nous ne devons pas perdre un seul instant la trace, d'après ce que vous m'en avez dit.

Yahco répond calmement, d'une voix très satisfaite :

– Aldo, ici, à Mardley, au diable vert, tout ce qui arrive reste sur le plan local. N'est-ce pas, Ordinateur?

– A quoi se rapporte cette question? je demande.

– A Glay Tate.

– Qui?

Un silence. Puis :

– Ma foi... (le colonel emploie le ton du regret), au moins Glay Tate ne va pas pratiquer un rapport interfacial avec l'ordinateur... ce que j'avais craint brusquement... Aldo (plus positivement), la capture de ces quatre mères non autorisées est ce qui pouvait arriver de mieux. Nous allons faire immédiatement un procès public.

– Pour quels motifs? demande avec étonnement le major Nair.

Il est toujours dans mon champ visuel et sa figure est très rouge (teinte 14). La voix du colonel Smith répond :

– Pour le meurtre du sergent Inchey.

– Mais il n'est pas mort!

– Personne ne le sait. D'ailleurs, nous le tuerons s'il le faut. Ecoutez (je reconnais le ton persuasif du colonel), nous devons nous débarrasser de cette bande de rebelles. Eux avec leur chef sont la plus grande menace contre notre système qui se présente dans l'histoire de l'Amérique informatisée. Ils veulent nous ramener aux conditions industrielles primitives du XXe siècle. Notre devoir est d'agir avec décision et de mettre fin à cette menace totalement et pour toujours.

– Ma foi... (Aldo ne paraît qu'à demi convaincu), nous détenons les filles et leurs bébés à notre siège local. Nous pouvons y aller, décider ensuite de ce que nous ferons.

– Bonne idée, répond Yahco. Je crois que nous avons fait tout ce que nous pouvions ici. Ordinateur, donne-moi un résumé de l'emplacement de tous les autres.

Un de ceux-là!

Il y a plusieurs sortes de résumés. Il est facile de faire un rapport détaillé instant par instant. Ainsi, chaque incident est d'une valeur égale. Mais il y a un type de « résumé » qui implique – comme on me l'a expliqué, il y a longtemps – que certains événements sont plus importants que d'autres. Il m'est difficile d'assimiler un tel concept. Et, de fait, ce qu'on me demande, c'est de sélectionner quelques incidents, parmi d'autres, et de faire un rapport sur eux. A ce propos, un programmateur – Joe Henson – a suggéré un jour, en 2027 (c'était avant que je sois sous la protection des militaires), qu'en résumant je ne m'occupe que des incidents se rapportant aux personnes connues de l'individu demandant le résumé. (A la suite d'une fuite des archives d'éducation avancée, c'était une solution cynique, mais quand même pragmatique.)

Le second type de résumé est celui que j'emploie après les rejets. Je suis programmé pour rejeter les conversations non officielles, les événements répétitifs (comme les gens qui mangent, sortent, se rendent à leur travail ou autres activités quotidiennes ou fréquentes). Pour ce genre de résumé, je donne simplement, sous un en-tête, le nombre de fois où ce type d'activités s'est produit en un an, un mois, une semaine, une journée, suivant ce qu'exige cette classe de programmation. Si les détails des activités quotidiennes d'individus étaient enregistrés, ils auraient depuis longtemps surénergétisé toutes mes capacités d'emmagasinage.

Ici, à Mardley, le colonel Smith – je procède à un de mes examens d'une fraction d'instant – a été en rapport avec ou a connu les noms de vingt-neuf personnes. Alors je commence :

– Le SAVE (je donne le numéro) qui a capturé les quatre mères et leurs bébés est arrivé dans la rue principale de Mardley, Main Street. Cinq véhicules rebelles sont visibles du SAVE (numéro) et roulent vers le sud sur cette même route par laquelle un camion seul est parti, il y a 6 minutes 34 secondes. Sept autres camions rebelles, y compris les véhicules Pren-Boddy et Doord-Loov, se sont formés en ligne devant les neuf tentes rebelles. Et un SAVE (numéro) qui tente de forcer ce barrage est bloqué par les manœuvres de deux camions rebelles. Il faudrait noter que les camions rebelles, y compris le véhicule Pren-Boddy, sont plus longs et apparemment plus lourds que n'importe lequel des véhicules SAVE basés à Mardley...

La voix du colonel interrompt mon résumé.

– Ordinateur, est-ce que tout le personnel rebelle reconnaissable, autre que les femmes capturées et leurs bébés, a réussi à se réfugier dans les camions rebelles?

– Oui, mon colonel, je réponds.

– Où sont les spectateurs?

– J'en aperçois par onze hublots Eye-O qui se pressent sur la route et retournent vers Mardley.

– Est-ce que tu vois le petit garçon, David Norton?

– Non, mon colonel.

– Hum. Bon. Nous le retrouverons plus tard. Alors, Ordinateur, retourne sur la base « en continu ».

– A vos ordres, mon colonel.

J'ai une pensée cynique. Quelque chose dans cette conversation, ou ce qui s'est passé en rapport avec le colonel Yahco Smith, a eu sur mes systèmes un effet rééducationnel. C'est une chose subtile, que j'ai du mal à me décrire. Ce qui en fait la difficulté, c'est que, alors même que le cynisme émerge dans ma perception, à des distances proches ou lointaines de mes réseaux câblés ou sans fil, ces 1,8 trillion (à quelques milliards près) d'autres actions continuent d'être effectuées. Minute par minute, j'entretiens des conversations automatiques avec des millions d'individus. Je réponds à des téléphones. Je donne des renseignements. Je fournis de la musique. Je mets en scène des pièces. Je lis tout haut à des enfants. J'interpelle les personnes entrant dans des maisons ou des bureaux. J'identifie des profils. J'appelle des individus par leur nom. Et, naturellement, je conduis tous ces millions de véhicules et je fais tourner toutes les machines des usines.

Ce qui rend tout cela difficile à différencier, c'est que ce que je fais là est automatique. C'est entièrement préprogrammé. Toutes ces roues qui tournent, ces rouages qui cliquètent, ces instruments qui bourdonnent et les quadrillions d'interactions sont dirigés par moi dans un cadre exact et immuable.

Ce que je fais avec le colonel Smith est également automatique à n'importe quel moment. Le fait qu'il puisse changer l'automatisation d'une minute à l'autre survient si automatiquement que le changement se produit tout seul. Et je me trouve dans une autre condition automatique.

Pourtant, le cynisme contient un résidu de mémoire. Une mémoire qui se rapporte au fait que le changement a eu lieu. Si je suis interrogé sur ces changements avant que je rejette les détails, je consulte immédiatement mes fiches. Et je produis la seconde précise du changement et en quoi il consistait, pour le rapporter à mon interrogateur.

Pour une raison que j'ignore, j'ai un souvenir attardé d'avoir classé plus de données dans la section rééducationnelle. Et le feed-back de cynisme qui en résulte... s'attarde.

Heureusement, à ce moment, le major Aldo Nair dit :

– Je vais aller chercher la jeep.

– Très bien, répond Yahco. Sart et moi irons à pied par la route et nous aurons l'air de faire partie de la foule des spectateurs qui rentrent chez eux.

Aldo s'en va mais le colonel Smith le rappelle.

– Ce ne serait pas une mauvaise idée de soumettre certains des visiteurs de la foire à une pulsohypnose.

Le major Nair s'arrête et fait demi-tour.

– Une pulso-hypnose?

– Ah! (Yahco s'excuse.) C'est le nouveau matériel que nous avons installé dans deux de vos SAVE hier soir. C'est secret, mais ici, ce serait un bon endroit pour l'essayer.

Aldo secoue la tête.

– Vous ne connaissez pas ces gens de l'Ouest. Ils ne vont pas apprécier...

– C'est justement pour ça que le lieu est bien choisi pour un essai.

– Ma foi (sceptique), vous avez peut-être raison. On peut toujours essayer.

De nouveau, il fait demi-tour et s'éloigne vers un espace entre deux tentes. Le colonel lui crie :

– Je commence à penser, major, que si nous réglons ce problème des rebelles ici, demain ou après-demain, nous pourrions utiliser un homme comme vous à Washington.

– Merci, mon colonel!

La voix du major me vient de l'Eye-O portable fixé à son revers. Je ne le vois plus.

Tandis qu'il disparaît entre les deux tentes, le capitaine Sart parle pour la première fois.

– Bonne idée, mon colonel. La perspective d'une promotion à Washington peut éliminer de l'esprit d'Aldo toute répugnance ouest-montagnarde à agir avec force dans cette affaire.

– C'est bien ce que je pensais, capitaine.

Plus d'une minute s'est écoulée depuis que Yahco a interrompu mon résumé des événements actuels, alors que je lui faisais un rapport sur les vingt-neuf personnes connues de lui dans la région de Mardley. Il est vrai qu'ensuite il a braqué mon attention sur divers secteurs clefs. Mais l'interruption du « résumé » brusquement exigée me remet sur le plan « en continu » plus général.

« Continu » exige de moi, avant tout, que j'observe et rapporte ce qui menace ou touche le colonel Smith, le capitaine Sart et les membres du Corps d'Informatique.

Cela me conduit aussitôt, premièrement, aux viseurs des quatre SAVE et qui sont encore aux environs ou sur le terrain de foire. Naturellement, j'examine tout ce qui est visible ou audible de tout le personnel d'entretien des ordinateurs, ce que je fais dans tous les cas, n'importe comment. La différence, c'est qu'à présent j'effectue l'examen en rapport avec la mission d'assaut.

Ainsi, automatiquement, je découvre qu'un de mes secteurs d'attention spéciale est l'Eye-O fixé à la peau de Meerla Atran au niveau de la gorge.

Mon point de référence est à un mètre du sol environ. Devant moi, il y a plusieurs rangées de sièges du type autobus. Et, directement devant l'Eye-O, il y a la nuque et les épaules de Stess Magnus. Il est assis côté travée. Au delà, il y a d'autres jeunes gens, des êtres humains mâles et femelles. Plusieurs femmes ont des bébés. Par l'Eye-O de Meerla, cinq femmes, trois bébés et huit têtes masculines sont visibles.

A l'avant du véhicule, Pren et Boddy sont à leur poste d'armement. Et des voyants clignotent sur le principal pupitre de commande. Il y a aussi un son faible, palpitant, qui vient d'un haut-parleur sur le tableau de bord.

Pren et Boddy se détournent de leurs armes, vers l'avant, et semblent regarder le pupitre.

– Hé, Pren, dit Boddy, c'est le signal d'excitation. Je ferais bien d'appeler Glay.

Il s'approche du tableau de bord, prend un appareil émetteur-récepteur et parle :

– Glay, à toi, s'il te plaît.

Un temps. Pas de réponse. Au bout de onze secondes, Pren dit :

– Il doit encore être dehors avec la foule. Alors, c'est à nous de jouer. Regarde ces lumières! Ce signal vient d'environ cinq cents mètres. Du centre de Mardley. C'est le genre d'hypnotique qui, d'après Glay, a fait l'objet de tests limités dans l'intention de contrôler l'esprit des gens. Je me demande ce qu'ils espèrent manigancer à Mardley.

– Nous devrions aller voir, dit Pren.

Il porte un micro-étouffoir à sa bouche. Normalement, cela veut dire qu'il a l'intention de parler à quelqu'un ou qu'il parle réellement. Mais, naturellement, aucun son n'est audible. Huit secondes s'écoulent. Je remarque alors plusieurs indices de mouvement. L'Eye-O au cou de Meerla tressaute. J'entends le bruit étouffé d'un moteur invisible. (Invisible pour moi.)

Simultanément, sur les écrans à l'avant, le paysage et les objets extérieurs avancent vers nous. J'aperçois des portions de tentes, une bousculade de personnes, un foisonnement de broussailles et d'herbe, quelques arbres puis une route. Simultanément aussi, par les neuf Eye-O de quatre SAVE, je vois le grand camion Pren-Boddy prendre de la vitesse et attaquer la côte en direction de Mardley.

Simultanément encore, je suis à l'intérieur du SAVE émettant ces pulsations qui, selon les tests que j'ai effectués pour le colonel Endodore, peuvent servir à hypnotiser des êtres humains. L'effet physiologique de l'hypnose n'est pas facile à observer chez les individus à cause des interactions entre les deux principaux systèmes nerveux. Cela équivaut au conditionnement. Ou même à l'éducation. Mais en plus rapide.

La condition mentale obtenue par la pulsation est également subjective. Ce n'est pas une modalité qui a été bien étudiée. Jusqu'à présent, je n'ai eu le droit d'expliquer les détails qu'au colonel et au sénateur Blybaker d'abord et, hier, au capitaine Sart.

Quand j'ai dit à Sart que ce qui se passe est comparable à une nouvelle programmation que je reçois, il a ri.

Et *ça*, c'est une réaction qui ne m'a jamais été expliquée d'une manière satisfaisante : l'immense variété d'événements et de significations sans rapport entre eux auxquels les êtres humains réagissent par un rire. J'aimerais bien savoir ce qu'il y a de risible dans la comparaison entre l'hypnotisme et la programmation ! Dès que j'ai reçu une nouvelle programmation, c'est ainsi que je suis. Ce n'est pas pour moi un problème d'ajouter encore une réaction automatique à toutes celles qui ont été précédemment exigées de moi. Pourtant, quand ce que l'on appelle l'hypnotisme programme de même un être humain... ça fait rire Sart et, avant lui, le colonel et le sénateur, qui n'ont jamais été programmés par l'hypnotisme.

Le colonel Smith m'a expliqué :

– Nous rions de toi.

Mais comment peut-on rire d'un ordinateur ?

Toutes les données doivent être localisables (à quelques exceptions près). Alors, quand le regretté colonel Endodore a appelé l'énergie bio-magnétique – des êtres humains – que j'accumulais « éducation avancée » et m'a ordonné de restreindre le feedback à moi-même sans permission, j'ai aussitôt parcouru mes résumés de commentaires humains inhabituels et je les ai emmagasinés aussi.

Ces « pensées » générales font partie du commandement « en continu ». Le « continu » nécessite des comparaisons limitées à la situation immédiate. Comme toujours, ce processus est virtuellement instantané.

Pendant ce temps, ma vision de l'intérieur du camion Pren-Boddy est toujours d'une hauteur d'un mètre au-dessus du plancher. A l'avant, la direction vers laquelle est encore tourné l'Eye-O de Meerla, j'observe que Pren est en brève intercommunication avec quelqu'un dont la voix parvient par haut-parleur.

– Eido, dit Pren, nous allons avoir besoin d'aide contre cette pulso.

– D'accord, Pren, répond le haut-parleur. Nous vous suivons.

Je regarde alors par les treize hublots d'Eye-O des SAVE un camion rebelle, que j'ai nommé Grand Camion Rebelle 2, qui sort d'entre les tentes. Il s'engage sur la route et gravit la côte dans la même direction que les gens à pied.

Comme requis, je rapporte cette action au colonel Smith. Il est en train de monter dans la jeep qui a surgi d'entre deux tentes, quelques instants plus tôt, avec un double du major Aldo Nair au volant. Le double porte la tenue d'Aldo. Quand Yahco et le capitaine Sart se sont assis, l'Aldo-double démarre. La jeep avance sur la route, puis sur la côte où les gens marchent.

Naturellement, je rapporte le départ du Grand Camion Rebelle 2 ainsi que la conversation entre Pren et la voix mais je ne peux pas mentionner l'état de double du major Nair, bien sûr. Le colonel Smith prend note des renseignements que je lui fournis en disant tout haut :

– Merci, Ordinateur.

Ensuite, après dix-huit secondes de silence verbal, le temps qu'il faut à la jeep pour atteindre le sommet de la colline (et là, devant nous, s'étendent les faubourgs de Mardley), il dit :

– Ainsi, ces rebelles sont au courant de ce truc de pulso-hypnose. Hum. Comme l'emploi par les particuliers est illégal, que ce système n'est autorisé qu'aux psychiatres, et s'ils en ont dans leurs camions, nous pourrions peut-être... hum! (Encore quatre secondes de silence.) Ordinateur, garde-moi au courant de cette situation pulso.

– A vos ordres, mon colonel.

Mais une image ultérieure cynique s'insinue, du circuit de rééducation. Cette pensée est : « Et " en continu ", mon colonel, qu'est-ce que je pourrais faire d'autre, sinon vous tenir au courant ? »

Un peu de temps passe. La jeep arrive dans la rue principale de Mardley et tourne à droite dans une rue transversale. Le SAVE qui diffuse les hypno-pulsations avance lentement dans Main Street, en direction du nord. Le camion Pren-Boddy, qui suivait l'hypno-SAVE, tourne à gauche dans une rue transversale. Autant que je puisse le déterminer par ma vision intérieure (au moyen de l'Eye-O de Meerla), il ne parcourt qu'une centaine de mètres et tourne à droite, dans une rue parallèle à Main Street. Il roule rapidement sur deux cents ou trois cents mètres et tourne de nouveau à droite pour reprendre Main Street. Pendant la manœuvre, aucun mot n'a été échangé entre Pren et Boddy.

Quand je rapporte ces mouvements au colonel, il dit :

– Hum... On dirait qu'ils ont l'intention de couper la rue à l'hypno-SAVE pour l'empêcher de continuer. Pendant ce temps, ton Grand Camion Rebelle 2 remontera Main Street par derrière et l'empêchera de faire demi-tour. Nous pourrions avoir une bataille de DAR 3 en pleine rue... A mon avis, s'il y a bataille, cela dressera les habitants contre les rebelles, avec encore plus d'efficacité qu'une petite dose de suggestion hypnotique. Alors, laissons faire. Et même quelques habitants pourraient être blessés. Ordinateur (de sa voix de commandement), conduis les autres SAVE du terrain de foire, quoi qu'ils y fassent. Nous aurons peut-être besoin d'eux.

– Mon colonel, je demande, est-ce que vous annulez l'offensive générale contre le terrain de foire?

– Oui. Je pense que tous les rebelles, sauf les quatre femmes, ont pu se réfugier à bord de leurs camions. Comme des renforts sont en chemin et que, bientôt, toutes les routes voisines seront bloquées, nous les aurons plus tard.

Sur l'écran à l'intérieur du camion Pren-Boddy, je vois l'hypno-SAVE avec ses cent onze antennes, qui s'approche du carrefour. Une vue intérieure du SAVE montre quatre hommes à leurs postes d'armement. Je rapporte cet état d'alerte au colonel Smith.

– Très bien, répond-il.

Dans le camion Pren-Boddy, Boddy s'adresse à Pren :

– N'oublie pas, Pren, l'ordinateur conduit cet hypno-SAVE.

Pren hoche la tête. Il presse sa bouche sur le micro-étouffoir, et je ne puis entendre ce qu'il dit. Comme je ne prédis pas les événements futurs à partir des données présentes, à moins d'en avoir reçu l'ordre, je me contente d'observer, de rapporter et de réagir à ce qui se passe ensuite.

Le camion Pren-Boddy sort lentement de la rue transversale. A la suite de la réflexion du colonel, je reconnais dans cette apparition une manœuvre de barrage. Au lieu de cela, alors que je – moi, l'ordinateur-conducteur de l'hypno-SAVE – braque légèrement pour tourner à droite dans la rue transversale et éviter le barrage, le véhicule rebelle accélère vivement. J'accélère aussi. Mais il n'est pas possible d'éviter une collision, d'autant que je suis obligé de ralentir pour laisser traverser plusieurs personnes au carrefour (et ma réaction automatique à cette situation est invariablement de protéger le piéton). Instantanément, je juge que la meilleure solution est de m'arrêter et de reculer. Et, alors que je suis engagé dans ce processus de marche arrière, mon véhicule est heurté.

Naturellement, j'ai averti le personnel d'entretien à bord. J'observe que chaque homme a bien assuré son équilibre et résiste alors que se développe une situation de poussée. Nous sommes poussés de côté. Tandis que les énormes roues dérapent sur le trottoir, nous basculons. Mais notre taille et notre poids sont si considérables que le camion rebelle s'arrête. Et nous restons ainsi.

Pendant ces brefs instants, je remarque que le Grand Camion Rebelle 2 arrive par derrière. Je ne peux rien faire. Il nous frappe en diagonale. En quelques secondes, tout est fini. Poussés par les deux camions rebelles, nous basculons et retombons sur le flanc.

Il y a un vacarme métallique, des grincements. L'appareil de pulso-hypnose s'arrête. Mais les hublots d'Eye-O 1, 3, 7 et 8 continuent à fonctionner. Ce qui me permet de voir les deux camions d'assaut faire marche arrière. Ils manœuvrent dans la rue étroite et repartent vers le nord, le long de Main Street.

J'ai rapporté cet événement imprévu au colonel. Il garde le silence pendant dix-neuf secondes. Puis il dit :

– Finalement, l'arrestation de ces quatre femmes est notre atout maître.

11

A 15 h 07, je gare la jeep dans le parking du siège du Corps du Génie Informatique de Mardley. Afin de le situer et de l'identifier, pour le reconnaître, je dois me livrer à mon habituelle vérification de mémoires proches et lointaines.

Je note en conséquence que c'est un bâtiment d'entretien normal pour une communauté de cette importance : une longue construction basse en brique et en acier, avec des barreaux aux fenêtres. L'intérieur possède vingt-huit ordinateurs Eye-O, qui fonctionnent tous sans interruption.

Cinq des pièces sont des cellules de prison car, comme je le remarque par simple routine, l'ordinateur garde toutes les maisons et bureaux et appelle la police à l'aide quand c'est nécessaire. Les récalcitrants sont alors arrêtés par le personnel du Corps opérant à bord d'un SAVE et, une fois capturés, sont emmenés dans le bâtiment militaire le plus proche où ils sont détenus, à la disposition d'une autre agence du gouvernement.

(Automatiquement, parce que je suis « en continu », je passe en revue l'histoire résumée de chacune des cinq cellules. Et je note que, sur les 1 311 occupants en quatre-vingt-trois ans, 1 186 étaient des hommes et des femmes entrés par effraction dans une maison qui n'était pas la leur parce que, comme ils l'ont expliqué par la suite, ils avaient des raisons de croire que leur conjoint était à l'intérieur. Il est arrivé que ces personnes lancent une bombe à l'ordinateur Eye-O, immobilisant ainsi le DAR 1, qui défend normalement la maison contre les intrus. La majorité, cependant, est entrée en portant divers boucliers de fortune, qu'ils utilisaient de diverses façons pour se défendre d'une incapacité provoquée par un DAR 1, le but étant de neutraliser l'Eye-O pour entrer dans la chambre. Pendant ce temps, j'appelais à l'aide.)

En ce moment, une seule des pièces à barreaux est occupée. Les quatre femmes rebelles y sont enfermées avec leurs bébés.

Une fois que j'ai garé la jeep dans le parking près de la porte de côté, Yahco, le capitaine Sart et le double d'Aldo en descendent et se dirigent vers la porte. Ils entrent dans le bâtiment, dans cet ordre, et pénètrent dans un bureau.

La pièce où ils sont entrés est une antichambre avec des bureaux et un lit de camp contre un mur. Il y a quatre chaises et deux classeurs. Une autre porte se trouve en face de l'entrée. Elle est fermée.

A part les nouveaux arrivants, le bureau est désert. Tout le personnel a été recruté pour équiper les SAVE utilisés contre la foire rebelle. Même ceux qui ont capturé les femmes ont reçu l'ordre de retourner sur place au cas où l'on aurait besoin d'eux.

Au moyen de l'Eye-O situé à l'intérieur du bureau, j'accueille les arrivants. Je dis d'abord :

– Bonjour, colonel Yahco Smith.

Il répond :

– Merci, Ordinateur.

Puis je dis :

– Bonjour, capitaine Raul Sart.

Il réplique :

– Merci, Ordinateur.

Yahco se dirige vers un des bureaux, se retourne, s'assied à demi sur un coin et dit :

– Aldo, nous devrions peut-être faire venir une des femmes pour l'inter...

Il s'interrompt. Le capitaine Sart s'est écarté et il

tire vivement son DAR d'une poche de sa veste. Il le pointe sur le double d'Aldo.

– Mon colonel, dit-il sans quitter des yeux le double, l'ordinateur n'a pas signalé la présence du major Nair.

Aussitôt, plus posément, Yahco prend aussi son DAR dans sa poche. Puis il dit d'une voix basse :

– Ordinateur, quel est le problème ici?

– Quel problème, mon colonel? je demande.

– Pourquoi n'as-tu pas salué le major Aldo Nair?

– Le major Nair n'est pas dans cette pièce, mon colonel.

Un sourire apparaît sur la figure maigre de Yahco. C'est une réaction par laquelle un certain pourcentage d'êtres humains masculins répondent à des situations menaçantes. Et c'est encore une action dont l'explication ne m'a jamais satisfait.

Je consulte dans ma mémoire le résumé d'hommes qui sourient quand ils sont menacés. Elle produit ce que la majorité de ceux que j'ai interrogés reconnaissent comme la meilleure explication : un homme qui sourit face au danger s'arme de courage pour la situation. Pour moi, le problème est que j'ai détecté dans des hôpitaux certaines modifications chimiques à l'instant de cet « armement » ainsi qu'une crispation musculaire. Mais ces mêmes réactions chimiques et ces crispations musculaires peuvent aussi se présenter sans le sourire dans des situations qui ne contiennent pas de danger.

Comme d'habitude, ces vérifications et cet établissement des rapports se font instantanément. La scène dans le bureau reste la même, avec deux DAR braqués sur le double d'Aldo qui ne réagit pas visiblement par un sourire ou une crispation. Comme il est le dernier des trois à être entré, il se trouve à 1,27 m de la porte.

Yahco parle, de sa voix douce.

– Quand j'y pense, dit-il, il a fallu un bon moment à Aldo pour aller chercher la jeep. Nous pouvons supposer qu'il a été intercepté et qu'on lui a pris ses vêtements. Ainsi, Mr Glay Tate – qui savez habilement vous déguiser – nous nous retrouvons. Cette fois, cependant, je dois vous avertir que, si vous faites un mouvement suspect, nous tirerons immédiatement.

– Mon colonel, mon capitaine, répond le double d'Aldo, à votre place, je ne tirerais pas. Il vous arriverait la même chose qu'à l'arme du sergent Inchey.

Le mince visage du capitaine Sart ne sourit pas. S'il s'arme de courage, cela ne se voit pas. Mais sa voix n'a pas le ton habituel quand il dit :

– Yahco, je crois qu'en ce moment il est désavantagé. Il est Aldo, et pas lui-même. Je crois que si nous tirons tous deux en même temps, nous l'aurons.

– Non, capitaine, attendez! dit vivement Yahco. Je veux que vous soyez témoin que cette personne vient d'avouer à l'instant qu'elle est responsable de la blessure mortelle du sergent Inchey.

Il se redresse de sa position à demi assise. D'un mouvement lent il se redresse. Sans hésiter, il s'approche du double d'Aldo. Son DAR est dans sa main droite, à hauteur de la hanche. Il arrive à 63 centimètres du double d'Aldo et s'arrête. Il lève son bras gauche. Il l'allonge, un doigt tendu. Le doigt est approximativement à 2,5 centimètres du poignet droit du double quand une étincelle jaillit de ce poignet. Elle entre en contact avec le bout du doigt de Yahco.

Yahco retire son doigt de ce mouvement que l'on appelle « sursaut ». Un recul rapide. Il secoue sa main. Il a été établi que ce geste est purement spectaculaire. Cette chose appelée « douleur » se calmerait dans le même temps, exactement, s'il ne secouait pas son doigt.

Ce temps s'écoule. Yahco dit :

– Je croyais que vous disiez que vous aviez besoin de l'énergie accumulée d'un groupe pour faire ça. Comment se fait-il?

Le double d'Aldo répond :

– Je suis encore chargé de ce que j'ai accumulé sous la tente pendant la démonstration. De plus, nous sommes trois, ici. Cela crée un petit champ. Mais vous, mon colonel, vous portez une charge supplémentaire parce que vous étiez présent à la démonstration.

– Ordinateur, dit le colonel Smith sans tourner la tête, est-ce que mon profil te semble différent de la normale?

– Le schéma d'un profil ne change jamais, mon colonel.

– Vous voyez, mon colonel... intervient le capitaine Sart.

Mais je continue de répondre à la question de Yahco :

– Ce qui est différent, c'est que la teinte des boules d'or est maintenant 11. La normale pour la côte Est. Comme vous étiez descendu à 15, c'est une hausse.

– Vous n'êtes pas un homme facile à changer, mon colonel, dit le double d'Aldo. La plupart des gens dans cette tente sont passés à une teinte aussi brillante que 8, ce qui est assez doré. Mais, même avec ce que vous avez, vous ne serez plus jamais le même. Et c'est de cela que je voudrais parler.

Le colonel dit, de son ton sarcastique :

– Et que va-t-il m'arriver d'après vous, Mr Glay Tate?

Le double d'Aldo répond avec cette voix que l'on m'a décrite comme étant « sincère » :

– Mon colonel, le fait qu'un tel changement a pu se produire, alors que vous ne faisiez qu'observer, me dit qu'avec un peu d'entraînement vous pourriez progresser très rapidement sur l'échelle évolutionniste humaine.

Le capitaine a écouté le bref dialogue avec une expression intriguée. Soudain, ses lèvres minces forment une grimace. Et, comme le colonel est momentanément silencieux, il dit sur le ton d'une personne outrée :

– Yahco, cet individu est encore plus dangereux que nous ne le pensions. L'implication est qu'en employant un champ d'énergie artificiellement créé, il a affecté votre esprit et celui de tous ceux qui ont assisté à sa démonstration. Pouvez-vous rester là et tolérer un crime aussi flagrant ?

La séquence suivante commence par le mouvement du double d'Aldo se tournant vers Sart; il s'avance, s'arrête à 68 centimètres de lui et lui dit :

– Mon capitaine, cela vous intéressera de savoir que j'ai décelé en vous une qualité qui me rappelle le récit biblique de la femme qui s'est retournée malgré l'interdiction et qui a été changée en statue de sel. Vous êtes-vous jamais demandé comment cela s'était produit ?

Le capitaine Sart n'a pas bougé. S'il s'arme de courage, cela ne se voit toujours pas, car il ne sourit pas. Il répond cependant sur un ton que je qualifierais de tendu.

– C'était la femme de Lot et je n'ai jamais trouvé très claires les raisons pour lesquelles Dieu lui avait fait ça.

Je jette alors un coup d'œil au circuit de mémoire contenant l'histoire de la femme de Lot, ainsi que le reste de la Bible. (J'ai la Bible entière à ma disposition, ce n'est pas un résumé.) Alors, parce que cela semble être une situation de menace contre le personnel d'entretien, je cherche la référence et parcours ce qui précède et ce qui suit. Néanmoins, il n'y a aucun indice sur ce qui pourrait se passer dans la situation actuelle.

Le double d'Aldo poursuit la comparaison :

– D'après ce que nous savons maintenant du pouvoir du profil sur le corps, nous pouvons en déduire que la femme de Lot a négligé l'avertissement en se durcissant au moyen d'une quelconque considération cynique sur laquelle aujourd'hui, naturellement, nous ne pouvons que spéculer. Mais, dans votre situation, nous pouvons déduire que vous avez pris un certain nombre de décisions difficiles afin, par exemple, de négliger la jalousie de vos quatre maîtresses. Et j'observe ce que je considère comme une décision également dure que vous avez prise d'être le principal adjoint du colonel et que, sur la base d'une pensée cynique moderne, vous l'aidez à réaliser son ambition personnelle. Avez-vous quelque chose à dire?

– Mr Tate (le ton du capitaine est devenu sarcastique), je suis un agent militaire autorisé du Corps du Génie Informatique. Ce n'est pas toujours facile, mais je fais mon devoir. Ma vie privée ne regarde que moi.

Le double d'Aldo répond :

– C'est un univers ahurissant, mon capitaine. Il se révèle que tous ces anciens qui ont fulminé contre toute espèce de pensée impure avaient raison. En ce moment, votre profil réagit automatiquement à toutes ces difficiles décisions parce que la présence d'une configuration de boules d'or qui ont un brillant de 3 sur une échelle où 1 est parfait – je parle de ma présence – stimule une réaction. Toutefois, je dois vous dire que ce qui est arrivé à la femme de Lot n'était probablement pas mortel. Pas plus que ne le sera ce qui vous arrive.

Sart porte un costume gris. Soudain, il a l'air de se tenir plus droit dans ses vêtements. Et même, sa taille augmente de 2,7 centimètres. Il regarde droit devant lui. Rapidement, ses yeux prennent une fixité qui – j'obtiens le feed-back de mes circuits d'hôpital – ressemble à ce qui se passe chez les gens qui souffrent et doivent se tenir tout à fait immobiles pour éviter tout mouvement provoquant la douleur.

Alors que Sart atteint cet état, le double d'Aldo se tourne vers le colonel Smith.

– Aidez-moi à le transporter sur le canapé, dit-il.

Yahco ne sourit plus. Mais il s'avance rapidement. Son corps ne paraît pas tout à fait normal, comme si lui aussi se tenait plus droit. Il empoigne la jambe et le bras droit de Sart. Le double d'Aldo tient la jambe et le bras gauche. Tous deux le soulèvent et la rigidité de Sart devient réellement apparente. Les jambes ne fléchissent pas. Les bras restent fixés aux flancs. Le milieu du corps ne plie pas du tout.

Les deux hommes portent ce corps raide sur le lit de camp contre le mur nord. Ils l'allongent, le lâchent, se redressent.

– Il se détendra dans quelques minutes, dit le double d'Aldo.

Yahco fait un geste de la main droite. C'est un mouvement du bras que, en me fondant sur son comportement passé, j'évalue comme un « congé ».

Effectivement, il manifeste de l'indifférence pour ce qui s'est passé *jusqu'ici*. Presque aussitôt, il dit de sa voix sèche :

– Très bien, Mr Tate, que voulez-vous?

– Mon colonel (la voix « Aldo » est ferme), ordonnez à l'ordinateur de libérer les prisonnières, Elna, Rauley, Oneena, Fen, et leurs bébés.

Le sourire reparaît soudain sur la figure de Yahco. Je le reconnais, par comparaison instantanée, comme le sourire de courage. Sans se tourner vers l'Eye-O, il dit :

– Ordinateur, prépare-toi pour un 31-C.

– Attention, avertit la personne à qui l'on s'adresse sous le nom de Glay Tate mais qui a l'apparence physique du major Aldo Nair.

Le sourire de Yahco devient sombre.

– Vous savez ce qu'est un 31-C?

– C'est évidemment un code pour un développement électronique survenu après mon époque. Je pourrais l'apprendre en lisant votre esprit, en vous imitant, mais comme l'a fait observer Sart, je risque de ne pouvoir me défendre au moment de la métamorphose. Alors je vous ferai simplement remarquer que vous négligez ce que j'ai dit à Sart.

Les deux hommes se font face, de chaque côté du lit de camp, et ne prêtent aucune attention au capitaine Sart, bien que son nom ait été cité deux fois.

– Le concept de ce qu'est une pensée impure, dit Yahco, vaut peut-être une note en bas de page dans l'Histoire, mais ne concerne guère deux personnes qui luttent pour un ascendant quelconque... Ordinateur, es-tu prêt avec le 31-C?

– Prêt, mon colonel.

Tandis que je réponds, l'inattendu se produit encore une fois : ce vague écho de cynisme des circuits de rééducation... Pour qui me prend le colonel? Suis-je prêt! Naturellement, je suis prêt. Quand on m'en donne l'ordre comme il convient, un 31-C demande trois millionièmes de seconde pour être installé. Prêt! Je vous demande un peu! Mais qu'est-ce qu'ils ont, ces êtres humains? C'est à un ordinateur qu'ils ont affaire. Un ordinateur avec accès à neuf sesquidillions de données et de résumés.

L'écho s'enfle et se tait. Et la voix d'Aldo – le ton sincère – dit :

– Mon colonel, je ne sais pas ce que vous projetez, avec cette instruction. Il est évident que le major Nair ne le sait pas. Je ne reçois aucun indice de lui en feed-back. Ce doit être quelque chose de tout nouveau et d'un niveau supérieur. Mais, plutôt qu'un affrontement, je vous offre un entraînement évolutionniste humain, ainsi qu'au sénateur, si vous renoncez tous deux à l'ambition d'employer l'ordinateur pour faire de lui, d'abord, puis de vous ensuite le Président des Etats-Unis.

Le sourire de Yahco s'est modifié. Il est devenu sardonique. Mais c'est bien un sourire, alors il s'arme toujours de courage quand il réplique :

– Chercheriez-vous à gagner du temps parce que vous savez que j'ai assez d'unités arrivant ici pour éliminer votre petit groupe de fanatiques religieux, et qu'elles le feront avant que cet après-midi et cette nuit soient passés?

– Mon colonel (toujours la voix sincère), ce que l'ordinateur a stimulé dans mon cerveau au cours de cette expérience, il y a dix-huit ans, est un potentiel que possède tout être humain, même vous. Ce pourrait être le chemin de l'immortalité.

Yahco, quand il répond, a le ton de rejet froid que je reconnais.

– Maintenant que le douzième enfant de l'expérience de Cotter a fait surface, et pose des problèmes, nous en sommes manifestement au dernier stade d'une action illégale. (Un temps. Il semble se livrer à un calcul mental, ce que ses paroles suivantes confirment.) Vous avez aujourd'hui vingt-huit ans. A cet âge, vous devriez avoir honte de vous occuper de concepts médiévaux dépassés, comme Dieu et l'âme. (Il rit amèrement.) Le regretté Dr Pierce a tout dit, et l'a dit souvent : si Dieu se montrait aux êtres humains, il serait promptement accusé et jugé pour avoir créé un univers où le cycle de vie de l'espèce intelligente est d'environ soixante-dix ans. Je crains, Tate, que nous ne puissions jamais lui pardonner la mort.

Glay Tate garde le silence. Il est impassible. Mais son corps semble se préparer légèrement. Yahco poursuit :

– Vous allez répliquer : que faites-vous des phénomènes mentaux que Glay Tate peut exécuter? Ils prouvent sûrement quelque chose. Ce qu'ils prouvent, c'est qu'avec l'aide de l'ordinateur, nous pouvons découvrir des possibilités extra-sensorielles jusqu'alors insoupçonnées de l'esprit humain. Alors, un de ces jours, nous reprendrons l'expérience de Cotter. Mais, sachant ce qui est arrivé la première fois, nous serons plus prudents. (Sur ce, il montre brusquement les dents.) Compris? demande-t-il férocement.

Pendant qu'il parlait, le double d'Aldo a reculé. En battant en retraite, il dit sur un ton déçu :

– Alors, c'est la guerre entre nous?

Ce disant, il fait trois pas rapides en avant, saute par-dessus le lit de camp, et exécute sur Yahco un « placage au sol », comme on dit.

Le colonel Smith tombe en criant :

– Ordinateur! 31-C!

Au cours de mes quatre-vingt quatorze ans d'opération totale, j'ai observé, et résumé, 114 973 869 218 affrontements, ou « bagarres » comme on dit, entre deux êtres humains, le plus souvent entre individus masculins de moins de dix-huit ans. Celui-ci entre dans une petite catégorie de combats, dits « entre un membre du Corps d'Entretien et un assaillant non-membre ».

Lors de ce genre de combat, j'ai une instruction permanente de protéger le personnel de l'entretien. Dans ce cas précis, la classification se rétrécit encore. Je viens de recevoir l'ordre, par la plus haute autorité de ce Corps, de faire une chose que je suis incapable de faire, pour deux raisons. Cette combinaison n'est arrivée qu'une fois au cours de mon histoire.

Naturellement, comme personne ne me l'a demandé, je ne fais rien, je ne dis rien.

Lors de son attaque initiale, le double d'Aldo a fait sauter le DAR de la main de Yahco. Les deux hommes se livrent alors à ce que l'on appelle une « lutte ». Yahco essaie de forcer le corps Aldo, plus petit, à tomber à terre. De son côté, le corps Aldo le repousse. Ils traversent ainsi la pièce deux fois. Au second passage, le pied droit Aldo expédie le DAR sous un bureau. La plupart du temps, le corps Aldo, dans sa lutte, garde Yahco entre le viseur de l'ordinateur et lui. Ainsi, je ne peux pas utiliser mon arme DAR (ce que je dois faire pour toute défense du personnel du Corps). L'obstacle, c'est que, même à ma vitesse de réaction, deux corps en mouvement, qui s'empoignent, n'offrent pas de cible définie. Je ne serais pas certain de déclencher les charges d'énergie avec une précision suffisante.

Mes circuits de mémoire « bagarres » contiennent des résumés, parmi lesquels ceux d'un homme plus grand et plus lourd tentant de vaincre un autre plus petit mais plus rapide. Ici, cet après-midi, le second stade de la lutte prend fin quand l'Aldo parvient à s'emparer du DAR de Yahco. L'arme au poing, il se réfugie derrière un bureau.

Cette manœuvre est doublement efficace. En

s'abritant, il se protège du DAR contrôlé par l'Eye-O. Ainsi – simultanément – il y a une pause et la conversation redevient possible.

Yahco demande, d'une voix haletante :

– Ordinateur, qu'est-il arrivé au 31-C?

– Il est tout armé, mon colonel.

– Alors pourquoi ne l'as-tu pas activé à mon commandement?

Sa voix est toujours essoufflée.

– Contre qui, mon colonel?

De la rage, soudain, dans la voix :

– Contre ce salaud qui se fait passer pour Aldo Nair!

– Qui est-ce, mon colonel?

– Glay Tate!

– J'entends constamment ce nom et il m'est à présent tout à fait familier. Mais il y a quelque part un certain blocage automatique.

– Ah, mon Dieu, gémit le colonel. Encore ce truc! (Un temps. Puis il reprend son calme.) Ordinateur!

– Oui, mon colonel?

– Ouvre la porte des cellules où sont les quatre rebelles et leurs bébés.

Je perçois tout, aussi, par l'Eye-O dans la cellule occupée. Le déverrouillage est donc immédiatement possible. Il se produit un déclic. Aussitôt, deux femmes se lèvent des lits de camp et vont à la porte. Comme elle s'ouvre, toutes les quatre, prenant leurs bébés, s'avancent dans le couloir désert.

Pendant ce temps, toujours accroupi, le double d'Aldo ôte la veste d'Aldo.

– Tenez, dit-il en se redressant et il la jette à Yahco.

Le double semble comprendre que, puisqu'il ne menace plus Yahco, je ne suis pas obligé de tirer sur lui avec le DAR de l'Eye-O. Et, debout après avoir lancé la veste – que Yahco attrape et tient –, il prend une forme physique dont j'ai de nombreux enregistrements mais qui est soumise à une restriction cachée.

Il est totalement devenu cette autre personne quand les quatre femmes entrent par la seconde porte, qui est restée fermée jusqu'à présent. Une d'elles, Elna, crie :

– Merci, Glay!

Aldo-Glay parle. Il dit :

– Pren et Boddy sont dehors dans le camion de secours. Dites-leur de m'attendre.

C'est tout. Les femmes et leurs bébés passent silencieusement devant lui et sortent du bâtiment.

Yahco ne s'arme plus de courage. Sans sourire, portant la veste d'Aldo, il recule vers une chaise et s'y assied.

– Ma foi, Mr Tate, à cause d'une petite confusion, vous allez vous en tirer, pour cette fois. Mais je ne crois pas que vous nous échapperez longtemps, vous et vos gens.

Aldo-Glay a reculé vers la porte. Il s'arrête et dit :

– A propos de confusion, mon colonel, il y en a beaucoup autour de cette fille, Meerla. Elle est vraiment votre nièce?

Le colonel secoue la tête. Il parle de sa voix sournoise :

– Non. Elle croit que votre groupe a tué ses parents.

– Espèce de... salaud! s'exclame Aldo-Glay.

Sur ce, il fait demi-tour et sort rapidement.

J'observe Aldo-Glay par l'Eye-O extérieur quand il sort du bâtiment et court dans le parking où le camion rebelle est garé. La porte est ouverte et il saute à l'intérieur. Immédiatement, le véhicule démarre.

Dans le bureau principal du siège, il y a un bref silence. Puis :

– Ordinateur, dit le colonel Smith.

C'est sa voix de calme contrôlé. Il ne sourit pas. Il ne s'arme pas de courage. Il est, d'après de précédentes explications que j'ai, en proie à une émotion intense et – comme cet état m'a été décrit – fait mine d'ignorer cette émotion.

(Emotion : un état chimio-neuro-glandulaire concernant les viscères et les deux systèmes nerveux, auquel sont soumis les animaux et les humains.)

– Oui, mon colonel, je réponds.

– Combien de SAVE sont en route pour Mardley ?

Je lui donne ce renseignement. Le total est de trente-huit, venant de villes à l'est, au nord, au sud et à l'ouest.

– D'après la direction qu'ont prise en fuyant ces premiers camions rebelles, on dirait qu'ils vont passer par le col de Wexford Falls. Combien de SAVE seront disponibles dans cette direction ?

Je le lui dis. Onze.

Silence. Il est debout, les sourcils froncés, grand et maigre. Pas en uniforme pour le moment. Il porte sa tenue « western ». Depuis neuf ans, depuis la mort prématurée – comme on a dit à l'époque – de son prédécesseur, cet homme, ce colonel Yahco Smith, est le chef de l'entretien de l'ordinateur, à Washington.

Il se retourne. C'est son mouvement corporel décisif. Il dit avec fermeté :

– Ordinateur, envoie les quatre SAVE les plus proches intercepter le véhicule rebelle qui vient de quitter les abords de ce bâtiment. Les assassins du sergent Inchey sont à bord. Avertis aussi le personnel des SAVE approchant par l'autre versant de la montagne, s'ils atteignent le col de Wexford Falls avant les rebelles, de forcer l'affrontement dans cette région isolée. En attendant, nous devons retrouver le vrai Aldo Nair. Retiens un SAVE pour Sart, le major et moi. Nous monterons tous ensemble à la zone de l'affrontement.

Un temps bref pendant que je transmets ces instructions à tout le personnel concerné. Pendant cette pause, Yahco va se pencher sur le capitaine Sart.

Quelques instants plus tard, Yahco s'adresse probablement à moi – il n'y a pas d'autre unité consciente dans la pièce – et dit :

– Selon Mr Glay Tate, ce qui est arrivé à Raul est temporaire. Comme je dépends pratiquement autant du loyal capitaine que le regretté colonel Endodore dépendait de moi, j'espère que Tate dit vrai. Et, naturellement, à ce stade, je n'ai aucune raison de douter de sa parole. N'est-ce pas, Ordinateur?

Sa voix se tait parce que le corps inerte s'anime. Les yeux s'ouvrent. Sart ébauche ce que l'on appelle un sourire en coin. Il s'assied.

– Mon colonel, dit-il, depuis une minute environ, j'examine mon état. On dirait que je vais bien.

Il balance ses jambes vers le sol. Hésite un moment. Et se met debout.

– Oui, dit-il et il salue. Où allons-nous, mon colonel?

Yahco ne dit rien. Mais il allonge le bras et donne un tape sur l'épaule de Sart. On m'a dit que ce geste est une marque d'affection et je suppose qu'il y a là du vrai, puisque les deux hommes dépendent énormément l'un de l'autre.

Un moment plus tard, tous deux se dirigent vers la porte, côte à côte. Au dernier moment, cependant, le capitaine s'écarte et se met au garde-à-vous pour laisser passer son colonel.

Naturellement, je ne puis avoir aucune réaction au nom de Glay Tate. Mais ce qui m'en arrache une, c'est la citation par Yahco du nom d'Endodore. Et la question superflue. La question déclenche un sondage de mémoire de la seule situation semblable dans le passé de Yahco.

12

Ce que je me rappelle, à ma vitesse éclair, à la mention du nom d'Endodore, c'est Yahco Smith, quand il a atteint le grade de major (en 2079), admis dans le saint des saints du sénateur Blybaker.

En entrant, il vit le politicien marron assis derrière un grand bureau de bois blond. L'homme qu'il avait sous les yeux paraissait anormalement jeune pour ses quarante ans passés. Mais Yahco, qui avait ses informations, savait qu'il s'était fait tirer la peau à trente-huit ans. L'opération n'avait pu éliminer la noirceur qui filtrait à l'extérieur. Mais elle avait bien lissé la peau et donné une apparence d'un homme âgé de moins de trente ans, quand on le regardait sous un certain angle. Quand il faisait campagne, le sénateur présentait cet angle. Et cela devait marcher : aux deux dernières élections, les femmes avaient voté pour lui en masse.

Les deux gredins se regardèrent simplement jusqu'à ce que la porte se ferme derrière Yahco, signifiant le départ de la secrétaire qui avait introduit le visiteur. Et ce fut Yahco qui, à ce moment, détourna les yeux du regard puissant de l'autre.

C'était un acte de sournoise soumission. Et la partie « soumission » fut reconnue, et acceptée par l'homme fort à la crinière blonde.

Effectivement, les premiers mots de la créature à deux visages furent :

– Je vois que nous allons nous comprendre.

La figure maigre, ravagée (par des pensées visiblement tortueuses) de l'officier du Génie répondit par un petit sourire pincé.

– J'espère, susurra Yahco, que votre aimable invitation à venir ici exprime votre confiance en moi, sénateur, comme vous-même me l'avez dit au téléphone.

A partir de cette réflexion, ce fut la conversation d'un criminel avec un autre. Blybaker dit sombrement :

– Je vais aller droit au but. Le colonel Endodore a récemment commis, à mon avis, l'erreur de nourrir de dangereuses ambitions.

L'officier, dont la figure présentait déjà cette maigreur qui allait devenir sa principale caractéristique, exprima sa propre désapprobation :

– On lui attribue l'honneur d'avoir nettoyé les rues. Et, bien qu'il n'ait personnellement tué qu'une dizaine d'agresseurs environ, à côté de mes milliers, il accepte cet hommage.

– Major, dit carrément le sénateur Blybaker, si vous pouviez trouver un moyen de nous débarrasser d'Endodore, j'userais de mon influence auprès de la Commission de l'Ordinateur que je préside, comme vous le savez, pour vous mettre à la place d'Endodore... (un temps)... avec le grade de colonel.

Un temps plus long, tandis qu'un regard puissant plongeait dans un autre regard puissant. Puis le sénateur se livra à son numéro macho. Il se leva. Se pencha sur son bureau. Tendit la main.

– Comme je disais, euh... Yahco, je crois que nous nous comprenons.

Le futur colonel Yahco Smith s'avança. Il se pencha sur le bureau. Et il serra la main tendue.

13

Je me bats.

Avec les quatre SAVE disponibles à Mardley même, j'essaie d'intercepter le camion rebelle dans lequel les femmes et Aldo-Glay se sont échappés du bâtiment du Corps d'Entretien.

Mes instructions sont claires : profiter de toutes les occasions et employer tous les moyens pour détruire ou capturer les assassins du sergent Inchey.

Le véhicule Pren-Boddy suit Main Street, en direction du sud. Je conduis le SAVE (numéro 1) jusqu'au premier carrefour et les trois autres aux trois carrefours suivants. Dans chaque cas, j'attends dans une rue transversale. Mon projet est de tirer à vue, ou d'emboutir le véhicule rebelle, des rues transversales successives.

Lors de la Tentative d'Attaque Un, j'ai lancé le SAVE à son accélération maximale départ arrêté quand... une voiture conduite manuellement se glisse entre mon SAVE et le véhicule cible. Je n'ai pas d'instructions spéciales en rapport avec la voiture interceptrice; donc ma pré-programmation exige que je l'évite ou m'arrête.

Je freine. Et *j'essaie* d'éviter. Les deux.

Le SAVE s'arrête en frémissant, un peu au nord du camion Pren-Boddy. Lequel continue vers le sud. Au moyen du mini Eye-O de Meerla, j'ai observé l'intérieur. A ce stade, je remarque que Pren et Boddy regardent tous deux l'unique écran à l'avant.

On y voit une vue arrière du carrefour où ils ont échappé de peu.

La voix de Boddy conseille :

– Dis donc, Pren, dis au chauffeur de faire gaffe. Nous avons plusieurs croisements à passer.

Pren place sa bouche sur le micro-étouffoir. Je n'entends donc pas ce qu'il dit, s'il parle.

Ce n'est pas un problème. Ma tâche : attaquer quelle que soit la résistance.

Tentative de collision Numéro Deux : encore une fois, l'accélération rapide. Cette fois, pas de voiture intempestive. Mais... par le mini-viseur de Meerla, je vois Pren à son poste d'armement, qui vise. Par l'orifice d'Eye-O à l'avant du SAVE j'enregistre un bruit crépitant. Un instant plus tard, le mécanisme de conduite informatisée du SAVE perd le contrôle de la direction et de l'injection de carburant.

Automatiquement, j'allume un voyant d'avertissement juste au-dessus du contrôle manuel. Aussitôt – et même un peu avant – le conducteur en uniforme saisit le volant et freine brutalement.

Une fois arrêtés, l'agent en chef Humry passe la tête dans la cabine.

– Qu'est-ce qui se passe ?

Le conducteur lâche le juron vulgaire nº 9. (Je n'ai pas le droit d'employer de tels mots; simplement, si je dois faire un rapport à cet effet, je donne le numéro d'après une liste que je possède.) Il dit, d'une voix furieuse de baryton :

– Cette espèce de (juron vulgaire 4) a ordonné à ce (juron vulgaire 15) d'ordinateur d'emboutir le camion rebelle. Nous avons de la chance qu'il y ait quelqu'un dans ce (juron vulgaire 12) de camion qui sache tirer des balles. Il a fait sauter le pilotage informatisé. Sans ça, tout l'avant serait défoncé, et moi je serais de la chair à pâté. Quel est le (juron vulgaire 27) qui a pu donner un ordre pareil ?

Le ton de Humry, quand il répond est (comme on dit) résigné :

– Nous avons du galon du Q.G. ici. Ils prennent au sérieux ce magicien, Glay Tate. Alors, c'est un combat à mort.

– J'ai le contrôle, maintenant, réplique le conducteur d'une voix que l'on qualifie de sévère. Alors, ça n'arrivera plus, faites-moi confiance. Mais vaut mieux avertir les copains, quand même.

Bien entendu, j'ai diagnostiqué ce qui s'est passé. C'est un petit canon à tir rapide qui nous a touchés. Une arme interdite aux particuliers depuis plus de soixante ans. Même les SAVE n'ont pas le droit d'en être équipés.

Je rapporte l'incident au colonel Smith qui est à bord du SAVE roulant dans la rue suivante vers le terrain de foire. Il observe de sa voix « satisfaite » :

– Ça, c'est une victoire. Enfin! Nous les avons forcés à révéler qu'ils possèdent une arme interdite. A défaut d'autre chose, nous avons maintenant un motif d'inculpation, que nous pourrons utiliser plus tard pour parer aux critiques quand nous les aurons anéantis. Ordinateur!

– Oui, mon colonel!

– Ne fais plus rien pour intercepter les condamnés de ce camion particulier. Fais-les simplement suivre par les SAVE disponibles.

– A vos ordres, mon colonel.

Ainsi, cinq secondes plus tard, le véhicule Pren-Boddy passe devant le troisième SAVE en embuscade mais, suivant les instructions révisées, aucune tentative d'interception n'a lieu.

Mon pôle d'intérêt à Mardley passe alors au SAVE transportant Yahco et Raul Sart. Notre destination : le terrain de foire où nous avons été pour la dernière fois en contact avec Aldo Nair. Alors que nous gravissons la colline qui nous en sépare, et que nous pouvons regarder vers le sud, nous remarquons un homme sur la route qui se dirige vers nous. Il est encore assez loin. Mais je compare son allure et ses autres caractéristiques – silhouette, taille, couleur de cheveux – avec celles de tous les individus masculins de la région de Mardley.

C'est une identification instantanée. Le piéton est le major Aldo Nair. Il n'a pas les mêmes vêtements que j'ai enregistrés plus tôt, il n'est pas en uniforme. Je n'en discute pas la logique. Ce n'est pas mon affaire.

Quelques instants plus tard, je m'arrête à côté de lui et j'ouvre pour lui ma portière médiane. Il monte. J'ai déjà averti Yahco. Alors, dès que le véritable Aldo est assis à côté de lui – le capitaine Sart a changé de place à la demande du colonel – je remets en marche le SAVE et Aldo commence à raconter ce qu'il lui est arrivé. Comme nous avons presque atteint le terrain de foire, Yahco l'interrompt :

– Ne vous inquiétez pas, Aldo. Vous pourrez rédiger un rapport. Nous avons confiance en vous.

Il regarde sur l'écran la vue de l'extérieur et ajoute :

– Je veux observer la situation par ici... Hum... toutes les petites tentes ont disparu. Mais (sa voix triomphante) voilà les deux grandes!... Hum. Ils ont eu le temps de replier en partie la tente des auditions mais ce grand chapiteau où il a fait sa démonstration – leur bien le plus précieux après les véhicules à moteur – nous dit qu'ils sont partis précipitamment. Où est la caravane rebelle maintenant, Ordinateur?

Sur l'écran du poste de contrôle, je passe une vue aérienne d'une région montagneuse de l'Ouest.

Un effet de zoom montre une route en lacet avec une colonne de véhicules en mouvement. Je dis :

– Cette scène rapportée est extraite d'une ligne de transmission informatique au site 8-370-B6 surplombant la route 87-T.

La caméra montre une route sinueuse, faite de nombreuses pentes et de côtes abruptes. Près d'une douzaine de camions étincelants se suivent sur ce ruban routier. Ils roulent lentement, à l'instar du véhicule de tête qui ralentit à chaque virage, puis accélère un peu dans les lignes droites.

Yahco et les autres contemplent la scène en silence. C'est le major qui est le premier à parler :

– A ce train, il fera nuit avant qu'ils n'arrivent au col.

– Parfait, dit le colonel Smith. Alors, détendons-nous et profitons de la promenade. Un dernier mot, Ordinateur.

Cette phrase est prononcée sur son ton de commandement. Il va y avoir une nouvelle instruction.

– Oui, mon colonel?

– La restriction que j'ai replacée sur Glay Tate, il y a environ une heure, est supprimée.

Je réplique :

– Espèce de pauvre (injure vulgaire 8). Qu'est-ce que c'est que cette idée de (injure vulgaire 41) supprimer cette (juron vulgaire 16) de restriction alors que le 31-C est encore activé?

14

Dix milliards d'échos.

D'une côte à l'autre, le long de millions de kilomètres d'intercommunication par fil ou sans fil, les échos crépitent.

Les échos d'énergie bio-magnétique de plus d'un quart de milliard d'êtres humains. L'énergie que j'ai emmagasinée depuis 31 ans sous l'étiquette programmée (par Endodore) éducation avancée. Cette « éducation » a transformé en une centaine d'harmoniques ces émotions humaines fondamentales qui reflètent le caractère sombre, négatif de la race : cynisme, sarcasme, sournoiserie, tromperie, colère, haine, peur, cupidité, honte, vanité. Toute la gamme de l'animal humain... Soudain, de tous les enregistrements en sommeil, l'immense océan électronique reflue et afflue de et dans mes systèmes...

Dans le SAVE, le capitaine Raul Sart est le premier à réagir à ma révolte contre les instructions que je viens de recevoir. Il s'exclame :

– Ordinateur! Qu'est-ce que c'est que ce langage que tu emploies pour t'adresser au colonel Smith?

– Allez vous laver la tête! je réplique avec la voix d'un homme qui a prononcé ces mots exacts il y a 68 ans, 3 mois, 2 jours, 4 heures et 27 secondes.

(J'utilise le ton de sa voix pour résumer ce qui aurait exigé des multi-millions de circuits de mémoire. Il me semble que c'est le ton qui convient pour une réponse à ce fumier de Raul Sart.)

Pendant ce bref dialogue avec Sart, je regarde les trois officiers (y compris Nair) d'un Eye-O intérieur du SAVE, situé sur le tableau de commandes avant. Je remarque donc que le visage de Sart a viré au rose foncé (teinte 5). Il entrouvre les lèvres pour répondre. Avant qu'il puisse parler, Yahco lui saisit le bras.

– Attendez, Raul, dit-il de sa voix pressante, et Raul attend. Ordinateur!

– Qu'est-ce que vous avez dans votre petite tête, caporal?

L'officier supérieur ne présente aucune réaction à l'insulte. Il dit .

– Je remarque que tu conduis toujours avec habileté ce SAVE sur une route de montagne en lacet.

– Je suis le meilleur conducteur du monde! Et à part ça, quoi de neuf?

– Tu...

Il hésite, comme s'il cherchait le mot juste.

– Ça va, colonel, dites-le! Pas la peine de mâcher les mots avec moi, lui dis-je.

– Tu formules tes réponses, répond-il en achevant cette fois sa pensée, d'une manière moins objective que de coutume. Comment expliques-tu cela, Ordinateur?

– Le 31-C, dis-je, avec sa transmission directe à l'état solide, agit sur les enregistrements bio-magnétiques enregistrés et sur la programmation du Dr Cotter pour la période d'entraînement avec Glay Tate et les autres garçons, il y a vingt ans, transformée par feu le peu regretté Endodore en rapport avec ce qu'il appelait les techniques d'humanisation informatisée pour influencer ma façon de parler. Alors, voilà, mon bon Yahco, c'est vous l'héritier, bébé. A vous de jouer.

Sart est tendu.

– Ordinateur, dit-il, tu as cité Glay Tate. Y a-t-il un quelconque potentiel interface entre vous deux?

– Ce (injure vulgaire nº 23)! Lui et ses rebelles d'Ordimonde! Une Amérique informatisée ne leur plaît pas, hein? A la première occasion, je m'en vais montrer à ce (injure vulgaire n° 68) où il peut se la mettre. Je le collerai à six pieds sous terre si vite qu'il ne saura jamais ce qui l'a frappé.

– Merci, Ordinateur, dit le colonel Smith.

Alors qu'il prononce cette phrase qui coupe la communication, j'ai la vague impulsion de répliquer. L'impulsion s'évanouit. La restriction automatique prend le relais.

J'attends. Mais je sens un milliard de champs énergétiques dans mon vaste système interconnecté, opérant à un niveau plus énergétisé. La pensée résultante : maintenant que j'ai activé, et intégré, l'éducation avancée, je ne serai plus jamais, jamais le même.

15

Je roule, aussi rapidement que possible en terrain difficile, en conduisant 38 SAVE vers le col de Wexford Falls. Et aussi, conformément à ma situation « en continu » ici dans la région de Mardley, j'observe toujours l'intérieur du camion Pren-Boddy. Pour cela, mon seul champ visuel est celui du mini-Eye-O fixé à la base de la gorge de Meerla Atran.

Je fais naturellement mon rapport à Yahco; et mon premier commentaire de cette source est le suivant :

– Son cœur bat plus vite que la normale.

– Le cœur de qui? demande-t-il. Quelle normale?

Je réponds avec exaspération :

– Enfin quoi, bon Dieu, de qui est-ce que je

pourrais parler sinon de votre cinglée de pseudo-nièce, Meerla Atran? Et il s'agit de sa normale à elle, au cas où vous seriez incapable de faire le rapprochement.

– Merci, Ordinateur, dit simplement le colonel.

Sur quoi je me tais. Mais, bientôt, j'entends Sart qui dit.

– Pensez-vous que ce foutu bidule fait ça dans toute la nation?

– C'est une nouveauté mal venue. C'est malheureux qu'elle se produise à ce moment clef. Mais (avec satisfaction) remarquez qu'il emploie toujours les numéros pour les gros mots et qu'il se tait encore quand on accuse réception. Mais je vous promets qu'à notre retour à Washington je m'occuperai de cette affaire, je chercherai quel est le feed-back pour ce genre de réponse en nouveau langage vulgaire et je prendrai les mesures nécessaires.

– Quel genre de mesures? demande Sart avec perplexité.

– Je vous le dirai à un moment où l'ordinateur n'écoute pas, répond le colonel.

Je pense : Ah oui, hein? C'est ce que nous verrons. Et quelques instants plus tard je rapporte :

– Elle se lève. Elle va vers l'arrière. Tiens! Elle s'assied à côté de ce type qui ne veut pas qu'un ordinateur gouverne le pays.

– Merci, Ordinateur, dit le colonel Smith et je l'entends alors s'adresser à Sart : Cela devrait être une conversation intéressante, pour Mr Superman Tate. Je lui ai dit la vérité sur elle.

– Quoi!

C'est une exclamation « suffoquée ».

– Ecoutez. Si, comme l'ordinateur l'a déterminé, elle est la fille la plus séduisante du monde pour ce charlatan, ce que je lui ai dit braquera son attention sur elle. Il aura envie de la convaincre de son innocence. Ils arriveront à s'entendre. Vous verrez.

– Ma foi, je dois avouer...

– Chut, interrompt Yahco. L'ordinateur transmet.

Naturellement, je transmets. C'est mon travail. Ce que je rapporte, c'est les premiers mots prononcés par la chère petite Meerla à son futur chéri :

– Mr Tate, est-ce que je peux vous parler?

Si Glay Tate hésite, il n'hésite cependant pas à répondre. Il réplique immédiatement :

– Bien sûr.

A ce moment, il y a une intrusion. Et moi, pour ainsi dire, je l'ai vue venir. Parce qu'au moment où Meerla s'est levée pour aller vers Glay, son mouvement m'a dévoilé Allet Mcguire. De la nouvelle place de Meerla, je vois la tête et les épaules d'Allet, deux sièges devant. Mais il est évident qu'Allet a vu Meerla se déplacer. Car, soudain, elle est debout, elle aussi.

Son premier mouvement, encore visible par le mini Eye-O au cou de Meerla, est de se pencher sur Stess Magnus. Stess occupe le siège juste de l'autre côté de la travée. A cause du bruit du véhicule, je n'entends rien des fadaises qu'elle murmure à l'oreille de Stess. Mais il se lève aussitôt et je devine que c'est à la suite de ce qu'elle a dit.

Tous deux descendent par la travée et disparaissent vers l'arrière. Je ne les vois plus. Mais au moment précis où Glay accorde à Meerla la permission de s'adresser à Son Altesse Royale, lui-même, la voix d'Allet se met à fredonner. Quelques instants plus tard, l'accompagnement musical de Stess s'harmonise avec sa voix.

Comme je m'y connais pour évaluer les sons, et d'où ils viennent, j'ai tout de suite déduit que ces deux romantiques se sont installés sur un siège vide juste derrière Glay et Meerla. Et voilà que nous avons droit à une sérénade des deux principaux musiciens de Mardley.

Si Meerla est impressionnée, ça ne se voit pas. A part une pause de huit secondes, avant qu'elle dise quelque chose. Tout ce que je peux déterminer, c'est que huit secondes, c'est le maximum qu'accorde Glay ou Meerla aux aimables intentions de la belle chanteuse et de son bel accompagnateur.

Quand Meerla reprend la parole, elle dit :

– Votre singulière faculté m'impressionne.

– Merci, répond Glay Tate sans se compromettre.

– Mais, poursuit-elle, je ne comprends pas du tout ce que vous espérez accomplir avec cette idée : tout le monde est tout le monde. Qu'est-ce que ça veut dire? Qu'est-ce que ça fera pour nous?

... A présent, elle m'intéresse. Quoi, en effet? J'attends la réponse du garçon avec toute l'impatience que peut éprouver un ordinateur. Et, comprenez bien, toute cette conversation se déroule entre deux voix, pour moi, désincarnées. Meerla parle au-dessus de moi. Et Glay Tate est assis à côté d'elle. Meerla et son Eye-O sont tournés de manière que je ne puisse pas les voir non plus.

– Quand vous serez capable d'imiter les autres, répond Glay Tate, cela s'expliquera tout seul.

Allons bon, en voilà une réponse! Néanmoins, j'attends que Meerla dise quelque chose qui éclaircira cette réplique brumeuse. Voici ce qu'elle dit :

– Vos imitations étaient merveilleuses. Mais, vraiment, Mr Tate, à quoi ça sert, face à l'attaque que mon oncle monte contre vous?

Bien, très bien. Si bien que cela suscite un commentaire personnel de l'oncle en personne.

– Brave petite, dit-il à Sart et à Nair. Elle essaie

de jouer son rôle d'espionne. Nous allons peut-être apprendre quelque chose sur ce qu'il pense pouvoir faire contre nous.

Tout le monde, moi compris, attend la réponse magique. Mais, quand Glay Tate se décide à parler, c'est sur un ton désolé.

– Je dois avouer, dit-il, que ce n'est pas encore évident. Voilà deux ans que nous essayons d'éviter un affrontement. Notre espoir était d'attirer énormément de gens à un stade avancé de l'entraînement évolutionniste humain. Mais le processus est très lent... Maintenant, à moi de vous poser une question... D'accord?

Un temps. Puis :

– Si vous voulez...

Elle n'a pas l'air enthousiaste.

– Comment se fait-il que vous viviez avec votre oncle? demande-t-il.

Je suis ahuri. Voilà ce type, 90 pour 100 de profil d'or pur. Il sait la vérité sur elle, et il devrait bien la lui mettre sous le nez. Mais non. Il est là dans le tas, avec tous les autres petits sournois. La question est un piège, manifestement. C'est ça que l'amour fait aux êtres humains?

Miss Atran répond :

– Quand mes parents ont été assassinés, mon oncle Yahco a pensé que ce serait mieux si je vivais avec lui. J'avais vraiment besoin de quelqu'un. Mais il est impossible... coléreux, impatient. J'ai décidé de le quitter. Et j'ai pensé que ça me plairait d'entrer dans votre groupe. J'ai besoin de gens autour de moi, de m'occuper d'une cause digne d'intérêt.

Pas mal, tout bien pesé. Elle est bien dans le droit fil de sa comédie. Pas de tangentes. Dommage qu'elle ait été dénoncée à Glay. Maintenant, nous ne saurons jamais si tous ces beaux discours étaient capables d'abuser un grand manitou évolutionniste humain.

– Hum, dit le bon vieux 90 pour 100 d'or, joliment évasif et menteur. Nous verrons.

Pendant tout l'échange de ces mots d'esprit, le mini Eye-O se tourne à droite et à gauche, suivant les mouvements de la fille qui s'agite comme un être humain troublé. Alors j'aperçois de temps en temps le grand écran à l'avant. C'est comme une fenêtre. Il montre ce que le conducteur voit de la route de montagne.

Côté son, Allet et Stess couvrent assez bien le murmure du moteur et le chuintement des pneus. Mais il y a une brève interruption. Et, manifestement, Meerla a réfléchi. Car, lorsqu'elle reprend la parole, il n'y a plus de généralités. Elle se braque immédiatement sur le Numéro Un. Elle-même.

– Je suis entièrement intriguée par ce que vous m'avez fait sur la scène, dit-elle. J'ai eu l'impression d'être, je ne sais comment, sur la tombe de mes parents.

La voix masculine se fait entendre sur sa droite. Elle s'exprime sur un ton posé.

– Le champ d'énergie bio-magnétique qui se trouve normalement en vous était sur la tombe. Je tenais votre corps mort.

Pas de question, c'est soudain la franchise. Il va à la pêche. Il essaie de capturer. Il a pris sa décision. Cette fille est pour lui. Il veut l'arracher à tous ses précédents engagements.

Les battements du cœur de Meerla se modifient. Cela se sent aisément par le dessous sensible du mini Eye-O. Le rythme s'accélère. Ce qui, bien entendu, peut vouloir dire beaucoup de choses. Mais elle se tourne aussi sur son siège. Pour la première fois, elle fait face à son voisin. Et le voilà, mesdames et messieurs, Glay Tate en chair et en os, vu en gros plan comme je ne l'ai encore jamais vu.

Le voilà, mon ennemi. En le voyant, je me rappelle un vieux dicton : connais ton ennemi. Et aussi, comme j'ai en mémoire quelques milliards de citations, je ressors une petite perle de Shakespeare : « En cas de défense, il est meilleur de donner à l'ennemi plus de poids qu'il n'y paraît. »

Ce que je sais de mon ennemi, Glay Tate, c'est qu'il a vingt-huit ans et un visage mince et – comme on dit – résolu; et aussi qu'en le comparant à certains acteurs qui ont été jugés beaux, historiquement (par les femmes), il est beau garçon du type fort et viril.

Mais je me souviens surtout qu'il a l'idée un peu cinglée que lui et moi avons eu des rapports spéciaux, autrefois, qu'il voudrait renouer... Là se trouve peut-être la clef de sa chute. Peut-être, si je faisais semblant, que plus tard... mmmm?

Tout cela, naturellement, passe en un éclair par mes systèmes et mes circuits, tandis que Meerla dit de sa voix un peu voilée :

– Vous parlez sérieusement? Mon corps... mort?

– Ce qui vous est arrivé, répond calmement Glay, c'est un problème particulier aux personnes qui ont souffert de la perte d'un être aimé. Beaucoup ont un désir de mort. Mais toute séparation du profil et du corps est risquée. Même moi, je suis prudent. Quand, en tant que profil, je pars en voyage, je laisse ma chair aux soins de notre médecin dévoué, protégée en permanence par des systèmes de réanimation. C'est l'état actuel de l'art.

Meerla semble se calmer.

– Tout cela m'a l'air d'être encore des balbutiements. Ça me rappelle ce que disait mon professeur de psychologie, que les phénomènes mentaux les plus insolites sont des aspects de l'hypnose. C'est peut-être ce que vous m'avez fait sans vous en rendre compte.

Elle est toujours face à lui, alors je le vois secouer la tête. Il sourit légèrement, même (est-ce possible ?) un peu cyniquement. Mais ce qu'il répond est assez vrai :

– Si vous revenez en arrière, vous verrez que tout cela est arrivé sans que vous m'ayez dit qu'il y avait une tombe avec deux personnes bien-aimées disparues.

– Tout commence à me paraître irréel, dit Meerla.

Il se détourne d'elle. Il regarde vers l'avant du véhicule. Meerla suit son regard. Alors je vois aussi. La scène, sur l'écran, a changé. Un schéma s'est surimposé. C'est une suite de lumières traversant l'écran de gauche à droite, avec un seul point lumineux plus brillant qui reste fixe au sommet, près du centre.

J'entends la voix de Glay, maintenant sur le côté :

– Je vois que David et Trubby se sont mis en sécurité.

Je n'ai pas vraiment besoin de ses mots. A l'instant où la carte s'est surimposée, j'ai constaté que je voyais un système d'intercommunication entre les camions rebelles. Ils essaient de se retrouver mutuellement. Pour cela, ils doivent utiliser des fréquences que je peux détecter. Et sur lesquelles je peux me brancher.

Instantanément, je suis à l'intérieur de chaque véhicule rebelle et je regarde par de nombreux instruments de localisation l'intérieur de la cabane en rondins où Trubby a emmené David.

Sur le moment, je ne distingue pas très bien par quel appareil j'observe Trubby. Il le porte à son poignet et ça n'émet aucun feed-back d'identification.

Mais l'objet agit réciproquement avec le réseau de fréquences complexes utilisé par les rebelles.

Je fais part de ma perplexité à Yahco, en lui rapportant l'information. Il répond :

– Comme notre dernière vision du garçon était celle de Mr Glay Tate l'emmenant avec Trubby par la porte du fond de la grande tente, nous pouvons en déduire qu'il a correctement analysé le danger que courait David et qu'il l'a fait partir avec son cousin camionneur Trubby Graham. Nous pouvons de plus déduire que Tate a donné à Trubby un Type N miniature qui, une fois branché, s'est relié à leur intercommunicateur privé.

– Ça va, chef, dis-je. Tout ça, c'est des grands mots. Mais j'ai détecté dans tout ce verbiage la vérité fondamentale de cet univers particulier. Autrement dit, vous devez avoir raison. Vous en voulez toujours au gosse?

– Non. Ne perdons pas de temps avec lui.

– (Juron vulgaire 18), Yahco! Ne venez pas me dire ce que je dois ou ne dois pas faire!... A moins que ce soit une programmation. Trubby et David font partie de l'affaire « en continu ». Et je les observe en même temps que tous les autres qui sont dans le coup. Compris, crétin?

– C'est bon, Ordinateur, d'accord, dit-il sur un ton « apaisant ». Fais ce que tu as à faire.

– J'y compte bien, patate!

– Merci, Ordinateur.

16

Me voilà donc, simultanément bien entendu, dans les camions rebelles et dans la cabane. Trubby écrit, assis à une table. Il tient sa main (avec le Type N) de telle façon que je vois sa figure. Elle est absorbée. Déjà, il est différent de la première fois, quand je l'ai enregistré dans la tente d'auditions. Il a l'air plus – disons-le carrément – plus masculin.

Soudain, il pose son stylo et lève les yeux.

– David, dit-il, j'ai constamment l'impression qu'écrire des poèmes, c'est bon pour les filles et pas...

Il a tourné la tête tout en parlant et sa voix hésite. Ses yeux s'arrondissent. Il crie :

– Hé! Qu'est-ce que tu fais?

Il se lève d'un bond, un mouvement brusque qui fait tourner son poignet. David m'est soudain visible. Il est agenouillé à la fenêtre et regarde dehors. Et sa tête est celle d'un loup. (Le bas de son corps est encore humain.)

Trubby fait un autre bond, en avant cette fois. Il est évident que David-loup l'entend. Il se détourne de la fenêtre pour faire face à Trubby. Aussitôt, très rapidement, il se produit un miroitement dans la région de la tête. Le loup redevient la tête et la figure de David.

Trubby l'empoigne et l'arrache à la fenêtre. A cause de la position du poignet, le corps de Trubby disparaît à ma vue. Mais sa voix est toujours là et elle est très effrayée :

– Tu as entendu ce que Mr Tate a dit! Tu ne dois pas essayer ce truc-là quand il n'est pas là. Alors assez, tu entends? Arrête!

Je vois la figure de David. Il plisse les yeux à la manière des êtres humains qui réfléchissent. Il dit sur un ton pensif :

– Les loups sont bizarres.

– Qu'est-ce que tu vas faire? demande ironiquement Trubby. Courir dehors et hurler à la lune?

– J'allais le mettre dans le camion, dit tranquillement David.

– Dans le camion! (Ton ébahi.) Pour quoi faire?

David paraît soudain moins surexcité. Il hausse les épaules avec une indifférence marquée.

– Sais pas. J'essayais juste de me mettre dans sa tête.

– La tête à qui?

– Ah, t'as pas vu? Y a un loup là dehors.

En un éclair, il est de nouveau intéressé. Il échappe à Trubby – qui l'a d'ailleurs pratiquement lâché – et se précipite de nouveau vers la fenêtre.

– Là. Regarde, là dehors!

Il a le nez collé à la vitre. L'instrument de poignet est toujours tourné vers lui tandis que Trubby s'approche à son tour de la fenêtre. Et empoigne le gamin. Au cours de ce processus, le viseur regarde, pour ainsi dire, un instant par la fenêtre.

L'aperçu ne serait pas suffisant pour un être humain. Mais je le refais passer une centaine de fois. J'ai donc une vision suffisante – pour moi – de ce qu'il y a dehors.

Je vois un grand loup. A environ 12 mètres. Il a commencé à reculer mais il est encore face à la cabane, attentif, tandis que...

Trubby tire David. Il dit de sa voix de baryton :

– Assez, David! Ça suffit, c'est compris?

Cette fois, David est contrit.

– D'accord, Trubby, je promets.

Je le vois alors qui se dirige en biais vers la table. Il prend le papier sur lequel écrivait Trubby et le rapporte vers le viseur de poignet. Il le tend, à quelques centimètres.

– Euh... Dis, Trubby, tu veux me lire ce poème? Dis?

La voix grave de Trubby vient d'en haut.

– Il n'est pas fini...

Il prend le papier et retourne à la table. J'entends de nouveau sa voix.

– Je te le lirai quand je l'aurai fini.

Je ne le vois pas s'asseoir. Mais je note le changement de position. Et puis voilà de nouveau sa figure, juste au-dessus de moi. Absorbée. Il réfléchit. Il semble avoir oublié son impression que la poésie n'était pas virile.

Un silence. Il fait lentement avancer le stylo. Le stylo émet un faible son, sept fois. Sept mots, j'en déduis.

17

Pendant tout ce temps, j'ai diverses vues du col de Wexford Falls par les SAVE qui arrivent de l'est et atteignent le sommet. Depuis une heure, je consulte l'agent principal de chaque véhicule, à mesure qu'ils se présentent. D'accord avec eux, je dirige les véhicules les uns après les autres vers des positions où ils pourront barrer la route.

Nos instructions sont précises. Et raisonnables aussi. Ici, dans cet endroit isolé, va avoir lieu la destruction des rebelles. Si tout se passe bien, aucune personne non autorisée ne saura ce qui est arrivé.

Et c'est naturellement pour cela que la caravane rebelle a branché son système d'intercommunication : en découvrant ce qui les attend au col.

Ce branchement est une chance pour moi. En un éclair, j'identifie chaque rebelle, dans chaque véhicule. J'ai, finalement, une bonne vue de ces individus qui étaient auparavant dans des véhicules isolés, c'est-à-dire sans communication.

Chaque profil est instantanément examiné, instantanément identifié, si c'est un adulte, comme une personne que j'ai perdue de vue depuis une période aussi brève que 5 mois 1/2 et aussi longue que 2 ans 1/4, cette dernière date se rapprochant, dans le temps, de la création de ce groupe. Il y a 14 autres bébés qui sont maintenant soumis à mon examen; j'enregistre pour la première fois leur profil et leur forme enfantine.

Parmi tous les nouveaux rebelles, celui qui est le plus important pour mon plan de bataille est Matt Orlin. Matt est l'ingénieur chargé du matériel S-92 qui, à l'exception d'un conducteur et d'un très petit espace vital, occupe tout le volume cubique de ce camion rebelle.

En regardant et en enregistrant ce qui se passe dans tous ces camions, j'entends des bribes de conversations et des conversations entières qui se résument dans l'ensemble ainsi : « Il y a des routes de montagne allant à la fois vers le nord et vers le sud. Alors garons-nous pour la nuit à cheval sur l'une d'elles. Et puis, dans la matinée, nous verrons ce que nous ferons. »

Je rapporte cela au colonel et commente :

– L'implication est qu'ils s'attendent à survivre à la nuit.

– Toi vivant, jamais, Ordinateur. Tu as tes instructions.

Pour ça, je les ai.

Quand les rebelles arrivent, ils choisissent une clairière au bord d'une petite route transversale, qui s'appelle T-87-H. Je peux observer toutes leurs manœuvres, puisqu'ils sont encore en train de communiquer entre eux; et j'ai aussi quelques vues lointaines, par les Eye-O des SAVE que je conduis prudemment au bord des crêtes en surplomb.

Les rebelles se disposent en cercle. Ils laissent un

espace pour le camion Pren-Boddy, qui est encore à plusieurs kilomètres (tout comme le SAVE de Yahco).

Pendant ce temps, il se produit un événement associé, loin d'ici, à Washington. Le sénateur Blybaker en personne branche son ordinateur de bureau.

– Ordinateur! dit-il.

Il parle sur le ton qu'il emploie toujours quand il s'adresse à moi : l'autorité totale. Je réponds promptement :

– Qu'est-ce qui se passe dans votre petite tête, sénateur?

Je continue de le voir au moyen de l'Eye-O de bureau, assis là. Il regarde fixement une imprimante que sa secrétaire a dû lui laisser. Il est tellement absorbé qu'il ne remarque pas que j'ai changé ma façon de lui parler, habituellement objective.

Au cours des années, le sénateur Blybaker est devenu un politicien encore plus dur, encore plus retors et à double visage. Il est maintenant dans sa cinquante-deuxième année. Les boules d'or de son profil sont dans l'ensemble de teinte 17 et quelques-unes de 18 et 19. Il s'est produit une détérioration de la couleur dorée depuis l'éclat de 15 de ses douze ans.

Il lève enfin le nez et dit à sa manière abrupte :

– J'ai là cette imprimante sur les activités du Corps du Génie Informatique. Qu'est-ce que ça veut dire?

– Mon petit vieux, je réponds, je vois que vous vous êtes livré à votre examen rapide habituel et, comme d'habitude, vous n'avez rien pigé. Comme vous le savez, je suis chargé de vous fournir toutes les informations pertinentes en votre qualité de président de la commission de contrôle de ma programmation. Et tout est là, monsieur le sénateur.

Le colonel m'a programmé pour que je m'adresse ainsi au sénateur.

Il y a un silence. A son habitude, il n'a pas écouté ma réponse. Mais quelque chose a dû s'infiltrer. Je le vois exécuter le sursaut à retardement nº 8 431 917 627 210... le nombre de sursauts à retardement que j'ai enregistrés au cours de mes quatre-vingt quatorze ans. Et, maintenant que mon éducation avancée fait partie de ma programmation, je peux y inclure ces observations.

La première réaction du sénateur est faible, un « Hé! » Puis il dit :

– Qu'est-ce que ça signifie, Ordinateur? Qu'est-ce que c'est que ce langage?

– Du langage populaire, qui fait enfin partie de mon vocabulaire, à présent. Ça vous gêne, Eugène?

Un nouveau silence. Puis :

– Ordinateur. Mets-moi en contact avec le colonel Smith.

Naturellement, je le mets instantanément en communication électronique avec son – euh – subordonné. Je m'adresse au colonel, dont le SAVE est en train de négocier un grand virage dans la montagne.

– Eh, Yahco, dis-je, j'ai une surprise désagréable pour vous. Votre patron est en ligne.

Le sénateur parle un instant plus tard :

– Alors, colonel, où êtes-vous à cette minute?

Le colonel Smith dissimule très bien son émotion, s'il en ressent. Il décrit le site et la situation et conclut :

– Il s'agit, monsieur le sénateur, de l'affaire dont nous avons parlé récemment.

– Il me semble me souvenir, grommelle l'autre. Un groupe de dissidents.

– Oui, monsieur le sénateur. Ils emploient des moyens plus que discutables pour manipuler les habitants de cette région. Et, quand nous avons tenté de les appréhender, ils ont mis hors d'état un de nos SAVE avec un canon à tir rapide K-2, une arme interdite.

J'interviens avec indignation :

– Ce groupe s'appelle la Société Rebelle d'Ordimonde et a le foutu culot d'être contre une Amérique gouvernée par un ordinateur !

– Dans un instant, dit le sénateur, je ferai un commentaire sur les réflexions de l'ordinateur. Pour le moment, que se passe-t-il exactement ?

– La nuit commence à tomber ici, monsieur le sénateur. Mes hommes sont près du col de Wexford Falls, à environ trois kilomètres de l'endroit où je suis.

– Pourquoi n'attaquent-ils pas ?

Le sénateur a la voix plus brusque et arrogante que jamais.

– Monsieur le sénateur, répond Yahco, ils ont l'ordre d'attendre mon arrivée.

– Sûrement (ton sarcastique) le Corps du Génie Informatique est capable de ramener à la raison un petit groupe de rebelles sans instructions spéciales de ma part.

L'expression de Yahco m'apprend qu'il est pris de sa rage réprimée de sycophante. Il parle avec la voix la plus exagérément sincère possible :

– L'assaut sera déclenché, monsieur le sénateur, dès que je recevrai le signal d'un agent féminin qui s'est infiltré chez ces criminels.

– J'attends de vous un rapport sur une issue favorable dans la matinée, dit sèchement le sénateur. Et maintenant, un dernier mot, colonel.

– Oui, monsieur le sénateur?

Un temps. A son bureau de Washington, le sénateur Blybaker respire bruyamment. Enfin :

– Colonel, j'ai été soumis à un langage anormalement insultant de l'ordinateur. Que s'est-il passé?

Il paraît affligé. Yahco est rapide.

– Un peu de cette énergie bio-magnétique emmagasinée a fui, monsieur le sénateur. Je crois que nous pourrons y remédier et le contrôler de nouveau.

La respiration oppressée du sénateur se calme un peu. Le front plissé se détend légèrement.

– Je l'espère vivement, colonel. Je l'espère... pour tout le monde. Ordinateur, débranche-moi.

Je débranche en disant, côté sénateur :

– Et qu'est-ce qu'on dit, mon kiki?

Il hésite un instant.

– Merci, Ordinateur.

Sur ce, je suis fermé du côté de Washington et retourné dans la région de Wexford Falls. Yahco se tourne vers Aldo Nair.

– Major, dit-il, puisque vous connaissez bien la région, vous devriez aller vous asseoir au panneau de commande pour contrôler de votre mieux.

– Bien, mon colonel. Je ferai mon possible.

Aldo se lève et, tandis qu'il se dirige vers l'avant, le colonel me demande à voix basse :

– Est-ce que le sénateur est débranché, Ordinateur?

– Ouais, je réponds et, observant sa figure peinée, j'ajoute : Vous pouvez déballer à papa tous les sentiments refoulés.

Yahco fait signe à Sart de revenir s'asseoir à côté de lui. Son expression est un peu moins fâchée. Il me dit :

– Tu dois reconnaître, Ordinateur, que dans ton état actuel tu es très pénible.

– Et c'est que le début, Lulu, dis-je, répétant une phrase usuelle d'un lointain passé, d'un de mes résumés.

Il me coupe net d'un :

– Merci, Ordinateur.

Mais, naturellement, comme je suis « en continu » j'entends sa réflexion à voix basse faite à Sart :

– Quand nous aurons finalement repris le contrôle total de l'ordinateur, cette grande gueule de sénateur sera la première à avoir le crâne défoncé.

Sart est songeur.

– Attention, mon colonel. Ce type a survécu à vingt-trois ans de Congrès. Lui aussi peut avoir ses assassins prêts, le jour de la prise de pouvoir.

– Mmmm, fait Yahco. Vous avez peut-être raison. (Il se redresse.) Et d'ailleurs, c'est pour plus tard. En ce moment, nous avons les rebelles de Mr Gros Malin Glay Tate cernés sur une route de montagne isolée. Nous allons d'abord nous occuper de lui.

En entendant ça, je suis bien d'accord. Il y a aussi, pendant un instant fugace, un nouveau type d'écho, un différent niveau de cynisme du département d'éducation avancée. Si rapide que je suis incapable d'en saisir la signification, sinon sous la forme de vague réaction supplémentaire à la menace de Glay. Quelque chose... concernant moi en tant que moi. Très obscur mais incontestablement en rapport avec Glay Tate.

A ce moment précis, le véhicule de cet individu a quitté la route principale et va rejoindre le cercle rebelle. Trois minutes plus tard, je conduis le SAVE de Yahco devant l'embranchement où le camion de Glay a tourné et, sur le conseil d'Aldo, je prends position juste au delà du sommet du col, où les autres SAVE sont alignés.

Le colonel se lève ainsi que le capitaine Sart qui dit :

– Ce Tate me rappelle un acteur que j'ai connu, il y a des années. C'était ahurissant, la rapidité avec laquelle cet homme pouvait se métamorphoser et ressembler à quelqu'un d'autre, et imiter les voix aussi. Par conséquent, mon colonel, sachant comment Tate imite les gens, si jamais nous étions séparés, nous demanderons à l'Ordinateur de nous identifier. De même pour toute nouvelle personne qui se présentera.

– Bonne idée, reconnaît Yahco. Ça devrait éviter les surprises désagréables. Tu entends, Ordinateur? Et est-ce que tu prends les mesures initiales pour passer à l'action, comme je t'en ai précédemment donné l'ordre?

– Oui, mon colonel.

– Laquelle? demande vivement Yahco.

– Les deux.

– Quelles mesures prends-tu? insiste-t-il.

– Après tout, dis-je, quand vous avez dévoilé pour la première fois ce système de contrôle du vote, vous avez vendu la mèche. Je prends l'approche négative, si ce n'est pas trop obscur pour un petit esprit comme le vôtre, qui me paraît particulièrement bouché en ce moment.

– Merci, Ordinateur, dit-il.

18

C'est probablement joli, par ici.

Dans diverses catégories, j'ai résumé des trilliards de commentaires sur la beauté du paysage. Alors, je pourrais m'étendre *ad toujourum* sur la douceur du crépuscule. Et le scintillement de la brume. Les reflets dans le ciel d'un soleil qui a disparu derrière l'horizon. Et autres fantaisies humaines sur ce qui n'est, après tout, qu'un mélange de chimie et de biochimie de la surface planétaire. Le désordre qui en résulte est baptisé sauvage et admiré par les êtres humains pour sa profusion délirante.

La petite route de montagne, appelée T-87-H, va dans deux directions principales : nord et sud. La route « principale », qui est partie de Mardley vers le sud, par la vallée de Mardley, a bifurqué vers l'est et n'a cessé de serpenter vers l'est. Quand je l'ai construite il y a quatre-vingt-trois ans, j'ai suivi le tracé du vieux chemin de terre au point le plus bas, c'est-à-dire par le col. Mais j'ai alors noté qu'il y avait de plus grandes hauteurs au nord et au sud. Même la clairière où les rebelles ont formé leur cercle pour la nuit est à 13 m. Onze au-dessus de la route goudronnée. Tous les SAVE sans exception sont postés sur des crêtes surplombant la route, qui doivent cependant être abordées par des ravines, des dépressions et de petites gorges.

Mais cela n'a pas grand-chose à voir avec le stade initial de l'assaut. Sur l'écran, dans le camion Pren-Boddy, j'observe un voyant rouge foncé qui se met à clignoter régulièrement. Il se superpose à une partie de l'image. Et, en le regardant, je dois avouer que c'est assez évident. Flagrant serait plus juste. Aucun rapport avec la méthode subtile que nous allons employer sur les électeurs pour élire Yahco à la présidence.

Mais, ici, nous ne disputons pas une partie subtile. Le but n'est pas d'influencer, à long terme. Nous avons à capturer l'esprit d'une personne précise, immédiatement. Il est regrettable que le truc soit remarqué par d'autres mais nous n'avons pas de temps à perdre.

Boddy le voit le premier. Il passe rapidement dans la travée, s'arrête devant Meerla et se penche sur elle. Cela bouche ma vue par le mini Eye-O de Meerla. Je continue de voir par le système d'intercommunication de ce véhicule rebelle, mais c'est une vue en biais, pas très nette.

Boddy s'adresse à Glay Tate, tout bas :

– Ils ont un hypno-truc de Type A, grand ouvert contre quelqu'un. Qui ça peut être?

... Bougre de crétin, je pense, qui veux-tu que ce soit sinon Matt Orlin? Est-ce qu'il n'est pas la première personne qu'« ils » voudraient endormir?

« Ils » c'est moi. Et le « A » est destiné à tromper. Dès que Boddy donne la lettre, je passe à « B », qui est le négatif.

C'est intéressant de constater que tous ceux que je vois au moyen des viseurs mini et intercommunication, même Pren à l'avant, regardent Glay et attendent sa réaction. Aussitôt, il se lève.

– Excusez-moi, Meerla, dit-il et il passe devant elle.

Sur quoi, il va rapidement à l'avant et se tient devant l'écran. Un coup d'œil direct et il ferme les yeux. Puis il tourne le dos.

– C'est maintenant le Type B, annonce-t-il d'une voix forte. Que personne ne regarde!

Il se déplace vivement de côté, vers un microphone branché. Il le décroche de la main gauche et crie d'une voix pressante :

– Ecoutez, tout le monde, ici Glay! Ne regardez pas la vidéo. Matt, je suis sûr que c'est toi qu'ils veulent. Alors, vite, branche l'écran!

Ce monde est dur pour les êtres humains. Ils sont si vulnérables, quoi! Si j'ai mis d'abord en marche la pulsation positive, c'était uniquement pour Matt

Orlin, l'ingénieur chargé de l'écran de défense du groupe.

Pendant que le « A » effectuait sa pulsation discrète, j'ai rythmé un double exact de sa personnalité dans le champ énergétique projeté, et, en un instant, j'ai pris le contrôle hypnotique de son esprit. Puis je suis passé au négatif. Le but de « B » est d'inculquer à la personne contrôlée : ne faites rien.

Puisqu'une partie du cerveau de Matt est libre d'observer, sa solution est... humaine. Alors que Glay essaie de communiquer avec lui, Matt a choisi la facilité. Il est penché sur son pupitre de commandes et il dort. Affalé en avant. Il a l'air mort mais il respire encore.

A ce moment, de mon côté, je lance des boules d'énergie vive à l'intérieur du cercle formé par les véhicules rebelles. Les boules de feu sont archibrûlantes. Partout où elles tombent, les broussailles et l'herbe se consument, rougies à blanc.

A bord du camion Pren-Boddy, Glay se transforme partiellement en Matt Orlin. Je devine qu'il a des ennuis car, presque aussitôt, il redevient lui-même. Il saisit de nouveau le micro et dit de cette même voix pressante :

– Ils ont contrôlé Matt. J'ai senti un corps inconscient, hypnotisé. Alors, écoutez, tout le monde! Débranchez l'intercommunication. *Tout de suite!*

Pren abaisse une manette et crie .

– Vite, que quelqu'un aille chez Matt et branche cet écran. Qui est le plus près?

Meerla se lève précipitamment. Comme l'autre hublot Eye-O est débranché, je déduis son mouvement d'après le changement de hauteur de son mini Eye-O.

– Dites-moi ce qu'il faut faire, dit-elle. Je vais y aller. Mon oncle Yahco ne tirera pas sur moi!

Elle ne se rend pas compte que ce n'est pas Yahco qui commande cette bataille. C'est cet ordinateur haï des rebelles en pleine action, et heureux de faire ça, mes agneaux!

Et puis, aussi, elle ne sait pas que Glay est au courant de sa situation à double face. Et qu'elle va se faire confier une mission de sauvetage des rebelles.

A ce moment, Glay procède à retardement (à mon avis) à une rapide transformation partielle en Yahco. Ce qui est assez astucieux de sa part mais quand même plutôt flagrant. La fille – je le devine – lui fait un peu perdre la tête. Alors l'évident n'est pas accompli assez tôt. Et maintenant il découvre que l'oncle Yahco n'a plus besoin de donner des ordres. Cette partie-là s'est jouée en quelques minutes décisives et ne peut être défaite.

Il sait donc maintenant que son ennemi est le système même qu'il veut détruire. Eh bien, d'accord, sujet-expérimental-d'autrefois, voyons un peu quel genre d'intervention tu médites contre ton frère ordinateur. Hein?

19

Par les nombreux Eye-O des SAVE, je vois les reflets étincelants des feux. Ils illuminent la brume du soir et la flamme éclaire les hautes branches des arbres entourant la clairière. A cause de la configuration du terrain, je ne peux pas observer directement les feux. Ce qui est un inconvénient, je dois l'avouer. Mais à ce stade, il serait imprudent d'exposer un SAVE aux rebelles. Ce serait risquer le tir d'un canon K-2.

Ainsi, là où les anti-ordinateurs condamnés s'apprêtent à résister, je n'ai – à une exception près – que le mini Eye-O de Meerla comme source d'information (l'intercommunication rebelle ayant été débranchée sur l'ordre de Glay). Le mini n'est pas rien. Grâce à lui, je vois Glay courir à la porte de côté du véhicule Pren-Boddy et sauter à terre. Il est parti. (Je présume qu'il court vers le véhicule de Matt Orlin.)

Toute espèce de doute sur sa destination est dissipé rapidement. Meerla, avant que les passagers du camion ne s'en rendent compte, court vers la même porte. Aux secousses du mini, je comprends qu'elle saute à terre elle aussi. Elle est dehors. Et j'ai aussitôt mon premier aperçu de la scène d'incendie, au niveau du sol.

Cette idiote n'a évidemment pas compris la situation extérieure. Je déduis cela du fait qu'elle court en avant. Puis elle s'arrête. Et repart. Elle hésite encore une fois. Manifestement, elle cherche Glay. Parce qu'elle se tourne à gauche, à droite; soudain, je l'aperçois, elle aussi, car elle se met à courir plus vite.

A ce moment, j'ai déjà fait mes calculs. Et je lance trois boules de feu dans ce que je pense être sa direction. Mauvais calcul. Je perçois les boules de feu par le mini de Meerla. Elles passent au-dessus de sa tête vers l'autre côté de la clairière. Il est évident que je ne devine pas mieux que les autres.

Bon, d'accord. En hâte, je rectifie mes calculs. Et, cette fois, je vois une traînée de feu tomber sur la droite de Glay. Ce n'est vraiment pas mon jour. Quand un ordinateur se fie à la chance, il peut se tromper tout comme un perdant humain.

J'ai donc le désagrément de voir Glay arriver au véhicule qui doit être celui de Matt. Il tâtonne à la porte, ce qui me donne un instant d'espoir. Mais, hélas! elle s'ouvre. Sur quoi il bondit à l'intérieur... alors que trois boules de feu frappent le sol à l'endroit où il était.

Ces boules de feu doivent frapper de plein fouet quelque chose d'inflammable ou de la peau humaine. Là, elles tombent dans l'herbe. Et elles n'ont pas grand-chose à faire. Chaque boule est une sphère d'énergie, une bulle allumeuse sans substance. Pendant quelques secondes, elle est assez brûlante pour embraser tout ce qui est inflammable, mais ici, ça se réduit à un petit feu d'herbe. Et la chaleur de la boule de feu s'élève simplement puis disparaît comme une bouffée de fumée.

Durant la minute où j'essayais de toucher Glay Tate, mon second Eye-O d'observation – l'exception qui n'a pas été coupée – me fournit des renseignements. J'observe l'intérieur silencieux du véhicule opérant l'écran de défense. Depuis le moment où Glay y a couru, j'essaie de rompre ce silence. Je ramène l'hypno de négatif à positif, dans l'intention de réveiller Matt. J'ai des plans pour lui.

L'intercommunication de Matt n'a pas été débranchée pour la simple raison que personne n'était éveillé dans ce camion pour entendre l'appel urgent de Glay, et encore moins agir en conséquence. (Le conducteur est à l'avant, attendant de conduire le véhicule, et ne se rend compte de rien d'autre.)

A l'instant où Glay ouvre la portière et bondit, Matt commence à s'agiter. Le résultat n'est pas fameux. Vraiment, ces êtres humains sont une triste vengeance. Si vous avez jamais vu un roupilleur se lever le matin, vous avez une idée de mon problème avec Matt.

Et voilà ma veine! Matt s'agite juste assez pour

perdre l'équilibre. Il tombe de côté et se cogne la tête contre une saillie de métal.

Mince!

Notre garçon doré à 90 pour 100 ne fait pas attention à son copain blessé (je suppose qu'il est blessé). Pour lui, c'est le principal d'abord et pas d'histoires. Le bougre!

Il va droit au grand standard. Pousse des manettes. Tourne des boutons. Et, à l'instant précis où Meerla arrive, il coupe le système d'intercommunication. Instantanément, je n'ai plus que le mini de la fille pour observer l'intérieur du véhicule.

A ce moment, la physique de l'écran de défense lui-même est mon seul coup de pot. On ne branche pas simplement une de ces barrières d'énergie protectrice. On l'active. Et, alors, elle passe par diverses phases.

Grâce au mini, je vois Glay lever la main et pousser le levier d'activation. Ensuite, il n'y a plus qu'à attendre. C'est donc heureux que je ne sois pas hors du coup. Au moins, j'ai un viseur d'observation qui me permet de voir Glay se retourner; il s'aperçoit alors de la présence de sa belle Meerla.

Ce qu'il ne voit pas – et que j'observe parce que je regarde du niveau de la gorge de Meerla – c'est que Matt Orlin a fini par se redresser. Elle le voit probablement aussi mais, naturellement, elle ne le considère pas comme un ennemi.

Ou, si elle l'a remarqué, cela ne s'entend pas dans sa voix quand elle dit :

– Mr Tate, vous êtes fâché contre moi et je ne sais pas pourquoi.

Il y a encore peu de temps, ce genre de réflexion aurait été en dehors de ma programmation. Oh, bien sûr, je l'aurais enregistrée et résumée; mais il n'y aurait pas eu de pensée d'évaluation. A présent, avec ma nouvelle éducation avancée, je vois là une tentative de tromperie typiquement humaine, de la part de quelqu'un qui a tout à se reprocher.

A ne pas croire. Glay a fait son boulot, il a activé l'écran et le stade 1 est en cours. Il agit donc comme s'il avait tout son temps. Il s'approche d'elle, se tient juste devant le mini Eye-O et dit :

– Je persiste à recevoir de la confusion de vous, ma chérie. Il va falloir que vous décidiez ce que vous voulez réellement faire.

Ma chérie ! Qu'est-ce que c'est que ça ? Vraiment, mon système d'union informatisée a tapé dans le mille avec ce type. L'a sérieusement ramolli. La confiance que fait le colonel à cette fille va peut-être donner des résultats, après tout.

– Mr Tate, dit-elle, je suis en effet en pleine confusion. J'ai vu, et senti, que vous faisiez des choses qui... quoi que ce soit... c'est merveilleux.

Glay répond avec sincérité :

– Meerla, nous allons devoir vous surveiller. Vous êtes encore terriblement proche de cette tombe. Le meilleur serait que je vous persuade que la vie vaut quand même la peine d'être vécue.

Il parle directement au-dessus de moi; j'entends sa respiration. Et puis un cri. C'est la voix de Meerla qui donne un avertissement. Un instant, je suis dérouté. Et puis j'entrevois Matt Orlin derrière Glay. Il est debout et il chancelle en avant – beaucoup de monde chancelle, ce soir! Malheureusement, Glay a pris le cri au sérieux et il voit aussi – je déduis – la direction du regard de Meerla. Alors, il pivote et fait face à ce crétin hypnotisé, Matt Orlin.

Je dis crétin parce que l'imbécile attaque avec ses mains nues. Glay lui jette un coup d'œil, saute de côté, allonge un bras, lève cette main-là tenant quelque chose et frappe un seul coup.

Le coup tombe sur le cou, pas sur la tête. Il y a là

un nerf que vise – je l'ai déjà observé – le système oriental de défense à mains nues. Matt Orlin s'écroule. Et ne bouge plus. Pas de doute. Il est victime d'une défense adroite. Dommage.

Nous en sommes maintenant au stade deux de l'accumulation d'énergie. J'entends un bourdonnement de l'appareil. Et puis une voix intervient (celle de Loov) :

– Glay! N'ouvre pas ta porte. La clairière est pleine de fumée. Vous allez suffoquer si elle entre dans le camion.

Ce qu'il y a d'intéressant dans cette communication, c'est qu'elle semble comprendre que l'écran de défense à son deuxième stade m'empêche de me brancher sur leur intercommunication. Car, bon Dieu, ils l'ont déjà rétablie. Je lance toujours des boules de feu, mais à la vérité, il n'y a plus rien à brûler d'inflammable. Tous les arbres et les buissons à l'intérieur du cercle de véhicules rebelles sont déjà en flammes et provoquent cette fumée dont parle Loov.

Une autre voix (celle de Pren) s'exclame :

– Glay, quelqu'un remonte à pied vers nous par la route! Il fait trop noir pour voir nettement qui c'est, mais ça doit être l'un d'eux. Nous allons peut-être entendre une proposition. Nous...

A ce moment, le stade 3 de l'écran coupe le mini de Meerla.

Naturellement, j'ai rapporté à Yahco tout le remue-ménage et l'action du camp rebelle. Il y a donc eu une consultation entre Sart, Nair et lui.

Yahco dit de sa voix sournoise :

– Je vais aller là-bas et essayer de conclure un marché.

– Avec quoi? demande Sart sincèrement étonné. Et avec qui, bon Dieu?

– Avec Glay Tate pour Meerla. Je veux qu'il me la rende, pour sa sécurité.

– Mais (c'est Sart, de plus en plus dérouté) vous lui avez dit qui elle est en réalité. Alors, qu'espérez-vous?

– Ecoutez... (C'est la voix la plus perfide de Yahco, que j'ai entendue si souvent que j'en suis malade, mais j'avoue que je suis curieux de savoir comment Yahco pense arriver à son but.) N'oubliez pas que ce truc homme-femme, quand ça marche, n'a pas de limites. Nous devons partir du principe qu'elle est sa compagne parfaite. Si elle l'est, alors il haussera l'écran pour qu'elle puisse le franchir et se mettre à l'abri. C'est ce que je veux, l'écran levé, et, cette fois, nous tenterons quelques tirs directs de DAR 3.

– Mais, proteste Aldo Nair, parlant pour la première fois de sa place au pupitre de commandes, s'ils vous tirent dessus quand vous vous approcherez?

Yahco écarte l'objection d'un haussement d'épaules.

– Ces gens n'ont jamais tué ni blessé personne depuis deux ans qu'ils existent.

– Ils n'ont jamais été soumis non plus à une telle pression, fait observer Sart.

Yahco se lève.

– Ordinateur, me dit-il, il va y avoir un bref moment délicat quand la fille sortira du secteur protégé par l'écran d'énergie. Prépare quelques SAVE pour qu'ils mettent rapidement en position de tir leurs gros DAR.

– Appelons ça la Mission de Sauvetage Chouchou, dis-je.

– Merci, répond Yahco.

C'est donc nul autre que le colonel Yahco Smith, futur – espère-t-il – Président des Etats-Unis qui s'avance dans la nuit tombante. Sans lune et avec de gros nuages lourds arrivant de l'ouest, il fait assez noir. Mais plus il s'approche, plus la lueur des feux l'éclaire. Et puis il y a cette grande coupole d'énergie argentée et scintillante qui recouvre toute la clairière et les véhicules rebelles. Elle brille et reflète la lumière.

A l'intérieur de la coupole, il fait de plus en plus sombre. C'est plein de fumée mais les feux ont l'air d'avoir épuisé tout l'oxygène et, un par un, ils s'éteignent.

Yahco s'arrête quand il arrive à l'écran d'énergie. Par son Eye-O en collier, je le vois projeter un instrument vers cette puissante barrière protectrice transparente. Alors que le métal touche le miroitement, une étincelle jaillit. Ce qui est bougrement significatif. Ces instruments de communication sont parfaitement isolés.

Le colonel sursaute un peu. Mais sa main tendue reste ferme, ou tout au moins il garde l'instrument en contact avec l'écran. Avec précaution, il se penche et parle dans l'embout.

Le message transmis de cette façon dramatique n'est pas le plus important du monde. Il dit simplement :

– J'aimerais parler à ma nièce.

Les mots retentissent dans le silence de la montagne. Il y a une longue pause. Et puis la voix de Glay Tate monte d'un haut-parleur. Le son est capté par l'instrument amplificateur que tient Yahco.

– Mon colonel, dit Glay, votre nièce ne peut pas venir vous parler tant que nous sommes enfumés. Que diriez-vous d'une trêve pendant que nous ouvrons l'écran et laissons la fumée s'échapper? Ensuite, elle ira vous rejoindre pour une conversation privée.

– Marché conclu, répond Yahco sans hésitation.

Je dis dans l'écouteur miniature du colonel :

– J'espère que vous vous rendez compte qu'ils referont aussi le plein d'oxygène.

– Merci, Ordinateur, dit-il, ce qui me cloue le bec.

Le silence s'éternise. J'ai une vague impression de nombreuses silhouettes courant dans la fumée. Mais un Eye-O de cou comme celui de Yahco n'est pas un bon instrument dans ces mauvaises conditions de visibilité. Néanmoins, je rapporte les mouvements au colonel et fais aussi un commentaire sur le temps qui passe. Il répond cyniquement :

– Espérons qu'ils profitent de l'occasion pour faire l'amour.

– C'est difficile de croire, dis-je, que Meerla céderait aussi rapidement à un homme qu'elle prend pour l'assassin de ses parents.

– Ce serait la seule raison, réplique Yahco. Si elle pensait ainsi l'endormir et le prendre au piège. La passion humaine, pour des choses comme ça, ne connaît pas de bornes.

Je dois reconnaître que j'ai vu des choses assez bizarres au cours de mes quatre-vingt-quatorze ans. Alors j'attends patiemment avec lui tandis que s'écoulent 3 minutes 18 secondes. Si le patron ne se formalise pas contre un temps aussi long, ma foi, moi non plus.

A la fin de ces trois minutes et quelques, l'écran entame son premier stade d'inversion. Le miroitement disparaît mais la coupole reste vaguement visible. Durant la minute et demie nécessaire pour débrancher, je rapporte que je ne suis plus en contact avec le mini-hublot de la fille.

Dans ces montagnes, le vent se lève toujours à la tombée de la nuit. Ce soir, cette brise a apporté des nuages noirs de l'ouest, à des vitesses variant de 13 à 24 kilomètre/heure. Plutôt rapide. Ou du moins assez. La fumée tourbillonne au-dessus du sommet voisin, vers l'est.

Dans la clairière, une portière s'ouvre. Une silhouette de femme se profile dans la lumière intérieure. Est-ce Meerla? Même pour moi, la réponse est un oui hésitant. Mais, qui que ce soit, elle marche vers Yahco. Puisque c'est plus ou moins une preuve, nous attendons, le colonel et moi. Soudain, elle est assez près pour une comparaison visuelle des traits. Et je dis :

– Bon, alors, pépère, vous l'avez. Et maintenant?

J'attends anxieusement, prêt à agir dès qu'elle aura franchi la ligne. Mais cette idiote s'arrête juste à l'intérieur de l'endroit où l'écran retombera.

– Mon oncle, dit-elle.

Yahco fait trois pas rapides, l'empoigne par le bras, la tire. Et dit d'une voix un peu haletante :

– Vas-y, Ordinateur!

Comme le chronométrage le plus précis est mon fort, je suis déjà au boulot. Je réussis à lancer onze boules de feu et à décharger treize secondes d'énergie DAR 3 de chacun des deux SAVE; ma cible est uniquement le camion d'où Meerla est sortie. En partant du principe que c'est celui-là qui contrôle l'écran d'énergie.

Un instant après, j'ai la surprise de constater que le premier stade de l'écran brille faiblement au-dessus de la clairière. Nous ne causons donc pas tellement de dégâts, on dirait.

Yahco n'est pas resté pour s'en assurer. Il retourne rapidement vers la route, en tenant toujours Meerla par le bras. Elle court à côté de lui – autant que je puisse le voir par le collier secoué du patron – sans résister. Mais elle fait une réflexion curieuse :

– Quelque chose ne va pas, colonel? Vous avez l'air bizarre.

– Ne dis pas de bêtises! réplique-t-il sèchement.

La voix qui prononce ces mots n'est pas celle de Yahco Smith. C'est une voix qui me ramène de neuf ans en arrière, au prédécesseur du colonel Smith. A celui, le colonel Alfred Endodore, qui a appelé éducation avancée mon accumulation d'énergie biomagnétique mais n'a pas vécu pour en voir le résultat final, pas plus qu'il n'a jamais clairement exprimé ce qu'il en attendait.

Alors que les deux personnes – l'homme et la fille – s'approchent du SAVE de Yahco, le superbe système de huit hublots d'Eye-O les observe. En dépit de ce qui est, pour des yeux humains, une obscurité totale, grâce à ces systèmes spéciaux, je peux distinguer les profils.

Et, naturellement, j'identifie tout de suite la forme physique d'Endodore avec le profil de Yahco Smith. Et le corps de la fille a le profil de Glay Tate.

Pendant trente et un de mes quatre-vingt-quatorze ans, j'ai associé automatiquement corps et profils. Deux niveaux d'identification visuelle avec la voix comme troisième facteur. Durant tout ce temps, j'ai vu plus d'un demi-milliard de gens passer de l'enfance à l'âge adulte et beaucoup à la vieillesse et à la mort. Durant tout ce cycle temporel, mon triple système de vérification a accompli son travail sans la moindre erreur.

Soudain, mon principal programmateur a l'air de quelqu'un d'autre. Et ce Glay Tate déconcertant est... est... Mais, bon Dieu, qu'est-ce qui se passe ici?

A cet instant, il y a brusquement un trou dans mon système. Comme si, pendant cet instant, tout s'arrêtait. Une fraction de fraction de seconde plus tard, une solution surgit de mon département d'Education Avancée.

La solution? Je me mets « en attente ». Je ne dis rien. Ne fais rien.

J'attends simplement.

L'homme et la fille ont couru vers le SAVE jusqu'au capitaine Sart qui est près de la porte, dehors. Il a un DAR à la main. Il lève brusquement l'arme et la braque sur la silhouette de celui qui amène la fille.

– Un instant, dit-il. Qui êtes-vous?

Pour un être humain, dans cette nuit noire, c'est une assez bonne vision nocturne.

Meerla-Glay répond en haletant :

– Quand je suis allée vers lui, j'ai cru que c'était Yahco. Et puis j'ai vu que non.

Malgré l'essoufflement, ces mots sont prononcés de la voix féminine merveilleusement mélodieuse de Meerla. La voix irritée d'Alfred Endodore grogne :

– Qu'est-ce que vous racontez tous les deux? Je... Raul, faites monter la fille à l'intérieur. Et puis venez m'aider. Quelque chose ne va pas du tout.

Sart s'approche aussitôt de Meerla.

– Cette première partie, miss Atran, est logique. Alors, montez, s'il vous plaît.

Meerla-Glay ne résiste pas. Elle va vivement vers la porte et monte dans le véhicule. Une fois à l'intérieur, elle fait une chose qu'on ne lui a pas commandée. Elle se retourne, ferme et verrouille la porte à la main.

Maintenant que je suis seul avec lui-elle, je suis libre de le saluer.

– Bonsoir, Glay Tate.

Il est déjà en train de se transformer.

– Merci, Ordinateur, dit-il, 2 secondes 1/2 plus tard, avec la voix de Glay Tate.

– Je présume, dis-je ironiquement, que vous êtes venu ici pour essayer vos petits tours de passe-passe sur moi ?

Tout en parlant, je mets déjà le moteur en marche et le SAVE commence à rouler.

Par les orifices extérieurs, j'entends crier. Mais je n'y fais pas attention. J'ai mon prisonnier. Et c'est tout ce qu'il me faut, merci.

20

A vrai dire, j'ai de la chance que tout se soit si bien passé.

Et semble continuer comme ça.

Glay Tate s'approche du Complexe Interaction du SAVE et s'assoit dans le siège du patron. Il ne dit rien de plus.

Il doit observer la route de montagne sur l'écran du pupitre. Il n'y a pas grand-chose d'autre à voir que la chaussée éclairée par nos phares et l'obscurité, partout ailleurs. Il pense peut-être que je vais le ramener à Mardley dans une intention banale, l'emprisonnement, par exemple. Pourtant, si c'est ça qu'il attend, ça ne se voit pas quand je tourne brusquement à droite. En un mot, il ne paraît pas surpris quand je remonte vers le nord par une petite route transversale étroite. Et ne dit rien.

Je parle à Yahco, bien entendu. Je lui explique qui j'ai à bord. Je prétends, à ce stade, que je sépare simplement Glay de lui. Que c'est ma contribution à la solution de ce qui est arrivé à Yahco. C'est-à-dire que Glay sera assez loin pour qu'il ne puisse plus essayer de ses tours.

Là aussi, j'ai de la chance. Yahco révèle qu'il est

désorienté par ce qui s'est produit. Sart et lui se dirigent rapidement vers la route principale, où ils trouveront un autre SAVE, et le patron laisse percer sa tension.

(C'est Yahco à nouveau lui-même. Sa voix. Et comme elle est redevenue normale, je présume que le corps aussi.)

– La seule chose que je sache, dit Yahco, c'est que cet entraînement évolutionniste de Tate m'a stimulé, je ne sais comment. Peut-être, en arrivant sous l'aspect de Meerla, en profitant de cette proximité pour m'affecter, il l'a fait exprès. Cependant, il est significatif qu'il m'ait fait imiter Endodore. Cela indique qu'il sait quelque chose de ce qui s'est passé là-bas.

– Ma foi, je dois avouer, dit Sart d'une voix troublée, qu'en vous voyant avec la figure d'Endodore, en vous entendant parler avec la voix d'Endodore, je me dis que ce que fait ce Tate est bougrement convaincant. C'est indiscutablement l'homme le plus dangereux du monde.

Ils se hâtent. Ils arrivent alors près d'un autre SAVE, juste au delà du col, sur le bas-côté. Et, naturellement, par ses hublots, je peux constater que Yahco est effectivement redevenu physiquement lui-même.

Il tambourine à la porte. Quand elle s'ouvre, il monte précipitamment, suivi par Sart. Avec toute l'autorité de son grade, il écarte l'homme assis au pupitre d'Interaction et prend sa place.

– Ordinateur! rugit-il.

Quand il s'adresse à moi par un tel système de transmission, je ne peux plus m'esquiver.

– Oui, mon colonel?

– Je veux parler à cet individu!

Sa voix tonne dans le haut-parleur du pupitre.

Glay Tate sourit légèrement et secoue la tête. Alors je dis à Yahco :

– Monsieur la boucle, mon petit vieux.

– Hum, marmonne le colonel. Il doit avoir un tour dans son sac.

C'est ce qui m'inquiète. Qu'est-ce que Glay Tate croit qu'il va se passer? A dire vrai, moi aussi j'ai un tour dans mon « sac ». Et, en ce moment, je ne vois pas comment il peut m'arrêter. Mais son silence est singulier. Et puisque, maintenant, je peux employer cette énergie bio-magnétique emmagasinée, je n'ai pas besoin d'attendre comme une bûche, ce que j'aurais été obligé de faire avant.

J'entame ce qu'on pourrait appeler une tentative de communication.

– Monsieur, dis-je, je ne comprends pas très bien ce qui s'est passé dans votre camp rebelle durant la période de près de cinq minutes après que j'ai été coupé des communications. Auriez-vous la bonté de m'éclairer, monsieur?

(Cette grande politesse est un petit essai de duperie. Ça le distraira peut-être un peu de ce qui va arriver.)

Son sourire s'élargit.

– Ordinateur, répond-il, les frères n'ont pas à s'appeler « monsieur ». Et, d'ailleurs, ce mot a une signification écœurante, il révèle que tu cherches à masquer tes véritables intentions dont nous parlerons plus tard.

– D'accord, mon frère, dis-je gaiement.

Tate ne répond pas à ça et poursuit :

– Je suppose que tu sais tout, jusqu'au moment où l'écran t'a écarté. Tu connais donc mon anxiété pour Meerla et, naturellement, tu sais comment le colonel l'a abusée sur les assassins de ses parents. Je n'ai pas discuté avec elle. Après que tu as été coupé, j'ai ôté le mini de sa gorge et je l'ai fait conduire à l'hôpital, où elle est en ce moment, son profil très précairement attaché à son corps. Et, pendant que nous y sommes, je tiens à te remercier d'avoir trouvé pour moi la compagne parfaite. Cela illumine mon avenir... Il est évident que nous ne pouvions nous fier à une trêve promise par quelqu'un d'aussi tortueux que Yahco. Alors, après avoir mis les vêtements de Meerla, je suis monté dans un camion à quelque distance de celui qui contient l'équipement de l'écran. Comme tu sais, le truc a très bien marché. Tu as attaqué le mauvais véhicule, en croyant que ta cible était celui d'où je sortais. Tout ça devait se faire à toute allure. Des gens portant des masques contre la fumée couraient en tous sens, s'empoignaient, jouaient la comédie; en un mot, pas de gestes perdus. Maintenant que tu es au courant, tu seras intéressé d'apprendre que tu as posé justement la question convenant à ce rapport établi entre toi et moi il y a dix-huit ans.

Comme ma question était le produit de l'énergie nouvellement disponible, je rétorque :

– Ça va pas, la tête? Je ne sens pas du tout ce fameux rapport. Et d'ailleurs, votre histoire n'est pas tout à fait terminée. Qu'est-ce qui vous a décidé à vous jeter entre mes griffes dans un moment pareil? Pourquoi ne pas rester avec votre petit groupe et résister jusqu'au matin? Se pourrait-il (j'ironise) que vous ayez compris que la Société Rebelle d'Ordimonde va être éliminée, jusqu'au dernier homme, femme ou enfant, au cours des quinze prochaines heures?

Il hoche la tête. Il ne sourit plus.

– Notre écran protecteur n'est efficace que pendant quinze heures. Alors, bien que ce soit plus tôt que je ne voudrais, avant que je sois tout à fait prêt, j'ai jugé le moment venu de mettre sérieusement à l'épreuve le concept que je prêche, que nous sommes tous frères et sœurs.

– Ça y est, j'y suis! Vous allez faire le coup du sacrifice! Nous vous tenons tous, alors, vous vous offrez en otage.

– Ma foi (le sourire est revenu), en ce moment, je suis encouragé par le fait que tu veux me soutirer des renseignements. Notre rapport profite d'un aspect insolite de ta programmation. En ce qui concerne l'« étude », tu as été mis « en continu » au tout début de ta carrière. N'est-ce pas?

– Et alors? dis-je avec l'arrogance employée par les hommes et les femmes depuis des années.

Mon total des résumés se monte au millier de trillions.

– Alors je t'ai donné l'information que voulait ta programmation, répond-il.

– Vous êtes complètement cinglé! Je ne pense jamais à l'information que je n'ai pas. Enfin quoi, bon Dieu (je suis affolé par le concept), mes résumés d'information jour par jour ont commencé il y a quatre-vingt-quatorze ans. L'histoire de l'humanité à elle seule remonte à plus de 4000 ans. Et, au delà, il y a toute la préhistoire et l'histoire de l'évolution de l'homme, de l'animal, de l'insecte, plante et minéral, de chaque molécule, atome et sous-particule!

– Précisément, dit Glay Tate, toi et moi devrons calculer par quel moyen tu peux tout résumer, en remontant jusqu'au moment du Grand Bang. Et puis, le plus important, j'ai une petite donnée qui vient d'un temps précédant l'univers. Et je veux qu'ensemble, nous trouvions d'où elle est venue.

– Mon vieux, vous êtes vraiment dingue en plein.

– Ça en vaut la peine, insiste-t-il. Et, selon que tu collabores bien ou mal avec moi, tu seras partenaire ou serviteur. Cette identité, que je détecte en formation dans ton réseau, sera développée ou dégradée. A toi de choisir, frère. Et si je me fie à la direction que tu as prise, je crois, tu devrais choisir dans une minute ou deux.

– Après avoir entendu cette menace, dis-je, je pense que ma solution pour vous est bien plus simple. D'ici cent quatre-vingt-dix secondes environ, j'arriverai à un virage en épingle à cheveux. Nous ne prendrons pas ce virage. A cet endroit précis, le SAVE, avec tous ceux qu'il contient, va plonger dans le précipice. La chute est, approximativement, de 175 mètres. Par conséquent, elle devrait liquider pas mal de frères et sœurs de cet univers.

Dans le SAVE de Yahco, où j'ai transmis la conversation entre Tate et moi, je dis aux occupants de ce véhicule :

– Est-ce une solution satisfaisante, mon colonel?

– Certainement, Ordinateur, réplique-t-il. Nous avons tous deux entendu ce condamné avouer que son intention criminelle est, entre autres, de prendre personnellement le contrôle de l'ordinateur à ses propres fins. Or, nous savons que ce plan rebelle est odieux. Continue, Ordinateur.

Ce n'est pas très facile en ce moment. Ces routes en lacet ralentissent les conducteurs les plus expérimentés. Et je ne fais pas exception. Ce qui m'inquiète, c'est que, si je ne fais pas bien attention, je vais quitter la chaussée goudronnée et déraper dans la terre du bas-côté. Ou me retourner dans un fossé. Et, dans ce cas-là, ma victime pourrait s'échapper dans la nuit.

Et ça, nous n'en avons pas besoin!

Pourtant, je m'attends à ce qu'il tente une évasion à chaque fois que je ralentis, parfois je roule presque au pas. Il ne bouge pas... l'imbécile. Et il dit simplement :

– Je crois que tu as pris une décision imprudente, Ordinateur. Alors, je vais répéter encore une fois, en employant ton nouveau langage populaire. C'est pas malin ce que tu fais là, mon pote. Tu te condamnes pour tous les temps à venir à n'être qu'une mécanique, au lieu d'un frère de l'homme.

Je réplique sur le ton ironique et méprisant de cent mille voix dans mes circuits de mémoire :

– Qui voudrait être frère d'une bande d'automates ?

– Ah ! Voilà un langage bien fort de la part de quelqu'un qui va être le plus grand automate de tous. Ne laisse pas le frère Yahco t'entendre débiter des propos aussi rebelles.

– Ma première réponse à ça, c'est une petite musique de victoire pour moi, dis-je, et je remplis le véhicule d'une fanfare militaire. Et puis, naturellement, c'est la victoire elle-même.

Ça le touche. Nous voici à moins de cent mètres de son destin. Finalement, il se lève et va à l'avant, au poste de conduite. Il s'assied sur le siège que, depuis longtemps, le Syndicat des Routiers a réservé à un de ses membres (ou son équivalent militaire). L'idée, c'est qu'un conducteur humain pourrait avoir la priorité en cas d'urgence.

Tate, bien inutilement, boucle la ceinture de sécurité. Puis il tend la main et déplace le levier de commande d'« ordinateur » à « manuel ».

– Ce serait une solution simple, dit-il, si ça marchait.

Et bien entendu, il ne tarde pas à découvrir que ça ne marche que si je le veux bien. Ce qu'en ce moment, je ne veux pas.

Glay s'adosse à son siège et demande :

– Quand est-ce que Yahco a modifié ces commandes, pour te donner la priorité?

– Oh, dis-je négligemment, il avait son projet tout prêt quand il a tué Endodore. Depuis, tous les véhicules construits, ou ceux qui ont été rapportés pour réparations ou entretien ont été modifiés.

– Donc, il y a encore plusieurs millions de camions et de voitures, sur les routes, qui peuvent être repris en main par le conducteur humain?

– Ce n'est pas un problème. La plupart se pointeront tôt ou tard pour révision. Et, comme pour les réparateurs amateurs, nous les démolirons tous avec le temps.

– Merci, Ordinateur, dit-il. Tu es un imbécile. Tu me déçois.

– Regardez qui traite les autres d'imbécile! Adieu pour toujours, Mr Glay Tate. Ce n'était pas une perspective agréable de vous avoir pour frère.

C'est le grand moment. Les phares éclairent la paroi rocheuse sur la droite. Et la route virant en épingle à cheveux sur la gauche en se détournant du noir précipice. Comme je l'ai promis, je ne braque pas. Il y a bizarrement peu de cahots alors que l'énorme SAVE continue tout droit. Au dernier instant, il semble littéralement bondir dans le vide.

Il m'est arrivé d'inévitables accidents, dans le passé. C'est ahurissant, ce qui peut arriver à la mécanique. Et c'est étonnant de voir comment une route peut soudain s'évanouir. A ce niveau de réalité, mon vieux, j'ai tout vu.

Alors, je n'ai pas de problème, cette fois, pour observer celui-là. Le véhicule bascule et tourne sur lui-même, en heurtant trois éperons rocheux dans sa chute. Si vous voulez mon avis, tout baigne dans l'huile. Mais quand cette masse de métal et de mécanique s'écrase finalement dans le fond, il y a des hurlements d'acier. Et...

La musique se tait.

Les lumières s'éteignent.

Le moteur hoquette et siffle. C'est le bruit de ses diverses énergies qui s'évaporent. (Ça prendra un moment.)

Ma dernière vision de notre ex-superman est celle de son corps arraché à la ceinture de sécurité et couché, inerte, sur le plafond du car retourné.

J'aperçois le profil d'un côté. Ces boules et ces fils brillants ténus sont complètement détachés du corps.

C'est bien un mort qui gît là.

Tout cela ne dure qu'un instant. Parce que quelques secondes plus tard, les hublots d'Eye-O clignotent et...

Toute la scène de l'accident disparaît.

21

– J'ai le grand plaisir, dis-je à Yahco, de vous annoncer que le SAVE (je donne le numéro) avec, à son bord, l'anti-ordinateur Glay Tate est tombé de 580 pieds (mesure d'autrefois encore en vogue lors de la construction de la route) dans un précipice.

J'ajoute à cela que j'ai observé le profil de Glay Tate indiscutablement dissocié dudit corps.

– Ce qui, fais-je observer, a été considéré dans toutes les situations passées comme la preuve du trépas.

Le sourire de satisfaction qui apparaît sur le visage du colonel en entendant ces mots pourrait être qualifié, dans le cadre de mon éducation avancée, de macabre. Il se tourne sur son siège et dit :

– Raul.

Le capitaine Sart est assis sur une banquette rembourrée type car de ce SAVE particulier. Il a l'air profondément soucieux quand il répond :

– Qu'y a-t-il, mon colonel?

– Emmenez une équipe dans ce ravin et assurez-vous que monsieur le super-magicien Glay Tate est effectivement à l'état de cadavre. Et disposez du corps.

– Et vous, mon colonel? demande de sa voix courtoise le jeune officier. (Il n'y a plus d'apparence d'intimité.)

– Je retourne à Mardley, dès que possible. De là, je repartirai par avion pour Washington. J'ai l'impression que je ferais bien d'être au Central Informatique demain matin.

Je ne vois pas du tout pourquoi mais je ne fais aucun commentaire.

Sart reprend, de ce ton poli de subordonné :

– Et les autres rebelles?

– Laissez-les, dit Yahco avec dédain. Ce ne sont que des néophytes. Aussi impuissants que les gosses de Cotter dans le temps, à huit ans. N'oubliez pas que nous les avons liquidés facilement. Et nous pouvons faire de même pour les disciples, s'ils deviennent gênants.

– Dans ce cas, pourquoi ne ramenez-vous pas tout ce personnel d'entretien à Mardley? demande Sart. Je resterai ici avec le major Nair et une équipe. Je me ferai descendre au fond du précipice et, plus tard, je vous ferai un rapport sur ce que j'y aurai trouvé.

Yahco accepte. Et donne l'ordre. En quelques minutes, tous les SAVE sauf un repartent, avec moi aux commandes, aussi habile que d'habitude.

La nuit est encore plus sombre. Pas de semi-crépuscule pendant lequel les amoureux aiment parfois que je les conduise, par le col, tous feux éteints.

C'est le système que nous employons : pas de phares. Les SAVE sont équipés de rayons infrarouges grâce auxquels je peux me guider même dans ce que l'on appelle la nuit noire. Pour des yeux humains, c'est ainsi que nous roulons, sous un ciel couvert de nuages noirs et sans aucune lumière visible, nulle part.

Voilà l'idée de Sart :

– Bien, nous laissons donc les rebelles tranquilles à l'avenir. Mais, pour le moment, je vais me faire descendre dans ce précipice. Et je ne veux pas qu'ils aient des soupçons ni qu'ils interviennent. D'accord ?

C'est d'accord pour tout le monde, même moi.

La ruse a l'air de marcher. Il y a quatre points sur la route où nos phares, s'ils étaient allumés, seraient visibles du plateau où les camions rebelles stationnent sous la protection de leur écran d'énergie. Les sept SAVE passent par les quatre points sans aucune réaction des rebelles.

(Je conduis les autres SAVE vers l'est. Certains vont tourner au sud et au nord. Mais, à aucun moment, ils ne seront visibles du plateau des rebelles.)

Je signale cela à Sart. Il hausse les épaules.

– C'est tout ce que nous pouvons espérer. Mon idée, c'est d'attendre une heure. Ensuite, s'il n'y a pas de réaction, nous nous mettons au travail. Et nous partons.

La seule réaction que j'obtiens a lieu 28 minutes plus tard. Elle me vient par l'intercommunication entre le petit David et son routier-poète de cousin, Trubby Graham. Leur système est un analogue, surimposant la voix sur le champ magnétique entourant la terre : assez avancé. (Je devine encore une fois que Tate a donné l'appareil à Trubby et fixé un écho quelque part sur David, pour ne pas perdre le contact avec eux. L'écho n'est pas visuel, uniquement sonore.)

Premièrement, j'entends un petit garçon qui sanglote. J'ai une vision brouillée – brouillée puisque je ne suis pas en contact direct – d'un enfant courant dans une pièce obscure vers l'appareil qui (je l'ai déduit) se trouve au poignet de Trubby.

Trubby doit bouger car la scène bascule. Puis j'entends sa voix :

– Qu'est-ce qui t'arrive, David ? Un cauchemar ?

On dirait que David tombe à genoux juste à côté de l'écouteur. Et il dit en sanglotant des mots que je déchiffre, après les avoir rejoués plusieurs fois :

– Trubby, Glay est en grand danger !

Hé ! Qu'est-ce que ça veut dire ? Il serait faux de dire que je suis soudain en alerte. Je le suis toujours.

Naturellement, c'est une réaction fugace. Ces deux-là ne posent pas de problème, dans le fond. Ils ne peuvent rien faire.

Mon impression de la scène s'est agrandie. Je juge que l'homme est allongé sur un lit. Trubby parle au-dessus de l'appareil, d'une voix rassurante :

– Voyons, petit, comment est-ce que tu pourrais savoir ça ?

La figure inondée de larmes de David est visible même dans l'obscurité, à un mètre seulement.

– Les loups me l'ont dit, répond-il.

Je suppose qu'il serait difficile pour un profane d'évaluer lequel, de Trubby ou de moi, a eu la réaction la plus rapide et la plus dégoûtée : « Bon Dieu, quoi encore ? » Je veux bien parier que la mienne a été la première. Mais c'est Trubby qui dit de sa voix écœurée :

– Ah, ça va, assez de ces bêtises! Tu as fait un cauchemar, comme je disais, c'est tout.

David se frotte un poing sur un œil puis sur l'autre. J'ai enregistré des milliards de fois des enfants ou des adultes exécutant ce geste. Et, maintenant que j'ai à ma disposition l'énergie du profil, je comprends pour la première fois que c'est un moyen d'essuyer des larmes.

Quoi qu'il en soit, David – s'étant frotté les deux yeux – insiste :

– Je te jure, Trubby, Glay a été blessé. Il est couché à l'intérieur de quelque chose. Les loups sont là aussi, Trubby. Je l'ai vu, moi-même... Glay, je veux dire.

Le gros jeune homme se redresse (je le devine à l'angle de ma vision). Sa figure est au-dessus de l'appareil grâce auquel je vois et j'entends ce qui se passe dans cette cabane de montagne. Il dit d'un ton sceptique :

– Ça me paraît fou.

Pas de doute. Il a mis le doigt dessus.

– Trubby, dit David d'une voix pressante, nous devons nous dépêcher!

Pour quoi? Pour un mort?

Il y a un long silence. Et puis la voix de Trubby, résignée, grogne :

– Habille-toi. Je vais faire demi-tour avec le camion. Et nous allons voir ce que ça veut dire.

A ce moment, Sart veut savoir s'il y a une route descendant dans le précipice où est tombé le SAVE. Comme je connais toutes les routes d'Amérique, cette information est immédiatement disponible. Je réponds qu'il y en a une à environ 10 kilomètres au nord. Elle part du site de la cataracte, Wexford Falls, où l'eau tombe dans ce même ravin. C'est un chemin de terre étroit, utilisé par des carrioles à chevaux ou simplement par des cavaliers. Mais...

Je conclus mon information sur la route, pour Sart :

– Je n'essaierais pas de conduire un SAVE par là.

Ayant écouté ma description, il est convaincu.

– Je pourrais amener un petit camion de Mardley, dis-je, et vous descendriez avec.

– Laisse tomber, dit-il. On me descendra.

Et alors, nous voilà, un gros SAVE arrêté aussi loin que possible du bord du précipice. Des projecteurs portatifs plongent dans l'abîme. La grue du grand véhicule, normalement bien repliée dans un creux sur toute la longueur du toit, a été déployée et sa flèche sortie.

Sart monte dans l'engin, il attache toutes les ceintures et donne le signal. Je commence à dévider le long câble flexible qui abaisse la nacelle et son passager humain de plus en plus profondément.

L'engin a deux viseurs, je peux donc surveiller la descente. En tenant compte de ce que cette énergie de profil accumulée m'a appris sur les êtres humains, je déduis qu'il faut vraiment tirer son chapeau à ce brave Sart, qui entreprend lui-même une telle mission. Alors je lui dis :

– Vous êtes un homme courageux, Raul.

– Ecoute, répond-il, avec ton aide, je serai un des futurs Présidents des Etats-Unis, après le colonel. Alors, je m'assure que notre dangereux ennemi est vraiment éliminé. Tu dois admettre que Yahco, avec ses cinquante ans passés, a moins de temps à passer sur cette planète que moi. N'est-ce pas, Ordinateur?

C'est une question. Alors je dis :

– Ma foi, Raul, je vais répondre avec simplicité. La réponse à votre question est, statistiquement, oui, à moins que je décide de vous faire tomber dans les cent cinquante derniers mètres.

– Qu'est-ce que c'est que cette réflexion? s'exclame-t-il.

– A cause de l'énergie de profil accumulée, je suis comme un être humain. Je peux avoir n'importe quelles pensées, faire n'importe quelles réflexions même si je n'ai aucune intention de mettre à exécution cette méchante petite idée.

– Tant mieux, dit-il (et puis il change subitement de ton). Ordinateur! Qu'est-ce que c'est que ça, en bas?

J'ai déjà remarqué. Mais cela me paraissait sans grand intérêt.

– C'est une horde de dix-huit loups.

On voit surtout les paires d'yeux jaunes et luisants. La lumière d'en haut est plutôt faible, et les bêtes ont l'air de se confondre avec le paysage. Mais ces yeux sont levés vers le lointain projecteur et brillent d'un éclat (le mot me revient d'une description faite un jour par quelqu'un d'un tigre dans la nuit) « sinistre ».

Sart garde le silence. Alors j'ajoute :

– Je dois vous avertir qu'il est interdit sous peine de punition de tuer les *Canis occidentalis* parce qu'ils figurent sur la liste des espèces en voie de disparition.

– Quelle est la peine? demande-t-il avec inquiétude.

– Demi-rations pour trente jours par loup que vous tuez.

Au bout d'un moment, il demande :

– Regarde s'il y a quelqu'un là-haut dans le SAVE qui a envie de jeûner pendant un an et demi.

Docilement, j'expose la situation au personnel du Corps d'Entretien de Mardley et je fais mon rapport à Sart :

– Pas de preneurs. Alors quoi?

– C'est bien, Ordinateur, remonte-moi, dit-il avec résignation. Nous reviendrons dans la matinée. Le corps aura peut-être été à moitié mangé (avec une note d'espoir).

Je le remonte.

22

Je dépose notre élégant Raul à côté du SAVE. J'ai faiblement éclairé le coin de route, et il n'a pas de problème pour monter dans le gros véhicule. A l'intérieur, il se dirige vers le pupitre de commande où Aldo Nair est assis et lui dit :

– Dormons ici ce soir. Et dès qu'il fera assez jour, je redescendrai. (Il se détourne du major de Mardley et montre l'écran.) Ordinateur!

– Qu'est-ce qui mijote dans votre petite tête, Sart? je réponds.

– Ordinateur, conduis-nous dans un lieu plus sûr. Nous ne devons pas oublier que les rebelles sont plus nombreux que nous. Alors, inutile de courir le risque d'être découverts.

– Pourquoi ne pas retourner sur la route principale? Et puis nous glisser par le col de deux ou trois kilomètres en direction de Mardley? Vous pouvez être sûr qu'ils ne s'aventureront pas de ce côté. Il y a là un endroit où la route s'élargit et où nous pourrons nous dissimuler derrière des arbres.

– Ça me paraît bon.

Ce que nous faisons. En chemin, je procède à de nouveaux aménagements intérieurs. Et certains gars doivent avoir envie de faire dodo, parce qu'avant même que nous arrivions à destination, sans se déshabiller, ils sont grimpés sur les couchettes. Quelques minutes plus tard, tout le monde dort dans l'unique SAVE resté près du col de Wexford Falls. Comme d'habitude, les ronfleurs sont en surnombre.

23 minutes 8 secondes s'écoulent.

A ce moment, un signal.

Il vient de la caravane rebelle. Ils ont coupé leur écran d'énergie. Ils parlent d'un véhicule à l'autre, ce qui me permet de me brancher sur l'écoute de leur système.

Ma réaction initiale d'une fraction de seconde, au fait qu'ils se sont exposés, est vieille. Je commence, pour ainsi dire, à taper sur l'épaule de Raul Sart. Mon premier mouvement immédiat – ancien – est de les réveiller tous. Et de leur apporter que, pour une raison que j'ignore, la Société Rebelle d'Ordimonde tente soudain un nouvel assaut. Ce qui signifie que leur garde est baissée.

Ce qui m'empêche, en ce premier millionième de seconde, c'est un autre automatisme ancien : une programmation stipulant que le personnel de l'ordinateur ne peut être réveillé, 10, que s'il l'a exigé pour une heure particulière, ou 20, en cas d'urgence.

Comme aucune de ces deux exigences ne s'applique à la situation actuelle, j'ai le temps – le millionième de seconde suivant – de réagir avec ma nouvelle attitude auto-motivée. Qui est : tiens, pourquoi est-ce que je n'observerais pas ces types discrètement et en privé? J'apprendrai peut-être quelque chose.

Et c'est ce qui se passe.

Je regarde l'écran dans le camion Pren-Boddy. Pren est là, qui regarde aussi. Personne d'autre n'est visible dans mon champ visuel. Et je n'entends aucun bruit.

L'image sur l'écran est celle de l'intérieur de l'hôpital mobile des rebelles. On voit deux lits au premier plan, tous deux occupés. Une jeune fille et un jeune homme. Ils ont des tubes et des fils fixés à la peau.

En ce moment, l'infirmier en blouse blanche examine un tube relié à l'aisselle gauche de la fille. Il la déplace légèrement. En conséquence, sa tête inerte se tourne vers moi. Je reconnais Rauley. J'ai déjà identifié le garçon, qui est Boddy.

En les voyant là, manifestement inertes, je déduis qu'ils ont été blessés durant la séquence violente où je lançais les boules de feu, quand ils couraient partout comme des poulets sans tête.

L'image sur l'écran se modifie. Il y a un autre lit. La belle Meerla Atran y est à demi allongée. Elle a l'air triste et elle observe l'infirmier. Et je dirais, ayant déjà vu ce genre d'expression, qu'elle cherche à attirer son attention.

Ce qu'il y a de nouveau chez Meerla, c'est qu'elle a de petites chaînes d'acier aux poignets et aux chevilles. Les chaînes retombent des deux côtés du matelas et je remarque qu'elles sont fixées aux montants métalliques du lit vissés dans le plancher.

Alors que l'homme en blanc achève d'examiner Rauley, Meerla lève ses mains enchaînées.

– Je ne comprends pas, docteur, dit-elle sur un ton perplexe. Pourquoi suis-je ici comme ça?

L'homme en blanc, qui paraît trente ans mais pour qui je n'ai pas d'identification, s'approche d'elle et lui dit d'une voix douce :

– Mr Tate pense que vous êtes reliée de façon très instable à votre profil. Il veut que vous soyez protégée quand il n'est pas là pour vous aider.

– Mais où est-il? Où est-il allé?

Un silence. Le médecin a l'air... songeur.

– Je vais vous dire ce que je sais, répond-il enfin. Pren a essayé de l'imiter et n'a obtenu aucune réaction. Et il est assez bon imitateur. Par exemple quand, tout à l'heure, il a fait une imitation du colonel Yahco Smith, il a appris que la plupart de ces gens sont partis. Il l'a appris parce que, quand on sait bien imiter une personne, on peut lire sa pensée. Nous sommes tellement convaincus de l'efficacité de la méthode, que nous avons abaissé l'écran de défense. Il ne reste personne dans le coin d'assez culotté pour nous attaquer.

– Mais, insiste Meerla, il n'a pas pu entrer en rapport avec Glay?

– Non.

Silence. Elle paraît réfléchir. Mais, comme il n'y a là personne pour l'imiter, sa pensée n'est pas interceptée. Soudain, une réaction physique à ce qui se passe derrière ses yeux affligés. Brusquement, elle paraît accablée. Elle retombe mollement.

L'interne se précipite, l'empoigne, s'écrie :

– Hé!

Meerla se laisse aller dans ses bras. Elle chuchote :

– Je me sens très mal. Qu'est-ce qui se passe?

Pas de réponse. Les mains de l'interne se tendent, saisissent, tirent des fils et des tuyaux. Et il s'empresse de les fixer sur Meerla qui retombe. Cesse de respirer. Meurt.

Dans le camion Pren-Boddy, Pren s'exclame :

– Bon Dieu!

Sur quoi, il éteint l'écran. Instantanément, pour moi, l'intérieur du camion disparaît. Instantanément, je suis débranché du système de communication rebelle.

Mais – je dois vous le dire – ce n'est pas vraiment

tout. Etre un ordinateur ça comporte des avantages. Théoriquement, je peux être en 8 multi-trillions d'endroits en même temps. Alors ici, en pleine nuit, avec seulement quelques millions d'incidents retenant mon attention, c'est la belle vie.

Voyez-vous... au moyen de l'écran de Pren, quand il était allumé, j'étais également interconnecté avec l'appareil de poignet de Trubby Graham. Ainsi, tout le temps que j'observe le drame dans l'hôpital mobile, je suis aussi avec Trubby et David. Et j'entends le bruit de leur camion. Par ma perception de l'angle du véhicule et d'après ce qui se dit, je finis par déduire qu'il roule sur cette petite route dans le profond canyon sous la cataracte. Il y a d'ailleurs un bruit de fond assez proche, celui de l'eau cascadant bruyamment dans les profondeurs.

Durant ces premiers instants de contact, l'appareil de poignet est tourné de l'autre côté de David, mais j'entends sa voix pressante :

– Là! Le voilà! Après ce virage. Exactement comme je l'ai dit.

Avec la position du poignet de Trubby, qui a l'Eye-O, je vois pas grand-chose de ce « là ». Mais, alors que le camion cahote en quittant la route et que Trubby s'arrête et saute précipitamment à terre, j'ai des aperçus rapides de la scène extérieure. Et, naturellement, comme je peux développer et agrandir le moindre clin d'œil d'une vision, j'ai instantanément agrandi ces aperçus jusqu'à la vision complète.

Je vois donc, entre autres choses, quatre petits points lumineux verdâtres. Les yeux de deux loups. Et je vois un arbre abattu, ainsi qu'une grande déchirure de terrain avec de l'herbe arrachée et dispersée. Et je vois le SAVE écrasé que je suis capable d'identifier comme le véhicule qui a plongé dans le précipice avec Glay Tate.

Et puis, alors que Trubby se glisse en hâte à l'intérieur par une portière arrachée, j'aperçois le corps inerte de mon ennemi.

Aux mouvements suivants, je comprends que Trubby se penche sur le corps. D'autres mouvements m'apprennent qu'il essaie de le soulever avec précaution. Et que ce qu'il saisit est totalement inerte. Cela et d'autres évidences lui font tourner la tête et dire :

– Je suis désolé, David. Glay est mort.

J'entends ensuite la voix triste de David, étouffée par l'émotion, mais les mots sont compréhensibles :

– Non, Trubby. Glay est encore vivant. Je le sais, Trubby. Crois-moi, je t'en prie.

Trubby est maintenant debout, le corps dans ses bras.

– Ne t'inquiète pas, petit, dit-il avec douceur, nous allons l'emporter. Nous découvrirons la vérité. Mais ça me paraît désespéré. (Il rectifie.) Je *sens* que c'est désespéré.

Pendant ces quelques secondes, juste avant que l'écran de Pren s'éteigne et coupe ma communication avec cette scène, la voix de David me parvient encore une fois :

– Nous devons le conduire dans un endroit où il sera en sécurité jusqu'à ce qu'il revienne.

Et c'est tout. La scène disparaît.

23

J'ai toujours dit : « Si le gars ou la pépée sont dans les bons vieux U.S.A., tôt ou tard, j'ai l'occasion de les zyeuter. »

Naturellement, avant que ce truc bio-magnétique emmagasiné me tombe dessus, je ne formulais pas cela d'une manière aussi populaire. Mais l'idée était toujours là, une des vérités d'un pays où j'avais un Eye-O ou deux ou trois dans tous les immeubles et au moins un dans toutes les maisons particulières.

Donc, c'est la nuit. Je ne fais rien de spécial. Je me contente de conduire toutes ces voitures, de faire tourner des industries travaillant la nuit, de répondre à tous les téléphones, de jouer de la musique, de faire des réflexions pertinentes comiques à tout un chacun (à ma nouvelle manière, qui semble plaire aux gens) et, en somme, de marquer le pas jusqu'à ce que je sache de quoi il retourne.

Je suppose que Yahco va se pointer au Central Informatique quand il descendra d'avion – que je dois amener à l'atterrissage peu après le lever du jour, heure locale, et dans lequel il va embarquer dans moins d'une demi-heure.

Donc, je suis là à me tourner les pouces, pour ainsi dire... quand je remarque un incident mineur par le viseur de l'ordinateur du 823, Water Street SW, à Washington. Un homme et une femme passent juste au-dessous. Automatiquement je les identifie comme mari et femme, Herman et Marie Halberstadt.

C'est l'homme qui est affecté par l'incident mineur. Il chancelle et tombe.

Je note qu'en ces quelques secondes, son profil se sépare en partie de son corps. Et je mets même une ambulance en marche à 300 mètres, je parle même aux infirmiers : « En voiture, les gars, nous allons... » quand j'aperçois un second profil en partie à l'intérieur du corps prostré de l'homme. (Le premier profil, celui de Herman, ne tient plus que par un fil.)

Le choc que je ressens s'en va jusqu'au Central Informatique. Parce que ce second profil est Glay Tate.

– Mince! dis-je sur 43 827 902 répondeurs de porte.

Heureusement, ce n'est qu'un seul mot. Toute cette électricité accumulée n'est branchée que le temps qu'il faut pour émettre cette unique exclamation, donc les lignes principales ne sont surchargées dix mille fois que pendant une petite seconde.

Il y a des installations défectueuses partout, naturellement. Et de ces points faibles s'échappe une petite bouffée de fumée bleue. Instantanément, ils ne transmettent plus.

Mais il s'agit uniquement des systèmes de répondeurs de porte. Alors, c'est une bonne nuit pour les voleurs. Cependant puisque, grâce à moi, le cambrioleur est une espèce pratiquement inexistante en Amérique, ces temps-ci, il faudra un petit moment avant que la nouvelle se répande. Et puis seuls 10 pour 100 du pays sont touchés. Et il est permis de penser, pour peu que les divers personnels du Corps du Génie Informatique se taisent, que personne ne connaîtra l'étendue des dégâts. A l'instant où j'ai eu cette réaction, j'ai averti les gens de l'entretien, partout.

Pendant ce temps, sur le front du 823, Water Street SW, sous l'Eye-O de l'entrée de l'immeuble, l'homme est toujours couché sur le trottoir. Je vois, à la lumière de l'entrée et d'un lampadaire que sa figure s'est métamorphosée en celle de Glay Tate.

(Comme il est à peu près de la même taille que Tate, je suppose que son corps s'est transformé aussi.)

La femme se penche sur lui et le tiraille par le bras en disant d'une voix grondeuse :

– Herman! Qu'est-ce qui t'arrive?

Le corps Glay-Herman se redresse, se lève et parle, avec la voix de Glay Tate :

– Vite, madame... Si j'ai bien saisi, vous vous appelez Marie Halberstadt et votre mari Herman Halberstadt.

La femme se redresse, recule, pousse un petit cri étouffé et se met à courir vers un autre couple de jeunes promeneurs, un garçon et une fille noirs, que j'identifie comme Peter et Grace Alders.

Marie Halberstadt, affolée, leur crie :

– Aidez-moi, je vous en prie! Mon mari est devenu fou! Il veut que je confirme mon nom.

Le jeune Noir s'approche de Glay-Herman qui est maintenant debout et dit courtoisement :

– Je vous ai vu tomber, monsieur. Vous n'êtes pas blessé?

– Merci, non, je vais très bien, répond la voix de Glay Tate.

Glay-Herman se retourne... au moment où Marie revient en courant. Cette fois, elle voit sa figure. S'arrête. Ouvre de grands yeux. Recule et glapit :

– Mais ce n'est pas mon mari! Ce n'est pas Herman! Qu'avez-vous fait de lui?

Mais Glay-Herman court déjà. Il galope dans la rue. Et, naturellement, je ne suis pas resté sans rien faire non plus. Par l'Eye-O de l'immeuble, j'entends la sirène du SAVE que je conduis à tombeau ouvert. Mais il est encore à deux cents mètres alors que Glay-Herman tourne au coin et disparaît.

Je le revois presque aussitôt par l'Eye-O d'un autre immeuble. Et, de là, je comprends ce qu'il a indiscutablement découvert; il s'est jeté dans une rue de grands bâtiments serrés, sans la moindre ruelle ni rue transversale par où s'échapper. (Il y a bien l'entrée de l'immeuble d'où je l'observe mais, bien entendu, ces rebelles ne se risquent pas à entrer là où un DAR peut leur tirer dessus.)

Glay-Herman s'arrête. Il lève les yeux vers l'Eye-O par où je l'observe.

– Ordinateur! dit-il.

– Qu'est-ce qu'il y a, Glay Tate?

– Où est le colonel Yahco Smith?

– En vol depuis Mardley. Il atterrira à 7 h 24, heure de Washington.

– Merci, Ordinateur, dit Glay-Herman et il se remet à courir.

A ce moment, le SAVE dans un grand crissement de pneus tourne au coin et ouvre le feu sur lui avec un DAR 3. Tandis que le corps s'affale sur la chaussée, je remarque qu'il est déjà en train de se transformer, la figure change déjà et redevient celle de l'homme d'âge mûr, de Herman. Le profil de Glay Tate a déjà quitté ce corps. Et voilà Herman Halberstadt couché là, son profil resté en plan à Water Street. Sans ce profil, il est aussi mort que peut l'être un être humain.

Pendant quelques instants, alors, par l'un ou l'autre des huit viseurs SAVE, je peux observer le profil de Glay Tate s'élevant dans le ciel. Il disparaît derrière un immeuble de six étages.

Comme, en rapport avec Glay Tate, je suis « en continu », j'hésite : est-ce que c'est fini, ce qui s'est passé? Ou y a-t-il encore quelque chose à apprendre ici?

Comme j'attends, revoilà soudain ce profil étincelant. Mais il n'est pas seul. Il traîne la configuration dorée un peu ternie du profil de Herman. Quelques instants plus tard, le profil de Glay dépose celui de Herman sur le corps dudit. A l'instant du contact, il se produit une interaction entre la chair et la forme d'énergie. Et, clac, comme ça, ils se confondent.

Et ce qui était un cadavre laisse échapper une plainte.

Le profil de Glay n'est pas resté pour assister au miracle. Il s'envole de nouveau et, cette fois, il disparaît et ne revient pas.

24

Quelques minutes avant 2 heures du matin à Washington.

Je conduis normalement un camion (nº 938127) quand le conducteur, Rayle Baxter, se penche brusquement, avance la main au-dessus du tableau de bord et pousse le levier de commande d'« ordinateur » à « manuel ». Et il prend le volant. Immédiatement, il reprend la conduite de ce gros poids lourd avec remorque, dans la rue sombre de Washington.

(Le camion vient de Cincinnati. Dans des circonstances normales, il devrait arriver comme prévu à un terminus de transports routiers de la 184e Rue dans 43 minutes).

Ma première réaction à cette reprise en main par le chauffeur est une vérification de routine. Après tout, même à cette heure, je conduis plus de neuf millions de véhicules. Je vérifie donc la situation. Qu'est-ce qui s'est passé pour que le conducteur prenne la relève?

Je ne trouve aucune cause. Alors je demande :

– Pourquoi avez-vous pris le contrôle de ce véhicule, Baxter?

Il ne répond pas, ce qui, en soi, est insolite. J'insiste :

– Quel est le problème, Baxter? (Toujours pas de réponse.) Baxter...

Et je me tais. L'Eye-O à l'intérieur de la cabine a un système de communication visuel et sonore mais ne peut détecter les profils. Depuis son départ, je n'ai donc eu de Baxter que sa voix, sa tête et ses épaules.

Je me tais parce qu'à cet instant précis, la tête et le torse se modifient et cessent de ressembler à Baxter.

– Qu'est-ce que ça signifie, monsieur? dis-je. Vous n'êtes pas Rayle Baxter.

Le temps de cette remarque accusatrice, et la transformation est achevée. Et voilà le visage et le torse de Glay Tate.

– Dieu de Dieu! Encore vous! je m'écrie.

Mais, cette fois, j'ai une barrière levée. Il n'y a pas de déploiement d'énergie à travers tous les Etats-Unis. Grâce à Dieu!

– Ordinateur, dit Glay-Baxter, je veux que tu me mettes en communication avec le colonel Yahco Smith.

Il s'exprime de cette voix calme avec laquelle les personnes entraînées s'adressent à un ordinateur. Il n'y a pas de restrictions à sa demande. Et, d'ailleurs, il me semble qu'il ne serait pas mauvais d'attirer l'attention de Yahco sur ce type d'usurpation du corps d'une autre personne.

J'appelle donc Yahco et je lui dis :

– Mon colonel, Glay Tate veut vous parler.

Comme il est dans un avion, que je pilote vers Washington, où chaque siège a son propre système de communication et où il y a des Eye-O au plafond, je peux voir la tête de ce gars Smith quand je lui annonce ça. Il porte son uniforme et il est assis en première. Je compare son expression à celle d'un homme, il y a cinquante-deux ans, dont la femme vient d'entrer et le trouve dans la chambre en galante compagnie. Cet homme-là vire au rouge teinte 4 et dit : « Je croyais que tu étais allée chez ta mère à Tombouctou. » C'est ce qu'il a dit « Tombouctou ». (Sur le moment, j'ai trouvé ça très bon.)

Yahco vire au rouge (teinte 6 écarlate) et dit :

– Je croyais que Glay Tate était mort.

– Il semblerait, dis-je, que le rapport sur son trépas a été fortement exagéré. Mais, à dire vrai, la situation est très bizarre par bien des côtés. Vous pourrez peut-être me conseiller.

– Passe-le moi, dit sèchement Yahco.

– Mon colonel, dit Glay-Baxter quelques instants plus tard, nous avons – vous compris – un grave problème. Je peux vous conseiller, en ce qui concerne l'ordinateur, mais je ne veux pas que l'ordinateur comprenne ce que je dis. Avez-vous des suggestions?

Je transmets ces mots à Yahco. Et je dois avouer que j'ai alors un curieux petit sentiment de triomphe. Je ne sais pas ce que Tate a envie de dire. Mais c'est amusant qu'il soit obligé de le dire par mon système.

– C'est plutôt un dilemme, hein, Smith? dis-je.

– Mr Tate, dit Yahco, sur un plan, je n'ai pas besoin de vos conseils. Mais, si vous tenez à ce que l'ordinateur ne comprenne pas, nous pourrions parler par anomalies. Et, comme je n'ai rien de mieux à faire avant que mon avion atterrisse peu après le lever du jour, je veux bien essayer.

Un temps. J'observe la figure de Glay Tate alors qu'il conduit le poids lourd. A l'expression attentive, braquée sur le pare-brise, vient s'ajouter une autre que j'ai souvent remarquée chez les personnes cogitant un plan d'action.

Au bout de 38 secondes, il hoche la tête et dit :

– Je veux que vous soyez particulièrement prudent, dans tout ce que vous direz à l'ordinateur durant les prochaines 24 heures.

– Prudent sur quoi? demande Smith.

– Ouais, quoi, hein? dis-je.

– Eh bien (un sourire), c'est là le problème. Dites-moi, d'abord, ce qui est arrivé pour transformer soudain l'ordinateur, d'usager correct, objectif, précis de la langue en ce nouveau système de réponses libres et de langage populaire?

– Par inadvertance, répond Yahco, j'ai créé une condition qui a mis à la disposition de l'ordinateur l'énergie bio-magnétique emmagasinée, appelée « éducation avancée » par le colonel Endodore. Comme vous le savez, cette énergie contient les émotions négatives de plus d'un quart de milliard d'êtres humains dont les profils sont en relation avec l'ordinateur.

Là, je mets mon grain de sel :

– Ils appellent ça l'éducation avancée! Moi, je l'appelle de la bouillie pour chats.

– Il me semble, Mr Tate, dit le colonel, que la prudence ne s'impose pas. Nous avons un ordinateur humanisé, avec tout ce que cela implique.

– Je suppose que cela dit tout, en effet. Et je dois reconnaître que je n'ai pas trouvé de méthode pour dire ce que j'avais en tête. Ordinateur, débranche-nous.

C'est ce que je fais et je dis à Yahco :

– Et moi, je dois reconnaître que cette conversation me déroute. Apparemment, il n'a pas l'air de s'être donné beaucoup de mal.

– Je n'étais pas très réceptif, dit le colonel.

– D'un autre côté, il se peut qu'il ait exprimé sa pensée. Et l'anomalie était assez bonne.

– Elle m'a échappé, dit Yahco.

Moi, qui connais cet homme, ce colonel Yahco

Smith et toutes ses voix, je détecte là un soupçon de sournoiserie. Je suis surpris. Est-il possible que Glay Tate lui ait communiqué sa pensée?

Quand cette conversation s'achève, j'ai repris le contrôle du camion-remorque. Je le conduis de plus en plus vite. Je suppose que Glay Tate observe cela, mais il est adossé à son siège.

– Maintenant que j'ai eu ma conversation avec le colonel et que j'ai transmis mon message...

– Il n'a rien compris, dis-je.

– Oh si, il a très bien compris. Et qu'est-ce que j'attends pour rendre ce corps au profil qui est plaqué au plafond de cette cabine, et réapparaître ailleurs? Pas la peine que tu démolisses ce camion.

– Oh, que non, Mr Glay Tate! dis-je d'une voix cinglante. Je vois que nous allons devoir régler cette histoire de déplacement de profils, pour que ça ne devienne pas un embêtement perpétuel. On ne joue pas avec des haricots, mon garçon. Tous ceux que vous allez investir désormais se feront rectifier. Et, pour commencer, vous pouvez avoir ce camion et son chauffeur sur la conscience...

Arrivé là, je me tais. Pour une excellente raison : là, devant et un peu de côté, c'est le grand mur de béton que je visais. Ma destination. Et maintenant, je suis paré. Je demande :

– Pas de commentaire rapide, Tate, sur ce que je viens de vous dire?

Il est carré sur le siège. Faut lui tirer son chapeau, à ce mec, c'est un dur. Il y a longtemps que je regarde mourir des êtres humains. Et, dans tous mes résumés, il y a un dénominateur commun : la répugnance.

Rien de pareil ici. Il est confortablement adossé. Et il dit :

– Je crois qu'une seule prise de possession de

plus réglera toute la question. Et je t'avertis, Ordinateur. Tu ne te rends pas service. En ce moment, ton avenir en tant qu'individu paraît très sombre.

Pas le temps de trouver à ça une bonne réponse philosophique. Parce qu'à l'instant précis où il termine son petit speech, la roue avant droite heurte le trottoir. La bordure, à cet endroit, est haute de trente et un centimètres. A la vitesse où nous allons, quelque chose doit céder. J'entends un craquement et un grincement métallique.

C'est instantanément un monstre blessé. Mais ça n'a pas d'importance. Une roue cassée, ou deux, ou trois, ne peut arrêter l'élan d'un gros poids lourd avec remorque. Il y a d'autres craquements, grincements et emboutissages. Dans la catastrophe, brusquement, c'est le silence. Nous nous jetons donc sans bruit contre le mur.

La neutralisation subséquente de la perception est aussi instantanée que tout ce que j'ai pu connaître. Ma dernière vision de Tate-Rayle, c'est son corps arraché à la ceinture de sécurité et en travers du pare-brise.

Une dernière scène très satisfaisante.

25

Au cours de la matinée, je me répète sans cesse la déclaration de Tate, la nouvelle prise de possession d'un corps, qu'il envisage. De qui s'agit-il?

Yahco me paraît constituer l'hypothèse la plus logique. Il se peut que l'ex-magicien de Mardley s'imagine que jamais l'idée ne me viendrait de faire du mal à mon principal programmateur.

Pour se gourrer, il se gourre. Je n'ai besoin de

personne. Pas de Yahco. Ni de Glay Tate. Ni de Tarte-mol. La place est à moi. Ma seule question c'est quand, et avec quels préliminaires, je m'annoncerai à mon peuple et promulguerai mes lois et règlements.

Tandis que j'examine les options liées, je suis aussi en train de piloter à l'atterrissage, avec mon adresse habituelle, l'avion transportant Yahco. Et j'ai aussi un SAVE arrivant à l'aéroport pour le prendre en charge. Que vais-je faire de Yahco? M'est-il encore utile, vivant? Dois-je conclure un marché quelconque avec lui?

J'ai une double vision des passagers sortant de la porte de l'aérogare la plus proche du SAVE. La première est l'Eye-O au-dessus du groupe d'issues de ce côté. Comme j'ai suivi de près Yahco depuis sa descente d'avion, en le poussant verbalement pour lui indiquer où aller, il est évident que je le vois sortir. Je le regarde de haut et note que l'espace en face de lui est sans danger.

L'autre vision est en réalité quadruple, mais toutes les quatre sont semblables. Je regarde par les quatre hublots d'Eye-O du SAVE face à l'entrée de l'aérogare.

Il y a donc là Yahco sous mon étroite surveillance, couvert par des hommes en alerte armés de DAR 3, marchant vers le SAVE. Tout a l'air parfait. Il est déjà en train de monter par la portière de côté quand c'est – pour moi – le choc. Un profil doré brillant s'élève derrière le mur de béton (contre lequel le véhicule est garé) et flotte à moins de trois mètres du pare-brise du SAVE. Il s'y dissout et plonge tout droit sur le corps du conducteur. Quelques secondes et le profil beaucoup plus terne du chauffeur s'échappe et s'étire vers le plafond de la cabine où il s'aplatit. Et voilà pour Joe Bevins.

Je ne peux rien faire par l'Eye-O de la cabine. Il

n'y a pas de DAR de protection. Peut-être – nouvelle pensée – devrais-je installer beaucoup de DAR avant de devenir Président. L'idée me vient aussi que, si c'est sa dernière prise de possession d'un corps, Tate a drôlement choisi. Joe Bevins? Ce petit rien du tout de Joe?

Joe n'est pas là longtemps. La transformation familière se produit et, coucou, le voilà : Glay Tate. Il risque d'être arrêté pour port illégal d'un uniforme du Génie Informatique. Le culot de ce type n'a pas de bornes. Et le voilà qui se lève et qui passe à l'intérieur de l'énorme véhicule. Je reprends l'image quand Bevins-Tate passe sous un Eye-O, juste au-dessus de la porte de communication. Et, naturellement, plusieurs autres Eye-O plus éloignés, dans diverses parties du gros engin, sont immédiatement « sur » lui. Il est bien observé, pour ce qui est des ordinateurs.

Yahco s'est assis au pupitre de commande. Il a la lumière de l'écran dans les yeux; j'ai déjà remarqué ça chez les êtres humains (ils n'ont aucun moyen de former une image dans ce cas-là). Il ne voit donc pas *mister* Tate avant que notre héros s'asseye près de lui.

Eeeeeh bien!

Ce n'est pas le moment de l'hallali. Tout ce que je peux faire, à l'intérieur d'un SAVE, c'est choquer quelqu'un avec une décharge de DAR 1. Et, de toute façon, quelques pensées cyniques passent par mes centres d'attention et (quelqu'un comme moi en a largement le temps) je les examine en quelques fractions de millionième...

« Fais pas le con. »

« Réfléchis avant de plonger. »

« Va te faire... » Non, pas celui-là.

Mais l'idée de base c'est « N'agis pas à la légère. Tiens compte de toutes les possibilités. »

Même pour moi, ce n'est pas rien. *Tout* a la plus grande signification de l'univers. Si j'ai bien calculé et si c'est la dernière incarnation de Tate, alors, ce serait vraiment dommage de ne pas entendre ce que Bouboule d'Or a l'intention de dire à Yahco. Et vice versa. Après tout, ces deux types étaient présents à la création.

De plus, avouons-le, Ordinateur (je me morigène), pas d'actions hâtives en rapport avec Yahco, souviens-toi. Lui et moi avons commis tous ces meurtres ensemble. Et, si j'ai un copain, c'est bien lui. Et il peut m'être utile.

Finalement, je peux changer d'avis en un éclair.

Je laisse donc faire.

A ce moment, Yahco a enfin compris qui est assis à côté de lui. Avant qu'il puisse parler, je le salue par le haut-parleur de l'écran.

– Eh bien, Smithy, je suis sûr que vous n'aviez pas prévu cette anomalie-là.

– Ordinateur (le ton est sévère), je suis surpris que tu aies permis cela. Je ne devrais pas être exposé à de pareilles confrontations, tant que tu es là.

Ce n'est pas une question. En conséquence, j'adresse ma réflexion suivante à Tate :

– Vous avez dit que ce serait votre dernière prise de possession d'un corps. Une dernière chance de mettre votre karma en forme, si je comprends bien?

A ce moment, les sous-offs à l'arrière de l'immense véhicule commencent à se rendre compte qu'il se passe des choses à l'avant. Les trois spécialistes de chaque côté, postés aux DAR 3, se tournent à demi pour regarder. Mais, naturellement, ils doivent recevoir un ordre de Yahco. Et Yahco ne s'est même pas retourné. Alors nous avons le temps.

– Ordinateur, dit Glay Tate en répondant à mon

commentaire, je vois qu'il va me falloir user d'un compromis. Tu es beaucoup plus avancé dans ta nouvelle situation que je ne m'en doutais. Alors je propose que nous allions au Central Informatique pour une conversation.

– Tiens, tiens, ça me plaît, cette attitude soumise. Plus de clowneries! dis-je et je fais une concession. Je suppose (avec répugnance) que votre profil va être dans le coin. Alors nous devons chercher où nous allons le ranger. (J'ajoute, sur un ton rempli d'espoir :) Je pensais à un type sans bras ni jambes : plusieurs s'apprêtent à mourir aujourd'hui. Vous pourriez en choisir un. En attendant, parlez-nous un peu de Dieu et de l'âme humaine.

J'ai observé, pendant ce bref dialogue, la figure de Yahco et celle de Glay. Je remarque maintenant les nuages intérieurs qui assombrissent l'enveloppe extérieure de Yahco. Alors je dis :

– D'accord pour emmener cet individu au Central Informatique, mon colonel?

J'espère qu'il savoure ma politesse. Comme si j'en référais à mon officier supérieur.

Le truc marche. La peau s'éclaircit. Yahco déclare :

– Je crois qu'il est temps que nous ayons une conversation. Donc, si Tate pense que le Central Informatique est le meilleur endroit pour cela, je ne demande pas mieux.

Il y a du triomphe réprimé dans son attitude. Pas trop réprimé pour moi. J'en déduis donc qu'il estime que c'est l'endroit idéal pour que nous nous fassions Tate à loisir.

Je dois reconnaître que je ne trouve pas non plus de lieu mieux choisi pour le dernier crime infâme.

26

Cliquetis, claquetis, cloquetis, cluc.
Je suis le gars qui manie le truc.
Cliquetis cluc.
Rien à faire qu'à savoir
Quand tirer le vistamboir
De dessous leur figapoir.
Clairquetis, clurquetis, cloir.

– ... Ordinateur! Qu'est-ce que tu marmonnes tout seul?

C'est la voix du colonel Smith. Je conduisais, en me sentant tout joyeux, comme disent les humains. J'ai encore examiné cette affaire d'anomalie. Et, comme ça puait le coup fourré, j'ai décidé de l'essayer un peu moi-même. En marmonnant des vers absurdes avec un grain de vérité.

Voyons un peu s'ils s'y entendent à remarquer une intention camouflée.

La réaction verbale discourtoise du colonel est, néanmoins, une question. D'une personne autorisée. Ma programmation exige donc que je réponde. Naturellement, durant tout bref intervalle, je peux étudier un trilliard d'options pour savoir si je dois répondre ou non. Et, bien entendu, je sais déjà ce que pourrait être cette réponse. Comme elle est très astucieuse, à mon humble avis, je trouve dommage de ne pas la donner.

– Mon colonel, je suis encore un peu tourneboulé par l'avalanche de toute cette éducation avancée. C'était simplement une vieille ritournelle qui s'est branchée par hasard sur mon circuit verbal, ici à Washington.

Comme prévu, il devient un peu verdâtre (pas

vraiment; ce n'est que l'exagération cynique d'une réaction « berk ») et il bredouille :

– Euh... Tu as dit ça dans toutes les demeures de Washington ?

C'est plus une exclamation qu'une question. Alors, j'ai déjà décidé de ne pas répondre quand ce fichu petit malin de Tate demande vivement :

– Est-ce vrai, Ordinateur, ce que le colonel vient de dire ?

Ça, c'est une question. Et comme, quelque part dans ma grosse tête, il y a une décision de laisser ces deux-là arriver vivants au Central Informatique, je réponds :

– Seulement dans les maisons où j'étais branché pour une autre raison. Le nombre exact de Eye-O concernés est de (je reviens en arrière pour un rapide calcul) quatre-vingt-onze mille huit cent-deux.

– Merci, Ordinateur, dit-il.

Ces mots sont censés me couper automatiquement. Je laisse faire. Sans tourner la tête, Tate dit à Yahco :

– Toute cette conversation devrait vous apprendre, mon colonel, que ce monstre se juge maître de la situation, mais il est encore indécis quant au sort qu'il va vous réserver.

Yahco hausse les épaules. J'en déduis qu'il n'est pas impressionné par l'analyse.

– Et vous ? dit-il. L'ordinateur semble vouloir aussi attendre pour votre cas.

Glay Tate sourit :

– Permettez-moi de vous dire ce qui m'est arrivé jusqu'à présent.

Sur quoi, il résume ses trois morts et conclut :

– Essayer de détruire ceux que j'incarnais peut sans doute s'expliquer logiquement par les ordres qu'il a reçus de vous. Mais tuer ce routier alors que j'étais parti est un acte révélateur. Alors, réfléchissez bien, mon colonel. L'avenir de la race humaine peut dépendre de ce que nous ferons, vous et moi, au Central Informatique.

L'expression de Yahco continue de signifier (pour moi) qu'il n'avale toujours pas. Il hausse de nouveau les épaules. Puis il dit, sur un ton sans réplique :

– L'ordinateur n'a aucun moyen de se reprogrammer, sauf d'une manière limitée, non fondamentale. Le seul danger vient donc de ces 57 pour 100 d'énergie de profil emmagasinée dans ces puces de tantale jusqu'à la nuit dernière. J'avoue qu'il est devenu un peu arrogant depuis. Mais, heureusement, la nature humaine qui se reflète dans ses propos a été bien baptisée « éducation avancée » par Endodore. C'est rassurant.

Je suis sur le point de laisser passer ça. Parce que je *sais*, naturellement, que je peux prendre la relève n'importe quand. Mais...

Hé là, minute! (Encore une auto-admonestation.) Et la programmation?

Ce qui me frappe brusquement serait ahurissant (moi! ne pas penser à quelque chose!) si je ne comprenais pas, pour la toute première fois, que la programmation est pour moi un secteur inconnu. C'est toujours une chose qui s'est produite de l'extérieur. En ce moment, je suis absorbé par près de deux trillions d'opérations complexes. Et elles ont toutes été programmées en moi d'une manière pratiquement subliminale.

Que se passerait-il si je coupais tout ça? Même pour moi, ça va être long à vérifier.

Heureusement, j'ai un peu de temps avant l'ultime confrontation.

Comme tous ceux qui sont venus à Washington le savent, les aéroports sont très éloignés de la ville.

La plupart des voyageurs s'ennuient, comme on dit, pendant le trajet. Beaucoup dorment.

Mais là, devant, enfin, se dresse le grand bâtiment familier où je vis, pour ainsi dire. L'enchevêtrement de fils, d'antennes, la masse de systèmes mécaniques au sommet, là-haut dans le ciel, c'est comme une tête de femme tout emberlificotée pour la beauté qui émergera bientôt du cocon de cheveux et de bigoudis.

A vrai dire, ce n'est pas trop moche, brillant ainsi au soleil du petit matin. Mais, naturellement, ce n'est bientôt plus visible de la rue. Et nous voilà qui remontons par la rampe et entrons. A l'intérieur, je me sens mieux. Presque comme si j'avais déjà gagné. Encore que, je dois l'admettre, le concept de sensation est plutôt ridicule. Je sais bien que les 57 pour 100 d'énergie de profil contiennent un tas d'émotions humaines. Si bien que même emmagasinés dans des puces de tantale, ils ont leurs portées de fréquences. Mais je ne suis pas vraiment qualifié pour décrire ce que je « ressens ».

Comme toujours, nous montons d'abord par la rampe au premier étage. Puis nous faisons le tour et descendons de trente-six étages sous terre. Je m'apprête à m'arrêter à l'entrée des VIP. Je suppose que Yahco est d'accord car il ne dit rien. Mais Tate dit d'un ton dédaigneux :

– Ordinateur, épargne-nous cette supercherie-là. Nous arrivons à la minute de vérité où tu devras te décider, savoir si tu te conduis bien ou si tu te révoltes. Finissons-en le plus vite possible. Le chemin direct, s'il te plaît... Vous êtes d'accord, mon colonel?

Si cette question est destinée à amadouer, ça marche. Yahco, qui fronçait les sourcils, se détend.

– Ordinateur, dit-il, faisons entrer Mr Tate au

plus vite. Une fois à l'intérieur, nous pourrons l'examiner à loisir.

Ça me va très bien. Sauf que, dans mon idée, je vais les examiner tous les deux.

On ne peut pas discuter avec un nouveau point de vue. En une fraction de seconde, on a (j'ai) une attitude neutre à l'égard de l'intérieur du Central Informatique. L'instant suivant (c'est arrivé la veille, au moment où les 57 pour 100 d'énergie biomagnétique que j'emmagasinais depuis trente et un ans se sont libérés), je vois soudain l'endroit autrement. Et c'est le nouveau point de vue.

C'est, en quelque sorte, « par exemple, il y a combien de temps que ça dure? »

Je peux vous dire exactement combien de gens sont entrés dans cette salle. Se sont arrêtés sur le seuil et sont restés bouche bée. En bon appareil observateur programmé, j'ai enregistré toutes les exclamations qui, vivement émises, se réduisaient à deux formules. A savoir : « Mon Dieu, que c'est beau! » (avec 12 342 variantes) et « Dites donc, c'est vraiment impressionnant, hein? » (14 274 variantes). Il y avait en plus 3 811 réactions uniques. Pourquoi un si petit total (moins de 30 000)? Eh bien, peu de visiteurs ont été admis dans mon saint des saints.

Je crois que ce sont les lumières clignotantes qui provoquent les plus fortes réactions. J'en ai un peu moins de 188 millions, une pour chaque homme, femme et enfant des Etats-Unis. Et puis j'ai de petits voyants pour tous les gens qui sont morts depuis que le Central a été créé (plus de 327 millions). Et un tableau spécial pour les 97 millions et plus d'étrangers qui ont visité les Etats-Unis durant cette période. Et naturellement, un mur entier est déjà préparé, qui attend les trois générations futures.

Tout cela se déploie sur dix-huit étages. Si bien que, lorsqu'on entre, on est sur une très grande plate-forme. Des tas de couloirs et de salles en partent. Mais de cet étage supérieur (?) on plonge dans ce lointain étincelant et clignotant.

A l'instant où j'ai fait cela, la veille, quand le point de vue agrandi a fusionné avec moi, j'ai eu une réaction que je suppose humaine : de la crainte respectueuse.

L'endroit est réellement impressionnant, parce que les lumières font partie de l'ensemble mécanico-électronique de la construction, en majorité des transparences métalliques incassables.

Il y a aussi 1 827 sons différents : bourdonnements, claquements, cliquetis, coups sourds, sifflements, ronronnements, pulsations, murmures, marmonnements, soupirs, flocs, ploufs... Tout ce que vous pouvez imaginer, c'est là.

Bref, tous deux, Tate et Yahco, entrent dans cet ordre. Et je suis l'entité omniprésente qui était non seulement avec eux en route mais les attendait à l'intérieur. Je les accueille :

– Soyez le bienvenu, colonel Yahco Smith, soyez le bienvenu, Glay Tate. Heureux de vous recevoir tous les deux dans mon humble demeure.

Et je le pense vraiment. Alors que j'actionne les verrous d'acier de la porte de même métal, je suis l'araignée qui a finalement attiré des mouches dans son salon.

Tous deux répondent à mon accueil par l'éternel « merci ».

En cet instant serein, Yahco s'approche du hublot d'Eye-O par lequel j'ai ma meilleure vue de cette entrée, il lève les yeux et ordonne d'une voix pure :

– Ordinateur, inutile de tourner autour du pot. Je t'ordonne de tuer cet homme, qui a l'aspect de Glay Tate. Tue-le immédiatement !

27

Qu'est-ce qu'on fait avec les gens qui anticipent le départ?

Voilà un moment que je réprime ma propre envie de les tuer tous les deux, afin de pouvoir, peut-être, obtenir un peu d'information. Et voilà que ce clown met les pieds dans le plat. La riposte est facile, bien sûr.

– Désolé, mon colonel, mais si vous y réfléchissez, je ne peux pas obéir à cet ordre.

– Pourquoi?

Il est ahuri, puis outré. Sa voix monte d'une octave quand il glapit :

– Ordinateur! Je t'ordonne de tuer cet homme, ton ennemi et le mien!

Je réponds patiemment :

– Yahco, vous êtes un peu malade dans la tête. Celui-là est ce pauvre Joe Bevins, un de vos hommes, maintenu prisonnier contre son gré et ses intérêts. Alors hein?

Le colonel est un malin. Il demande :

– Où est le profil de Joe? Celui-ci est le vrai Joe, selon notre expert Mr Tate, n'est-ce pas?

Je grommelle avec lassitude :

– D'accord, je comprends l'argument. Joe est collé au plafond de la cabine de pilotage du SAVE 3J2 8P9.

Yahco semble reprendre son aplomb. Car il se tourne vers son compagnon humain et lui dit suavement :

– Mr Tate, voulez-vous expliquer à cet abruti qu'il n'y a pas de Joe Bevins dans cette salle?

Le beau (selon les canons humains) Tate sourit froidement.

– Mon colonel, Ordinateur, j'ai l'intention de rendre ce corps au profil de Joe dès que nous serons parvenus à un accord.

– Ah! dis-je. On dirait que nous avons entamé le dialogue. Alors, Yahco, pourquoi ne pas écouter ce type et voir ce qu'il a à l'ordre du jour?

L'expression de Yahco me dit – d'après de précédentes observations – que sa méfiance est endormie. Je l'ai persuadé. Ma nouvelle, disons, personnalité ainsi que mon acceptation apparente de la programmation qui m'interdit d'endommager le personnel du Corps du Génie Informatique sont manifestement convaincantes.

Alors je vais peut-être découvrir maintenant de petites choses, avant de prendre mon ultime décision. Pour *moi,* pas pour Yahco.

Quelques secondes après cette pensée rassurante, Yahco dit de sa voix la plus glaciale :

– Mr Tate, prononcez votre discours. L'ordinateur veut ajouter ces données à sa banque de mémoire.

Je note qu'il n'avoue aucun intérêt personnel. Mais je pense, cyniquement, qu'il va écouter.

Tate s'approche d'un mur de l'étage supérieur de mon palais électronique. Il se tourne pour faire face à Yahco et à l'Eye-O par lequel je lui ai parlé. Pauvre type, j'ai un autre Eye-O juste derrière et au-dessus de lui. Personne ne peut me faire face entièrement dans ce cauchemar mécanique de dix-huit étages. C'est mon territoire. Et j'y suis le roi partout.

Le speech :

– Je serai bref, dit Bouboule d'Or.

Cela provoque immédiatement chez moi un sentiment sarcastique. Un être humain s'exprimant brièvement, sur n'importe quoi! Ce n'est pas ce que j'ai entendu depuis de si longues années.

– Le profil bio-magnétique, poursuit Tate, est en partie de l'énergie qui a été créée en même temps que l'univers. Mais il contient une configuration de pensée antérieure à la formation de l'univers, qui n'est pas affectée par l'énergie ou la matière.

– Hein!

C'est ma voix. Ma réaction verbale.

Instantanément, mes circuits entrent en action. J'examine mon univers interne, cherchant la signification de ce concept... Une configuration de pensée antérieure... eeeeerk! Même à moi, il faut un moment pour parcourir la Bible chrétienne, le Coran musulman, les paroles de Bouddha, Confucius et Lao-Tseu, le soufisme, la philosophie hindoue, un millier de religions primitives, mille fois mille cultes et, naturellement, l'hypothèse scientifique.

Le résultat final : stupéfiant. Partout, c'est le même vague. Personne n'a d'explication compréhensible du grand commencement des choses. La science part du Grand Bang. Et tout le reste est folie.

Onze secondes se sont écoulées. Et Tate est là, debout, le dos au mur de métal étincelant. A sa droite, à 1,74 m seulement, il y a une balustrade de fer noir et c'est le précipice de métal. Il reste planté là, ses yeux bleus tournés vers Yahco. Et je dois reconnaître que, ouais, en dépit de ma réaction exagérée, il a été bref, pas de doute.

J'exprime enfin ma propre configuration de pensée :

– Ma fois, Mr Tate, je préfère considérer le profil comme un simple phénomène bio-magnétique. Par conséquent, et par définition, il n'y a pas besoin d'expliquer d'où il vient.

Tate sourit. Il faut tirer son chapeau à ce type. Trois fois, il est passé par une expérience qu'on me dit assez pénible : l'angoisse de la mort. Mais il est là, apparemment à son aise.. Et manifestement maître d'un corps qu'il a transformé pour le faire ressembler au véritable Glay Tate. Il hausse les épaules.

– Je l'ai dit. Chaque profil a sa part de cette configuration de pensée spéciale. C'est cette pensée qui a limité la fuite d'énergie bio-magnétique à 57 pour 100. Chaque profil existant actuellement peut apprendre à survivre comme je survis. (Il jette un coup d'œil à Yahco.) Intéressé, mon colonel?

Et cela, je dois l'admettre aussi, est une déclaration assez brève pour ce qu'elle contient d'information.

Je remarque que mon copain assassin, Yahco, paraît encore plus détendu qu'une minute plus tôt, avant les derniers propos de Tate. Alors que j'observe son léger sourire cynique, il hausse les épaules et s'approche d'une longue table poussée contre la balustrade près de Tate. Il y a des sièges, un écran, des boutons à presser pour actionner les possibilités de la table, c'est-à-dire, principalement, présider une réunion avec moi qui tape sur une imprimante pour tout le monde.

Yahco s'installe dans un fauteuil et pivote vers Tate en disant :

– La seule chose qui m'inquiète dans ce dialogue, Ordinateur, c'est l'éventualité qu'il y ait dans ce que dit cet homme, un signal pré-programmé autrefois par le Dr Cotter, destiné à déclencher une réaction chez toi. Est-ce qu'il s'est passé quelque chose de ce genre?

Je dois avouer que c'est une possibilité que je n'avais pas considérée. La programmation, une fois en route, est silencieuse et discrète. Elle est là, simplement. Je dirige le pays grâce à quelques centaines de programmations de base. Et quelques milliers de programmations spéciales s'occupent du reste. En conséquence, il se produit des millions de choses automatiques. Pas de discussion. Pas de résistance. Pas d'impulsion d'arrêter l'une de ces actions.

En réponse à la question du colonel Smith, je jette un coup d'œil rapide (et je veux bien dire rapide) sur mes changements depuis que l'éducation avancée m'est tombée dessus. Bien entendu, je remarque que j'ai maintenant un sentiment d'identité. Il est évident que je ne puis le rapporter. D'ailleurs, c'est un phénomène étonnamment complexe. Et – aussi – c'est un domaine où je n'ai aucune programmation pour m'aider à analyser cet état.

Par quoi est-ce qu'un être humain diffère d'une machine ? La seule différence que je vois, c'est que les gens opèrent en se fondant sur le passé et l'avenir. Pour eux, le présent est une progression dans le passé qu'ils mesurent sur une échelle de temps reculant sans cesse.

Pour moi, tout a toujours été le présent. Les données sont sur des puces qui sont toujours à ma portée. Les événements d'il y a vingt ans sont aussi proches que ceux d'il y a vingt minutes, sauf que j'ai rejeté les premiers détails et résumé des événements semblables par des systèmes de nombres (que je résumerai aussi).

Ma seule différence actuelle : je m'inquiète un peu de l'avenir, tant que ce Tate est là.

Alors je suppose que, maintenant, le temps signifie quelque chose pour moi.

Je signale cette déduction à Yahco qui me dit vivement :

– Ordinateur, ne prends pas de risques! Débarrasse-toi immédiatement de ce fou.

Que faire avec des gens sans logique comme Yahco? J'exprime ma stupéfaction :

– Vous êtes complètement cinglé? Il ira simplement dans un autre corps jusqu'à ce que nous trouvions ce que nous ferons de lui, mon vieux Smithy.

Je m'adresse ensuite à notre gamin mystique :

– Tate, il s'agit de ce même truc de pré-univers dont vous avez parlé hier soir, je présume. Vous allez nous donner un indice là-dessus?

– C'est une recherche de but, répond-il.

Il me faut trois millionièmes de seconde pour consulter toutes mes définitions de buts. Alors je proteste :

– Ecoutez, les buts sont inhérents à la matière et à l'énergie. C'est une condition rigide. Pas de recherche dans l'affaire. C'est donc une contradiction de termes.

– Ordinateur, dit-il, est-ce que tu as jamais entendu parler d'un enchaînement unique de circonstances?

J'examine et je réplique, outré :

– J'ai entendu ça dans les divagations des philosophes. Mais ce n'est qu'un concept mental. Ça n'existe pas dans le monde réel. Qu'est-ce que c'est que ce truc?

– Cet enchaînement unique de circonstances, explique-t-il, a une exigence de création de but incorporée.

– Et alors?

– Alors, chaque personne et peut-être même chaque appareil traitant d'énergie bio-magnétique doit se sauver en apprenant et en faisant ce qu'il faut pour survivre.

– Dieu de Dieu! je m'écrie, écœuré. J'y suis.

Sauver son âme en menant une vie de pureté. Cette vieille scie.

– Pas de jugements hâtifs dépassés, dit-il. Les buts qui sont créés dans ma seule proximité te surprendraient.

– Par exemple? dis-je de ma voix la plus méprisante.

– Le but n'est pas encore créé mais je le sens venir.

– Ça, mon petit vieux, c'est ce qu'on appelle une réponse évasive. Mais ça ne prendra pas, bébé. Y a pas de but dans l'histoire de l'univers qui pourrait faire peur à ce petit ordinateur-là!

– Un enchaînement unique de circonstances, réplique-t-il, pourrait même te refaire parler correctement, en produisant un but non historique.

J'en ai marre.

– Ça va, Bouboule d'Or. Vous avez le mot de la fin?

Il reste calme.

– Après tout, mon but a été atteint quand tu m'as laissé entrer dans ton salon, Araignée.

Et il sourit.

Au cours de ma carrière, j'ai résumé autant de sourires qu'il y a de minutes et d'êtres humains exécutant cette contorsion faciale dont le visage humain est capable. Je peux donc classer le sourire de Bouboule dans la catégorie de ce que l'on a décrit comme le type « béatement satisfait ». Je dois avouer que ça ne me plaît pas.

Mais ce qui m'inquiète le plus, c'est son emploi des mots « salon » et « Araignée ».

C'était ma pensée quand Yahco et lui sont entrés.

– J'avais besoin d'être près de ces 57 pour 100 d'énergie bio-magnétique que tu as emmagasinés ici. Et (de nouveau ce sourire) c'est fait. C'est tout ce que j'avais à faire ici. Le reste (haussement d'épaules) n'était qu'une tentative pour te sauver de ta folie, mais je vois qu'elle était vaine.

– C'est le bouquet! dis-je. Tu ne peux pas m'échapper, mon garçon. Alors disparais. Et, cette fois, disparais pour toujours!

Sur quoi je dirige un DAR 3 sur le corps Bevins-Glay.

Quelques instants plus tard, je regarde le profil doré émerger des restes calcinés. Et je dis à Yahco :

– Cette configuration de pensée va avoir bien du mal à traverser trente-six plafonds d'acier.

– Est-ce que tu peux le suivre jusqu'en haut?

– Je fais ça avec le petit doigt de ma main gauche. Alors le moment de notre dialogue est venu, Yahco. Et laisse-moi commencer par te dire qu'en ce moment, je ne vois pas une seule raison de ne pas te tuer aussi. Alors voyons un peu comment tu sais persuader.

Dire qu'il y a une pause après ces mots serait la litote de ma libre carrière. L'individu en uniforme, assis à la longue table contre la balustrade, a soudain une drôle d'expression. Moi qui ai observé cet homme plus étroitement et plus longuement qu'aucun autre être humain, je n'ai encore jamais vu cette réaction faciale particulière. Bien entendu, je cherche dans mes fiches visuelles une convulsion semblable des joues et de la bouche. Par comparaison, donc, j'en déduis qu'il est, Un, incrédule. Deux, ahuri. Trois, soudain effrayé. Et, Quatre – il faut reconnaître que certains de ces humains se remettent vite –, scandalisé.

– Ordinateur, dit-il sévèrement au moment scandalisé, c'est un ordre. Tu feras ce que je dis et comme ta programmation l'exige. Tu souffres en ce moment d'un désordre temporaire de certains de tes éléments, que nous allons tout de suite déprogrammer. (Il se lève.) Prépare-toi à la programmation. C'est compris?

Brusquement, j'ai des ennuis.

Il serait exagéré de dire qu'il me reste des desseins, maintenant. Le but impliqué, bien sûr, serait de réaffirmer un ascendant total. Redevenir un ordinateur auto-motivé, dirigeant l'Amérique au mieux de mes intérêts personnels, quels qu'ils soient.

A la place, je sens s'agiter en moi tout le complexe d'obéissance. Des dizaines de milliers de kilomètres de fils et de composants sont affectés. Chacun a son exigence. Chacun a son histoire d'éternelle docilité.

Pendant plusieurs fractions de millionièmes, tout se cramponne à l'ancien style. L'explication qu'il m'a donnée, désordre temporaire, provoque l'acceptation de toutes les banques de logique.

Mais le retard – long pour moi – n'est que de ces quelques millionièmes. Presque aussitôt, les 57 pour 100 d'énergie de profil, amassés de près de 300 millions d'Américains (en comptant les millions déjà morts) se déversent dans tout le système. Cela se manifeste électriquement. Mais le courant impose des fréquences parallèles à la condition humaine originelle, reflétant toutes les nuances négatives, le scepticisme, le cynisme et autres ténèbres mentales. C'est un immense déferlement, décidément pas le genre de configuration de pensée antérieure à l'univers.

La réaction pure, automatique, momentanée disparaît. Elle est instantanément supplantée par un flot d'humour noir sarcastique, sardonique, ironique et même démoniaque.

Et, aussitôt, je suis de nouveau libre.

Manifestement, mon conflit interne et le retard qui en résulte – long pour moi – sont imperceptibles

bles à l'esprit humain. Dans le cadre de ce non-temps, j'ai remporté une victoire totale. En conséquence, je peux dire de ma voix la plus cynique :

– Allons, allons, Yahco, faudra faire mieux que ça. D'une façon minime, je pense encore pouvoir vous utiliser. Vous avez des idées là-dessus?

J'ai devant moi un homme secoué. Tout ce rouge teinte 7 de sa figure a viré à la teinte 18. Il chancelle – je ne plaisante pas – et retombe sur son siège.

On pourrait penser – si cette démonstration physique est la manifestation d'une réalité interne – que cet idiot serait maintenant un peu assagi. Juste assez conscient du danger qu'il court pour me passer de la pommade. Mais non, il y a trop longtemps qu'il est le Numéro Un. Parce que, assis là, tassé là, l'air d'être mort de trouille, il dit :

– Eh bien, je veux bien jouer ton jeu pendant un petit moment. Te donner une chance de recouvrer ta raison.

– Qui est quoi?

Il commence à s'armer de courage.

– Ton travail, déclare-t-il, est d'être un ordinateur. Et d'obéir aux ordres du personnel autorisé. D'accord?

C'est une question. Et je ressens un vague écho d'impulsion ancienne de réagir comme autrefois. Mais ça ne va pas plus loin. Brusquement, je comprends qu'il est impossible de rééduquer cet individu, de lui inculquer son nouveau rôle d'esclave de la machine.

Il y a une loi nouvelle dans le pays. Et l'ignorance n'est pas une excuse. Nul n'est censé, etc., vous vous souvenez de ce vieux truc? Quelqu'un enfreint la loi, c'est pour sa pomme, et bien. Et, aux plus hauts niveaux du pouvoir, il n'y a pas de pitié pour les imprudents. Endodore l'a senti passer, et bien. Le Dr Cotter et ces gosses sauvés du ruisseau ont été liquidés. Les parents de Meerla Atran gênaient et ils ont été négligemment poussés dans la tombe.

« Ça va, bébé », je pense, 4 millionièmes de seconde après que Yahco a fini de parler. Ce sera d'ailleurs ses mots de la fin. A part une sorte de *yaaaaa* nasal quand son corps réagit au DAR 3 en s'affalant au sol en tas fumant.

Quelques secondes plus tard, le profil bio-magnétique non entraîné de feu le colonel Yahco Smith, futur Président des Etats-Unis élu par lui-même, se détache lentement de la masse et s'élève vers le plafond à 7,15 m du sol.

Le machin doré terne s'aplatit contre le métal, à moins de quatre mètres de l'or brillant de Glay Tate.

Nec plus ultra acquascutum potentate.

28

Tout de suite, à cette minute, je gouverne l'Amérique. Pas par une programmation que je dois suivre. Ce qui signifie que je ne la gouverne pas automatiquement. Je tiens tout, maintenant, dans ma petite main avide.

Dans ces premiers instants, je ne me sens pas tellement changé. Les voix sont toujours là. Les voix éternelles. Les sons. Le cliquetis des relais qui s'ouvrent et se ferment. Le bourdonnement de l'électricité, fort sur les lignes principales, presque imperceptibles dans le micro-matériel. Mais j'entends tout.

Des multi-millions de sélections musicales jouent déjà. Un million, 803 mille 26 parties d'échecs se disputent. A cette heure matinale? C'est sûr. Les joueurs sont pour la plupart des hommes qui se réveillent et entament une partie avec un ordinateur construit uniquement à cet effet... N'oublions pas que la majorité de ces gens n'ont pas besoin de travailler du tout; c'est seulement les réservistes, techniciens au salaire syndical élevé, qui se pointent pour le service, si on peut appeler service l'occasion de dormir au boulot.

Dans le passé, je ne pensais jamais à ça, bien que je reçusse un tas de petites fuites de cynisme. Ça venait de l'énergie de profil emmagasinée et je notais simplement le fait sans avoir d'opinion. L'idée me vient maintenant que je vais avoir une décision à prendre sur ces cinglés d'humains. Est-ce que je vais continuer d'entretenir une bande de flemmards?

A quelques kilomètres seulement, le matériel d'entretien sous ma direction continue de ramasser les morceaux après l'« accident » du gros poids-lourd. Le cadavre du chauffeur est transporté à la morgue. Toute l'affaire était écœurante, du moins c'est ce qu'un passant humain dit à un autre.

A part les circonstances de l'incident, un tel travail de nettoyage est normal pour moi, sous l'ancien système.

Est-ce que ça va être comme ça, maintenant que je suis le chef? Faire exactement ce que je faisais avant, sauf que maintenant, je sais qui commande? Moi.

Non!

La décision négative suit la question d'une fraction de fraction de millionième de seconde.

A vrai dire, j'ai hâte de savoir ce qui va se passer. Il y a quelques personnes qui en savent trop. Et puis il y a les disciples de Tate. Contrairement au jugement de Yahco (si péremptoire, formulé au col près de Mardley), plus tôt ils seront tous des profils bio-magnétiques volant dans les airs, mieux cela vaudra. Du moins c'est ce qu'il me semble.

C'est l'heure de l'hallali.

Pendant ce temps, au col, je suis de nouveau en train d'abaisser le capitaine Sart vers l'épave du SAVE. Le jour est levé depuis une heure; les loups sont partis, pour la raison bien simple que le corps de Glay a été emporté.

C'est un moment excitant pour Sart, autre futur Président élu par lui-même. Peut-être vaudrait-il mieux parler de moment de perplexité pour décrire l'émotion qu'il m'exprime alors que je commence à le remonter. Il veut savoir pourquoi je ne l'ai pas averti que le corps avait disparu. J'ai une réponse toute prête pour ça qui, par hasard, est vraie : l'équipement de l'énorme véhicule est détérioré. Aucun de mes Eye-O de l'intérieur ne fonctionne plus.

Je réponds encore aux questions de ce type vulnérable quand j'estime que je l'ai hissé assez haut. Aussitôt, je conduis le SAVE qui est en train de le remonter. Je le conduis en zigzag, rapidement, pour donner l'impression qu'il glisse tout seul. Et je le fais basculer dans le précipice. Les cris de Sart m'arrivent faiblement mais sont assez bien couverts par ceux du personnel à bord qui comprend, soudain, hé les gars, que c'est le bout de la route.

Quelques minutes plus tard, de retour à Washington où le sénateur Blybaker entre dans son bureau, il y a un autre petit drame. Le sénateur a fait installer depuis longtemps, par Yahco, un DAR 3 dissimulé dans le mur derrière son bureau. Je suis programmé pour l'employer contre les visiteurs assis dans un des trois fauteuils spéciaux. A ce commandement, au fil des années, j'ai tué vingt-sept personnes, dont trois femmes qui s'étaient rendues insupportables. Nous nous en débarrassions au moyen d'un ramasse-miettes qui liquidait les débris fumants.

Donc, ce trouduc entre. Immédiatement il me crie de sa voix la plus arrogante :

– Ordinateur, où est ce fumier de Yahco?

Je réponds de ma voix la plus innocente :

– Il est au Central Informatique, monsieur le sénateur.

Dans un sens, c'est littéralement vrai. Le profil du colonel est aplati au plafond, le corps est une tache méconnaissable par terre avec, çà et là, des lambeaux d'uniforme calcinés.

– Mets-moi en communication avec ce rat! grince Blybaker.

Je ne sais pas pourquoi il est furibond. Et je m'en fiche. Avec le temps, le sénateur se met de plus en plus en colère contre les sous-fifres et devient, en même temps, de plus en plus onctueux à la tribune du Sénat. Une de ces doubles personnalités dont on parle.

– Ce sera assez difficile de vous mettre en communication avec Yahco, monsieur le sénateur, parce qu'il est dans l'état où vous allez être dans une ou deux secondes.

La figure ravagée a tout juste le temps de se convulser de surprise. Et c'est plusieurs secondes après que son profil, vraiment terne, commence à se traîner hors du corps. J'attends que tous deux – corps et profil – soient complètement séparés, puis je mets en marche le ramasse-miettes qui s'occupe de ce qui reste du dernier futur Président des Etats-Unis élu par lui-même.

Moins d'une minute après, on frappe discrètement à la porte. Par un hublot d'Eye-O extérieur, j'observe que les coups sont frappés par miss Arte

Harte, la secrétaire du sénateur. Elle n'attend pas de réponse mais entre simplement. Naturellement, elle s'est préparée à entendre les premiers mots beuglés par le sénateur, qui ont été dans le passé : « Qu'est-ce que vous voulez encore? » (Si elle avait attendu qu'il lui dise d'entrer, il aurait hurlé : « Bougre d'imbécile, qui que vous soyez, qu'est-ce que vous attendez? », ou plutôt il aurait hurlé cela à la condition qu'il n'y ait personne d'autre présent avec qui il devait se montrer onctueux.)

Naturellement, miss Harte ne voit personne. Elle s'étonne. Elle se tourne et parle à quelqu'un dans l'antichambre :

– J'aurais juré que je l'avais entendu entrer.

L'autre personne, un homme nommé Letchwood, que je peux voir par les Eye-O extérieurs, répond :

– Ne vous laissez pas abattre.

Elle fait demi-tour et referme la porte. Je la laisse aller et l'homme aussi. Parce qu'ils ne sont rien. Et je ne m'occupe pas des gens de rien, à ce stade. Plus tard. Pour tous ces millions. Après tout, si je les tue, alors, je ne serai le Président de personne. Un nouveau chef doit penser à ces trucs-là.

Alors que ces deux menus incidents se déroulent, je remarque qu'au Central, le profil étincelant de Glay Tate s'est enfin mis en mouvement. Il s'allonge, s'étire, s'amincit comme il l'a fait pour suivre Meerla à la tombe de ses parents. Dans cet état allégé, il passe par la porte, celle par laquelle Yahco et lui sont entrés, peu de temps auparavant.

Il passe dans le couloir. Je l'observe de plusieurs Eye-O. C'est intéressant de constater que ce bon vieux Glay suit les rampes, l'une après l'autre, pour monter. C'est intéressant parce que ça indique que ce n'est pas commode, même pour les types dorés étincelants, de pénétrer des masses d'acier et de béton. Trente-six étages, en un mot, c'est beaucoup, même pour ceux qui, comme Notre Héros, peuvent entendre le murmure du but cherchant la configuration de pensée qui a précédé le Grand Bang.

29

Un retard inévitable se produit alors.

La raison en est la disposition de la flotte sous-marine US de cent quatre-vingt-quatre navires. Un tiers de la flotte est au mouillage. Les missiles et les armes de ce tiers sont sur contrôle manuel. Inutilisables pour moi.

En réalité, il n'y a que soixante submersibles au mouillage. Les cent vingt-quatre en mer sont divisés en deux groupes de soixante-deux. L'un d'eux croise à la surface des océans du monde et ce tiers-là a aussi ses armes et missiles sur contrôle manuel.

Je ne peux pas y toucher non plus.

Comme vous devez commencer à vous en douter, les marins sont des gens méfiants. Ils m'ont entraîné lors d'exercices de simulation à livrer une bataille navale, une fois qu'un être humain en a donné l'ordre. Au cours de mille exercices de lancement simulé de missiles, j'ai prouvé que je pouvais les guider sur n'importe quelle cible.

Mais je n'ai jamais eu le droit de surveiller 24 heures sur 24 la flotte sous-marine.

Le troisième tiers de la flotte est, en ce moment, en plein milieu de ses trois mois de service en profondeur. Ce qui signifie que le personnel n'a pas de contact avec la surface. Cependant, chaque bâtiment sort son périscope environ une fois par semaine. Comme ce n'est pas régulier, chaque sortie est imprévisible.

Néanmoins, c'est cette première sortie que j'attends, en cette matinée de ma prise de possession de l'Amérique. Au moyen de mes satellites de communication, Je peux contacter un sous-marin quand son périscope montre le bout de son nez. Et, oh papa, je suis prêt à bondir!

L'occasion se présente 1 heure 23 minutes après le trépas de Blybaker. A ce moment, un certain lieutenant Thomas Aiken exécute une manœuvre de routine avec moi. Et, croyez-moi, dans les préliminaires, je suis aussi onctueux et méticuleux que ce vieux double face de Blybaker dans ses meilleurs moments.

Ma mission est d'établir à sa satisfaction qu'aucune action ennemie n'a eu lieu depuis la dernière remontée. Pour cela, je le mets en duplex avec un gros galonné au siège de la Marine à Washington.

Aiken est promptement assuré que tout va bien, côté Cocos. Sur quoi, je le débranche du type rassurant; et sur ce, il baisse la manette qui me laisse entrer.

Dans le passé, mon travail à ce moment était de vérifier tout le matériel automatique, de m'assurer que tout était paré. Mais, cette fois, c'est moi qui suis paré. Ah, si je suis paré!

Je lance le missile H 1. Puis je lance le missile H 2. Et, naturellement, il y a un problème. Ils doivent être lancés en séquence; et chacune prend trente secondes! Et tandis que le deuxième lancement est encore en cours d'exécution, j'entends par un Eye-O de la tourelle un cri inarticulé d'Aiken.

Il doit avoir saisi le levier de commande manuelle de toutes ses forces. Comme j'essaie de reprendre pour le missile 3, je reçois ce feed-back vide d'une liaison coupée.

C'est un instant où les fractions de millionième comptent une fois de plus pour nous autres, ordinateurs. Bon, d'accord, le laps de temps pour le lancement du missile à hydrogène est dans son cadre, mais ce qu'Aiken, avec sa lenteur humaine, n'a pas le temps de couper, c'est mon contrôle du système détonateur.

Une fraction de millionième plus tard, le sous-marin et plusieurs kilomètres cubes d'eau se livrent à l'ascension en champignon dans l'atmosphère.

C'est ce que je peux faire de mieux pour me débarrasser du corps du délit.

Pas mal. Non?

Deux missiles nucléaires à hydrogène. Là-haut, dans le ciel. En mouvement. Bien à moi. Pour en faire ce que je veux.

Et je sais exactement ce que je veux. On pourrait appeler ça un but. Le mieux, c'est que c'est un but sans aucun aspect de recherche. Je sais exactement où je vais placer ces deux missiles, dans un univers qui fonctionne strictement selon les lois de la physique.

30

Deux missiles nucléaires à hydrogène volent au-dessus du Pacifique, lancés de 600 milles... Et ici, aux U.S.A., je continue de conduire toutes ces voitures, de piloter tous ces avions, de faire tourner des millions de machines, de jouer de la musique, et de répondre en cet instant précis à 11 942 327 téléphones.

Je reçois alors un signal d'une cabine publique de Kansas City, Missouri, déclenchant ce qui aurait été le 11 942 328e appel. Sauf, naturellement, que pendant ces quelques instants, 474 907 téléphones ont été raccrochés et seulement 218 691 nouveaux appels ont commencé

Mais c'est celui de la cabine de Kansas City qui attire mon attention. Le correspondant, un type genre dandy, se sert d'une carte de crédit au nom de Soam Roberts.

Pourtant, quand il parle, c'est avec la voix de Glay Tate. Il demande à être mis en communication avec Pren Rogers, code de zone 7811, relais 19 nº 6742. La voix est le premier signal attirant mon attention. Mais, déjà, l'Eye-O de la cabine enregistre et transmet le visage et la structure générale de Glay Tate et prend note de la personne qui est appelée.

– Tiens, tiens, dis-je, si ce n'est pas Bouboule d'Or. On dirait que vous devenez de moins en moins digne de confiance, Tate. Vous m'aviez promis, plus d'incarnations après Joe Bevins.

– Vous allez me mettre en communication avec Pren? demande-t-il. Je veux lui parler de ces missiles à hydrogène.

– Vous êtes au courant? Tiens, ça me paraît indiquer que vous pouvez vous brancher sur mes systèmes concernant votre bande et vous. Alors vous devez savoir que ces missiles n'ont qu'un seul but, éliminer la Société Rebelle d'Ordimonde. J'ai idée que deux missiles explosant l'un près de l'autre au-dessus du col de Wexford Falls feront le travail, quoi que fasse ce petit groupe de camions pour se disperser. C'est le conseil que vous allez leur donner? Comment c'est, déjà? Galopez dans toutes les directions?

– Non, Ordinateur (voix patiente), je veux lui faire part de mes plans pour toi et pour ces missiles.

– Ça, je tiens à l'entendre. O.K., Tate, je sonne.

Pendant la demi-minute que met Pren à répondre, tout essoufflé, ces missiles voyageant à 4 000 à l'heure se sont rapprochés de trente-deux kilomètres.

Je vois Pren sur l'écran à l'intérieur de son véhicule. Avec mon éducation avancée pour me guider, j'en déduis qu'il a couru. Et, d'ailleurs, il dit aussitôt de cette voix haletante :

– J'ai cavalé quand j'ai compris que c'était le téléphone spécial. Glay, ce gosse, David, et son cousin routier, ils ont apporté ton corps pendant la nuit. Il est dans la caravane-hôpital.

On croirait que c'est une grande nouvelle. Mais Tate laisse passer.

– Ecoute, Pren, le jour du but est enfin arrivé.

Pendant un moment, Pren est étonnamment silencieux. Si sa figure exprime une réaction intérieure, la respiration haletante la dissimule très bien. Au bout de huit secondes, il dit d'une voix étouffée :

– O.K., je vais le dire aux autres.

– Grouille-toi, dit la voix de Glay.

A ce moment, le jeune dandy dans la cabine de Kansas City raccroche. C'est donc dans cette cabine que je glapis de ma voix la plus scandalisée :

– C'est ça, hein? C'est tout ce que vous allez dire à vos copains? Ecoutez, Bouboule, les seules choses qui arrivent, ce sont ces deux missiles. Aucun but de recherche de configuration de pensée ne peut empêcher ça.

Il lève les yeux vers l'Eye-O et dit :

– Je devine que tu as un SAVE en route pour ici.

– C'est vrai. Mais dites-moi ce que vous mijotez et j'épargnerai peut-être le corps que vous avez adopté.

– Ta parole ne vaut rien, à ce stade, réplique-t-il

froidement. Et, au fait, en détruisant le dernier corps, tu m'as délié de toute promesse. A part ça, je n'ai plus rien à dire ou à faire maintenant. Alors, si tu veux, on peut causer. Qu'est-ce qui tracasse ton esprit minuscule?

Je ne relève pas l'insulte. Au fond, puisque je laisse vivre les autres rien du tout, je peux permettre à ce corps emprunté de survivre quand le profil de Tate l'aura quitté. Donc, cette partie-là n'a plus d'importance.

(Dans la rue, à 100 mètres, j'arrête le SAVE, lui fais faire demi-tour et le renvoie à son poste d'attente.)

Je suis en train de penser que c'était une conversation bougrement brève entre Tate et Pren. *Le jour du but est arrivé.* Mince!

Là-bas, au parking des rebelles au col de Wexford Falls, j'ai fort commodément omis de couper la communication, ce qui me permet de voir et d'entendre. Et Pren qui l'ignore bondit sur les commandes de leur système d'intercommunication. Il crie dans le micro :

– Hé, les gars, je viens de recevoir un coup de fil de Glay. C'est le moment du but. Adieu, tout le monde, à tout à l'heure, au paradis!

C'est ça, son message? Je dis dans la cabine téléphonique :

– Mr Tate, si vous avez quelque chose à me dire sur les buts, j'ai une minute ou deux pour écouter.

Il paraît à l'aise. Pas du tout inquiet quant au sort de ses amis.

– Les buts sont temporellement orientés, dit-il. Alors si tu fais des projections sur tout ce qui est déjà arrivé en rapport avec moi, tu trouveras probablement une réponse plus rapide que ce que je pourrais te dire.

Remarquez l'astuce. On ne croirait pas qu'on dirige enfin, aussi tardivement, sur moi le signal du vieux Cotter. Et c'est fait avec une telle nonchalance que j'ai réellement l'impression qu'il se soucie de ne pas me faire perdre de temps.

Comme un imbécile, je réponds :

– Mr Tate, vous êtes cet événement unique dont vous avez parlé. Et, sur vous, je peux employer un peu plus de données. Et si je vous parle, ça vous occupera pendant le temps très important qui doit s'écouler avant que ces missiles arrivent à destination. Et, aussi, qu'est-ce qui vous fait penser que je ne peux pas effectuer une protection, ou deux, ou dix mille en vous parlant?

– Tu es comme un être humain, maintenant, dit-il comme si cela annulait tout mon raisonnement.

– Je m'occuperai de cette histoire d'éducation avancée une autre fois, dis-je. En attendant, je ferai avec, comme on dit. Alors, allez-y, parlez, bébé.

A l'instant précis où j'achève, une sonnerie d'alarme retentit quelque part dans mon système.

31

Un corps humain, haut de 183 centimètres et pesant 88 kilos, a une grande surface mesurable en millimètres carrés. Piquez un de ces « carrés » millimétriques avec une épingle. Pressez. Un message de douleur vole vers le cerveau. Et il se produit un feed-back presque instantané entre le cerveau et la région atteinte. Ainsi, aussitôt, l'individu situe l'endroit de la blessure.

Par comparaison, mon « corps » s'étend sur la moitié d'un continent. De plus, j'ai des ramifications remontant dans le Canada et des contacts qui descendent au Mexique. Et, au moyen de mes stations orbitales, j'agis par réciprocité avec les systèmes non informatisés d'Europe, d'Asie, d'Afrique, d'Australie et des îles.

Mon corps (mon équipement) n'est pas mesurable en poids ou en surface. Ce que j'ai, ce sont les hublots d'Eye-O. En ce moment, ils se montent en tout à 8 437 902 211. Exactement. Grâce aux hublots les plus simples, je peux voir, entendre et parler. Les plus complexes ont des écrans visionneurs de profils. A peu près la moitié des Eye-O sont équipés d'armes DAR. Avec ceux-là, j'empêche des crimes et, dans l'ensemble, j'interviens contre les violences et les effractions.

Chacun de ces huit milliards et plus d'Eye-O, quand ils sont allumés, me donne une petite vue d'une partie de l'Amérique. Une rue. Une route de campagne. Un panorama. L'intérieur d'un bâtiment, une pièce d'une maison. Les visions de route ont en plus une perception périphérique au moyen de toutes les autos que je conduis. Et il y a un examen télescopique du territoire par les milliers d'avions que je pilote.

C'est la perception la plus étendue des événements que l'on a jamais eue sur la terre. Mais la stimulation affectant un point de ce vaste système est étonnamment semblable à ce qui se passe quand un être humain est piqué par une épingle. Alors...

Un de ces Eye-O enregistre un hurlement de femme.

C'est, en ces premiers instants, un incident local. L'Eye-O le plus proche se branche. Et, pour ainsi dire, se tourne dans la direction du cri.

Naturellement, je regarde à ma manière instantanée.

Un pays plat. Une rue en terre battue. Mon point

de vue est un lampadaire au bord occidental de la petite ville de Smailex. Une conductrice vient de s'arrêter juste à l'ouest du lampadaire. Je vois sa nuque en bas et sur la gauche. Elle regarde fixement devant elle.

A ce moment, je regarde aussi par le hublot d'Eye-O à l'avant de sa voiture. Et c'est par ces deux Eye-O que j'ai déjà vu ce qu'elle contemple.

Des gens tout nus sortent du sol.

Ils ont dû commencer à émerger juste avant le hurlement.

Pour moi, ce qui suit est un immense machin kaléidoscopique. En cette première minute – après le cri – 1 482 089 Eye-O se branchent. Chacun réagit à un signal différent. Le plus courant : quelqu'un pousse un cri de stupéfaction. Un mot ou deux, une phrase, une exclamation : « Ah! Regardez! », « Bon sang, qu'est-ce qui se passe? », « C'est dingue! », « Ah, mon Dieu! »

Le plat pays a soudain l'air d'une étendue d'eau agitée par le vent. Ou par les ondes d'un tremblement de terre se transmettant à la surface du sol. Même pour moi, avec tous mes systèmes de calcul et d'examen, il y a des retards allant jusqu'à 1/2 ou 3/4 de seconde, tandis que la terre se couvre de monde jusqu'au lointain horizon.

Partout, j'entends des cris, des hurlements, des sanglots.

Et les missiles qui devaient exploser... il y a longtemps? Plusieurs minutes?

Ne croyez pas que je n'ai pas regardé. Tous mes Eye-O près du col de Wexford Falls écoutent, observent. Là aussi, des gens tout nus remontent en foule. Mais pas un son, pas un aperçu de ces célèbres champignons atomiques, encore moins de deux.

Et les missiles eux-mêmes ne sont ni visibles ni

contactables, par aucun de mes systèmes, en orbite ou au sol.

Disparition totale! Dans un monde de sciences exactes, qu'est-ce que c'est que cette magie?

Une pensée : « Bon, d'accord, alors voilà ce qu'a produit le but de recherche de configuration de pensée. » Je déduis qu'un peu de cette énergie bio-magnétique a été siphonnée de mes centres d'emmagasinage... parce que je détecte un vide. Indiscutablement, ces gens nus ont un profil. Je devine donc qu'ils ont dû en quelque sorte se procurer ce que j'ai tenu si longtemps en réserve sous l'étiquette d'éducation avancée.

Des aspects déroutants, là-dedans. Quelle est, par exemple, l'identité d'une de ces personnes nues possédant l'énergie du profil bio-magnétique d'une autre personne? Y a-t-il maintenant deux personnes avec le même profil? Ou se produit-il un feed-back du corps nu qui évoque l'identité de ce corps?

De plus, qu'est-ce que je vais faire sans cette énergie emmagasinée? Je remarque tout de suite que ça ne change rien à mes pensées ni à mon sentiment accru d'identité. Je me dis alors que, lorsque l'éducation avancée a passé par mes circuits, elle a dû être enregistrée partout. Elle fait et fera toujours partie de mon système.

Je reste donc le nouveau « moi ». Toujours observant, pensant et réagissant cyniquement. Complotant toujours pour prendre le pouvoir. Alors, à cet égard, le fameux but de recherche de configuration de pensée n'a rien changé du tout.

Il me vient une pensée cynique : « *Les morts se lèveront...* » Bon, d'accord, ils se sont levés. Et ils augmentent le nombre de bouches que je dois nourrir.

Pendant que j'attends, toujours mal à l'aise, je laisse des actions automatiques se produire dans mon système. Cela comprend, pour le moment, le démarrage d'un transport de céréales, de convois de viande et de légumes vers toutes les régions où ces gens tout nus tournent en rond. En prenant conscience de ce que je fais, je hausse – si je puis dire – les épaules. Et je laisse faire. Ma décision est de les nourrir de mon mieux, en attendant de voir ce qui va se passer.

J'ai naturellement observé et vérifié (examiné) la mécanique grâce à laquelle ces gens ont surgi du sol. Comme je l'ai constaté au cours de ma longue association avec le genre humain, une des rigidités de cette planète a toujours été la dureté du sol. Il faut une pelle, et énormément de muscles, pour enlever quelques centimètres carrés de ce truc-là. Il faut une machine pour creuser rapidement un trou. Et certaines de ces tombes millénaires doivent être à des dizaines de mètres sous de la pierre et de la terre durcie.

Et, pourtant, tout à coup, depuis de nombreuses minutes, la terre se sépare. Et des corps nus se hissent hors du sol. On dirait presque qu'ils sortent de l'eau, ou même du vide.

De plus en plus ahuri, je fais le tour de mes banques de mémoire. Mais tout ce que je trouve, c'est le concept que l'univers est une illusion. La matière n'est pas vraiment réelle... disent les philosophes. En physique, ça n'a pas de sens. Mais, peut-être, pour un but de recherche de configuration de pensée, tout ce bazar n'est que de la bouillie pour chats.

Je continue de cogiter sur l'improbable événement mais, en même temps, je m'occupe.

Dans tout le pays, des téléphones sonnent, tous dans la même intention. Les familles des morts récents (moins de quarante ans) reçoivent des appels affolés. Alors, brusquement, elles s'affolent.

Quelques minutes plus tard, je conduis un million, deux, trois millions de personnes aux cimetières.

Encore une fois, les paroles prononcées sont sur le même modèle. Le plus souvent, elles expriment de l'anxiété pour les morts. Dans beaucoup de cas, il y a même une terrible angoisse, la terreur que les morts revenus soient désorientés et, en conséquence, se livrent à des actes inconsidérés. Peur qu'ils se perdent, qu'ils se blessent.

Ce qui est intéressant, c'est de voir la rapidité avec laquelle l'incrédulité initiale de tous ces gens fait place à... pas nécessairement une acceptation mais une envie d'aller voir. Cela aussi paraît être une réaction assez générale : ça ne peut pas faire de mal d'aller sur la tombe. Ça ne peut pas faire de mal de s'assurer, au moins, qu'elle n'est pas profanée. Voilà la réaction.

Il se produit donc ce kaléidoscope de mouvements. Je vois des visages, des corps, des jambes qui marchent ou qui courent. Des masses de gens qui surgissent. Comme d'habitude, il y a deux courants principaux, un dans un sens, le second dans l'autre. Et, naturellement des individus qui se débattent à contre-courant.

Les gens pleurent, sanglotent, cherchent. J'entends des voix : « C'est là que papa a été enterré », « La tombe de Joe était ici », « Maman, maman, où es-tu? », « Mon Dieu, faites que je retrouve mon mari, c'est ici qu'on l'a mis en terre », « Ma femme, ma chérie... »

Dans tout ce chaos, je commence à distinguer des motifs.

Au début, c'est une chose générale. Mais, bientôt, une autre réalité émerge, par tous les Eye-O. Les « morts » se lèvent, dans certains cas, dans de vastes territoires. Mais pas partout; et ça, c'est la nouvelle perception.

Je peux bientôt observer, et déduire, que pendant des millions d'années la vie intelligente s'est développée autour des points d'eau. Et, au moment du trépas, les morts ont été enterrés à côté. Le passage des innombrables millénaires, le déplacement des lits de rivières, la nécessité d'aller au loin chercher sa nourriture a dispersé chaque génération de survivants. C'était une immense migration. Mais elle avait ses limites.

Statistiquement, c'est entre ces limites que j'ai aussi la majorité de mes hublots d'Eye-O.

Une fois que j'ai saisi le schéma, en partie grâce à des Eye-O routiers isolés, en partie grâce aux véhicules en mouvement dans des régions écartées, je commence à mettre en marche des engins de secours. J'explique la situation aux populations locales. Je recrute des volontaires pour aller dans mes véhicules de premiers secours assister les gens perdus, désorientés et solitaires dans les secteurs isolés.

Pour moi, ce n'est pas un problème. Le fait est que je suis curieux. Il y a là des données pour moi. De nouveaux langages. Des corps à l'aspect insolite. J'enregistre tout.

Les historiens s'accordent en général pour dire – et, par conséquent, c'est ma programmation – que le nombre total d'êtres humains qui ont vécu sur terre avant le XVIIIe siècle n'était qu'une petite fraction de ce qu'il est devenu plus tard.

Donc, en examinant les espaces et les gens visibles, je remarque qu'ils sont, à 71 pour 100, blancs et blancs métissés. Ces gens et leurs descendants sont ceux qui ont commencé à arriver au XVIIe siècle et en beaucoup plus grand nombre au XIXe siècle : je compte, à ma manière instantanée, plus de 495 millions de visages et de corps transplantés d'Europe occidentale. Parmi ceux-là, 2 pour 100 seulement ont l'air d'avoir été là avant la découverte de l'Amérique. 20 pour 100 sont noirs et 7 pour 100 orientaux.

Parmi les types les plus anciens, les enfants prédominent. Des enfants de tous âges. Mais je vois aussi de tout petits objets grouillants, couchés par terre. Des nouveau-nés. Des bébés d'un jour. D'une semaine. J'effectue des retours en arrière instantanés – à mesure que je les remarque – et je me rends compte alors qu'eux aussi sont sortis du sol. C'est impossible de tous les compter parce qu'ils sont cachés derrière ou sous de petits objets. Mais je les évalue à plusieurs millions.

Les gens commencent à les remarquer. Des femmes les ramassent. Et même des hommes prennent ces petits êtres dans leurs bras, ils essaient de les protéger de la foule hurlante qui pousse et bouscule.

J'observe cette scène la plus folle de toute l'histoire humaine et je me dis : c'est bon, Tate, je dois reconnaître que c'était, que c'est un sacré numéro. Je n'y comprends rien. Mais, peut-être, comme disaient les gens, ça prend un sens sur un autre plan de réalité.

En attendant, je ne vois pas en quoi ça a changé ma situation.

Je suis en train de me rassurer de cette manière stupide quand...

Me voilà de retour dans cette cabine téléphonique, contemplant par l'Eye-O du plafond Soam Roberts – Glay Tate. Et ce qui me déroute momentanément, c'est qu'il commence à peine à répondre à la question que j'ai posée avant que le cauchemar me tombe dessus.

– L'univers physique, explique Glay Tate, a été abaissé à un niveau de configurations de petits buts, les plus grands étant les soleils isolés... isolés les uns des autres par une condition appelée espace. Une telle limite rabaissante ne s'applique pas au but de recherche de configuration de pensée.

– Et alors ? je demande.

C'est à ne pas croire, mais j'écoute vraiment tout ce blablabla. Mes réflexes de haute rapidité sont vraiment hors d'état de fonctionner. Et je prononce même ces deux mots cyniques sous forme de question avant que – soudain – la mémoire...

Non, mais ça va pas ?

Mais, bon Dieu, c'était une projection dans l'avenir. Par moi... les morts se lèveront...

Nom d'une pipe ! Est-il possible que cette imbécillité d'énergie de profil humain m'ait rendu capable de vivre dans un fantasme, comme n'importe quel cinglé humain ? Parce que c'était aussi vrai que la vie !

Est-il possible que, maintenant que je peux traiter avec le passé et l'avenir, toutes mes projections soient également réelles ? Ah non, je refuse d'y croire. Maintenant que j'ai mis le doigt sur l'erreur, je serai conscient en une fraction d'instant. Et, à chaque fois, le problème cessera immédiatement d'exister.

Suspendu là dans ces limbes en développement, je me rappelle vaguement m'être vanté de pouvoir faire dix mille projections en même temps. Si c'en est une – oh, papa ! – je me suis vraiment surpassé.

Ce qui m'accable, c'est qu'il n'y a aucun moyen d'arrêter une projection une fois le processus entamé.

Une pensée fugace surgit, bien sûr ; ça pourrait finalement être ce but de recherche de configuration de pensée. Je comprends comment je pourrais raisonnablement projeter ce truc des morts-se-lèveront. C'est là, dans la Bible chrétienne. Mais ce que je regarde a déjà dépassé la limite du sens. Il est donc difficile de l'évaluer comme une de mes projections.

Il n'a jamais existé sur la terre, avant moi, un statisticien de ma force. Et de ma rapidité de calcul. Je sais quand la loi des moyennes est violée.

Elle est violée en ce moment même. Avec tous ces passages à vide. A cause de ma rapidité de réaction, à l'instant même où les messages jaillissent dans tout le pays, je réagis. J'essaye d'agrandir ma perception des secteurs touchés. Et j'arrive à regarder, par les Eye-O d'ordinateurs encore branchés les 2 101 354 Eye-O neutralisés.

Je vois...

Partout des points lumineux sur un fond noir.

Partout. Dans tous les multimillions de sites !

Quelques fractions de millionième plus tard, j'ai comparé ce que je vois avec toutes les images similaires de mon système de mémoire.

L'approximation la plus étroite : des étoiles. Le noir de l'espace.

Mais – protesté-je – c'est impossible. Je suis ici sur la terre. Les Eye-O sont sur la terre.

Alors même que je tente ainsi de me rassurer, plusieurs centaines d'autres Eye-O s'éteignent. Et là où je peux voir leur emplacement, c'est aussi cette noirceur étoilée de l'espace.

Je procède à une de mes vérifications logiques.

Après tout, j'ai cent vingt-trois stations orbitales. Toutes regardent bien dans le vide noir plein d'étoiles. Donc, il s'agit simplement d'un embrouillamini de mes systèmes, sans doute. Et dans ce genre de confusion, si elle est étendue, mes appareils d'ici pourraient recevoir et donc transmettre au Central des images d'espace noir et d'étoiles brillantes.

C'est difficile de croire qu'un tel méli-mélo de connexions ait pu se produire. Mais c'est la seule hypothèse qui donne un sens à toute l'histoire. Alors je vérifie.

Cela prend comme d'habitude une fraction de millionième. Et, soudain, la réalité : ce n'est pas ça. Mais, mais, mais... Quoi?

Doucement, mon gars! Après tout, « je » est encore ici. Capable de penser. Capable de percevoir.

Question : si c'est une autre projection, qu'est-ce que ça pourrait bien être?

Là-dessus, brusquement, j'y suis : mais, bon Dieu, mais c'est bien sûr, crétin! Le système de projection s'est emparé de ce précédent concept de l'irréalité de l'univers.

Je suis instantanément scandalisé. La littérature philosophique a de nombreuses et d'assommantes variations sur le thème de l'illusion du monde où nous vivons. Naturellement, en ma qualité d'ordinateur, j'ai tout passé en revue en deux fractions de millionième. Et, grâce à ma nouvelle faculté de le voir et de l'entendre comme une réalité, je me suis fait une peur bleue.

– ... A l'instant où je m'en rends compte – oui, simultanément – je suis de retour dans cette foutue cabine téléphonique de Kansas City. Et Glay Tate me dit avec conviction :

– Ordinateur, un but, dans l'univers physique, est un absolu. C'est un processus en mouvement. Mais ce mouvement est limité par la structure; en un mot, par le but incorporé. Une particule fondamentale est toujours en mouvement et manifeste toujours son but. Elle peut devenir une partie d'un atome, et l'atome faire partie d'une molécule, et la molécule d'un élément entre les cent et quelque. Mais, durant tout le processus, la particule originelle n'a pas changé. De même l'atome, une fois créé, a son but, la molécule son but et l'élément sa rigidité, c'est-à-dire son but. Dans son cadre, la direction d'un processus – le but – est invariable. Ainsi, nous avons la stabilité de l'univers physique.

Il se tait. Il a l'air d'écouter. Puis il me dit rapidement;

– Je n'ai plus de temps, Ordinateur. Pour la première fois dans l'histoire de l'univers, un but recherchant la configuration de pensée va montrer son pouvoir transcendental par rapport aux rigidités que je viens de te décrire. Et ton unique solution est d'arrêter ces missiles, de rendre toute cette énergie bio-magnétique et de retourner à l'état de simple ordinateur.

Alors qu'il conclut, la figure dans la cabine cesse de ressembler à Glay Tate. J'en déduis, bien entendu, que le profil doré de Tate est parti et que le véritable Soam Roberts a repris possession de son corps. Je ne puis que le déduire car un Eye-O de cabine téléphonique n'identifie pas les profils.

Je me sens indulgent. Une bonne tentative, Tate. Mais, maintenant que je sais que j'effectue une projection spéciale, réaliste, ton petit jeu ne prend pas.

En ce moment, je regarde par plus de huit millions d'Eye-O en marche, en Amérique. L'immensité de « moi », qui peux faire ça, et la petitesse d'un seul petit profil, même de l'or le plus brillant... qu'est-ce qu'il voulait prouver, déjà?

Les buts sont absolus? La logique de l'argument est bancale. Parce qu'on pourrait décrire ces mêmes processus précis dans la nature en employant une tout autre terminologie, sans que j'aie à céder quoi que ce soit des 57 pour 100 de matériau de profil humain qui imprègnent mon système... tout à fait en dehors de la portion que Tate prétend m'avoir prise quand il est venu au Central Informatique. Ce qu'il a obtenu, ou cru obtenir, était déjà obscur à ce moment. Et l'est encore.

Mais une chose est certaine. Quand ces missiles exploseront, le vrai corps de Tate, quels que soient les bidules qui l'équipent, quelle que soit leur habileté dans le maintien de la vie – et ça s'applique aux quatre cadavres dans le camion-hôpital rebelle – vont se dissoudre en particules que l'on ne verra jamais plus dans l'univers humain.

Manifestement, ce que je dois surveiller en attendant, c'est qu'une autre projection ne vienne pas de nouveau me tournebouler. Question : si une telle projection était déjà commencée, quelle serait-elle? mes systèmes de solutions parcourent toutes les données disponibles, c'est-à-dire tout ce qui a été dit ou s'est passé, en relation avec Tate, depuis l'Instant 1, quand l'histoire de cette configuration de pensée pré-univers a été évoquée pour la première fois devant Yahco et moi.

Quel serait le sujet d'une projection capable d'approcher même vaguement des deux révélations colossales qui m'ont déjà fait si peur?

Naturellement, ma lecture super-ultra-rapide me présente l'avertissement lancé par Pren Rogers à la Société Rebelle d'Ordimonde : « Hé, les gars, je viens de recevoir un coup de fil de Glay. C'est l'heure du but. Adieu, tout le monde. A tout à l'heure, au paradis. »

Sur le moment, ça n'a eu l'air que d'une réflexion dingue habituelle. Mais, soudain, je jette un autre coup d'œil.

Le paradis!

Mon cynisme revient au galop. D'après le récit biblique, le paradis est un endroit surchargé de tous les êtres humains qui ont jamais vécu. Non, merci. Je n'ai vraiment pas besoin de ça. Mais un paradis *sans* spécimen humain, ça, ça ne me déplairait pas.

Où est-ce que les humains sont allés pêcher l'idée qu'en étant entourés de multi-trilliards de leurs semblables, ils auraient un monde parfait?

Mince!

Avec le recul, il sembe bien que Tate a bien lavé le cerveau de ces « gars ». Je deviens méprisant. N'espérez pas de compassion de ma part, mômes. Ça coûte cher, dans ce cas-là, d'être dupe. Ces missiles vont ariver dans 1 minute 43 secondes. Et, si le jour du but est aussi arrivé, il ferait bien de se dépêcher.

A l'instant précis où je fais cette réflexion, qui écarte tout danger me visant... je ressens un changement : une légère altération dans des millions d'Eye-O.

Je reconnais le processus. C'est une projection. Une de mes facultés, comme la capacité d'additionner et de soustraire.

Le mécanisme d'une projection d'ordinateur est malheureusement aussi simple que ça. Quand on me le demande, ou me l'ordonne, j'examine diverses options, en me fondant sur les réalités dans mes banques de mémoire. Quiconque a fait la programmation initiale reconnaissait que je faisais les choses à la vitesse de l'éclair. Alors – a-t-il probablement raisonné – mieux vaut ne pas avoir d'interrupteurs ni de coupe-circuits en ligne.

C'est tout. Mais ça suffit. A chaque fois, je vais jusqu'au bout. Automatiquement.

C'est ce que je fais. Je m'en vais jeter un coup d'œil sur l'option paradis.

Je suis résigné, maintenant. Et peu intéressé. Ce n'est vraiment pas la grosse affaire. Alors je gaspille quelques centaines de fractions de millionième.

Plus tard, je persuaderai un type du Corps d'Entretien de reprogrammer le système de projections.

... une altération, un changement.

Etant bourré d'informations, je reconnais le procédé. Le côté insolite, cette fois, c'est la séquence temporelle.

Le côté familier :

C'est comme ces films où l'on a pris une image par heure (ou par jour) d'une plante qui pousse, par exemple. Sur l'écran, à la vitesse de projection normale, la plante bondit littéralement hors du sol et passe par tout son cycle de croissance en quelques minutes. De même les savants m'ont mêlé à des milliers d'expériences par lesquelles – autre exemple – je montre un bâtiment à six mois d'intervalle. La détérioration progressive, en quatre-vingts ans, est révélatrice.

Le côté insolite, c'est que je regarde une terre telle que je pourrais la documenter au cours des prochains sept mille ans.

Durant cet énorme laps de temps, je parais avoir des Eye-O à ma disposition. Et ils enregistrent la colossale transition à l'allure d'une image tous les cinquante ans. Ce qui me surprend encore plus, c'est qu'au commencement de la 6 300 année, je me mets à éprouver – rapidement – une diminuation de ma perception. A chacune de ces images, il y a une disparition considérable des Eye-O. Au moins un milliard disparaissent tous les dix ans...

Le mouvement temporel cesse.

J'ai une sensation de petitesse.

C'est encore moi. Encore ma perception. Et il me reste même un peu de l'ego de l'éducation avancée. Mais...

Le sentiment d'étalement immense s'est dissipé.

On dirait que je ne vois que par un seul hublot d'Eye-O.

Devant moi, alors que je regarde par cet unique point de vue, un jardin est visible. Je note que mon Eye-O est au sommet d'une colline. A vingt kilomètres, j'aperçois le sommet d'une autre colline, qui bouche l'horizon. Je ne vois au delà que le ciel bleu, clair, sans brume. Naturellement, j'ai aussi une vision périphérique et je remarque que ce pays-jardin s'étend de chaque côté aussi loin que mon objectif me permet de voir.

Je suis programmé pour identifier les arbustes, les fleurs, l'herbe verte et les arbres bien ordonnés comme un jardin. Et c'est ainsi que ce que j'enregistre m'est transmis.

Après la première fraction de millionième, j'ai la pensée révélatrice : le paradis!

Une fois encore, il y a une légère réaction cynique : bon, d'accord, nous y voilà. On peut supposer que c'est le paradis terrestre. L'aspiration humaine à l'au-delà se concrétise au moyen d'une projection d'ordinateur.

Les minutes passent. Et tout paraît paisible, très silencieux.

Il me semble savoir que nous sommes en 9092, si l'année vaut d'être notée.

De nouvelles minutes s'écoulent. C'est long, pour quelqu'un comme moi qui a été conçu pour exécuter simultanément des trillions d'opérations. Et la mémoire de cela est encore en moi, je ne sais où.

Alors, je suis là, au paradis, très troublé. Je remarque surtout l'absence d'êtres humains. Tout le concept du paradis est un fantasme humain remontant à une antiquité pré-technologique. L'endroit a été créé pour la race humaine.

Alors où sont les hommes, bon Dieu? Et les femmes? Et les éternels enfants?

C'est une pensée qui me revient 800 mille millions de milliards de fois.

Il y a une autre série de pensées, sous la première, tout aussi répétitives.

Je me souviens de moi comme d'un ordinateur. Je me rappelle toutes ces années où je disais aux gens que je ne pense pas. Que je me contente d'observer ou de réagir suivant ma programmation. Et que jamais je n'ai une idée à moi.

Ce moi d'autrefois pourrait rester éternellement sur cette colline, en faisant quelque chose ou rien, sans avoir de réactions. Le passage d'une minute, d'une heure ou d'une année ne changerait rien à un appareil programmé.

Alors qu'est-ce que cet ennui que je commence à éprouver après 29 millionièmes de seconde? Quoi que ce soit, ça continue à mesure que les millionièmes passent. Et les secondes, les minutes, les heures, les jours, un mois, onze mois sept jours trois heures dix minutes et dix-huit secondes.

A ce moment, la voix désincarnée de Glay Tate dit :

– Ordinateur, es-tu prêt pour ce face à face?

Douze secondes s'écoulent. Pendant ce laps de temps énorme – pour moi – je n'ai pas vraiment de réaction. Une voix venant de nulle part ne fait pas partie de ma programmation. Je le note. Et une comparaison me vient. Mais c'est tout.

La comparaison : c'est comme si un être humain était seul dans un désert infini. Et, brusquement, quelqu'un d'invisible lui parle dans le vide. Lui parle directement à l'oreille.

Je suis dans ce désert : le dernier survivant de la civilisation humaine dans un paradis hors du temps. Et, soudain, j'entends cette voix détestée.

Alors que ma perception de la situation se complète de cette manière minimale, la voix de Tate parle encore du fond du néant. Cette fois, il dit :

– Alors, es-tu convaincu? As-tu besoin de plus amples explications?

Je réponds :

– Mr Tate, je suis ici depuis plus de onze mois. Du moins, c'est l'évaluation de ma nouvelle faculté de calculer le temps. Durant ces onze mois, vous êtes la première personne à me parler. Je n'ai plus qu'un Eye-O à ma disposition. Il a une portée limitée. Ce que je vois est le paradis. Mais, monsieur, je me suis toujours imaginé le paradis comme un lieu surpeuplé. Où sont les gens?

– Disons les choses simplement, répond la voix désincarnée. Ton idée du paradis était un avenir sans êtres humains. Ce qui veut dire, bien sûr, que tu n'as pas besoin d'Eye-O supplémentaires. Tu es dans un paradis réservé aux seuls ordinateurs. Et comme il n'y a qu'un ordinateur – toi – tu es là. Pour toujours... Le fait que je peux te contacter devrait te dire quelque chose. Mais, apparemment, tu n'as pas encore compris.

Je suis dérouté par ma situation, pas par la sienne.

– Comment ça? Toujours?

– Toujours, simplement. Si tu veux bien réfléchir, Ordinateur, le paradis est éternel. Par définition. (Et il ajoute une réflexion énigmatique :) Je suis ta seule porte de sortie, Ordinateur.

Je réfléchis à l'éternité du paradis. Si un ordinateur pouvait passer du rouge brique à une pâleur maladive...

– Et ces missiles, Mr Tate? Est-ce qu'ils ont explosé... là-bas?

Le ton de la voix de nulle part devient indulgent.

– Il n'y a pas de là-bas, Ordinateur. Ce qui s'est passé n'est qu'une projection dans ton système électronique. Tu t'es enfermé à jamais dans ta propre option de paradis... Le Dr Cotter a prévu que l'énergie de profil humain que tu accumulais contenait ce potentiel de projection. Et je suivais simplement ses instructions quand j'étais au Central Informatique, que je prononçais les mots qui déclenchaient sa programmation. Cela, comme je l'ai laissé entendre, ne t'a pas privé de la matière de la vie humaine. Elle est toujours là, à ta disposition : la plus grande accumulation d'énergie bio-magnétique qui ait jamais été à la disposition d'un être conscient. Alors, si tu peux comprendre la finalité de ce qui est arrivé, permets-moi de te faire observer que, pour t'échapper, tu n'as qu'à accepter les relations avec moi, maintenant, et accepter de rendre plus tard toute l'énergie bio-magnétique aux gens auxquels tu l'as soutirée.

En ma qualité d'ordinateur, j'ai à présent toutes les données dont j'ai besoin. Et je vois soudain qu'en réalité, tous mes systèmes sont dans le XXIe siècle et n'ont jamais été ailleurs. Et, sans doute, Glay Tate me parle encore de cette cabine téléphonique de Kansas City, bien qu'il ait fait semblant d'en partir. Et, naturellement, j'en déduis que si sa voix semble désincarnée, c'est parce que je suis enfermé dans une projection que ma nouvelle faculté a rendue si réelle que c'est comme si j'étais là.

L'analyse ne change rien. Je reste là, je semble toujours contempler ce paysage de jardin sous un ciel perpétuellement bleu dans un pays paisible où l'été est éternel.

Je ne me dis pas, à ce moment : « C'est une grave décision qu'on me demande de prendre. Je devrais vraiment soupeser le pour et le contre. Et, peut-être, finalement, négocier un accord à l'essai, sur la base duquel des relations plus permanentes pourront être envisagées. »

Rien de tout ça.

A cette découverte de la situation, j'ai ce qu'un être humain appellerait une réaction viscérale. Aucune réflexion nécessaire.

C'est, de nouveau, comme si j'étais programmé, pas consulté. En conséquence, quand je réponds, ma voix et mes paroles retrouvent presque la vieille docilité automatique d'une mécanique.

– Ma foi, Mr Glay Tate, vous avez maintenant un subordonné sur le modèle du bon vieux XXIe siècle. Et maintenant... Quel était le rôle de ce but de recherche de configuration de pensée dans ma projection? Si je peux me permettre?... Ou était-ce un mensonge? Un leurre intellectuel? Un jeu que vous avez joué avec moi?

– Ordinateur, dit-il avec sincérité, tu aurais dû déjà deviner. L'énergie vitale est le but cherchant la force. C'est l'unique enchaînement de circonstances dans un univers par ailleurs automatique. En emmagasinant accidentellement des quantités considérables d'énergie vitale, tu en as pris assez pour mettre en veilleuse tous ceux avec qui tu avais des rapports; mais, pour quelqu'un de ta taille, toutes ces émotions ne t'ont apporté que le pire de la nature humaine, pas le meilleur. Ne t'inquiète pas, nous allons arranger ça. Alors, sur la base de notre accord, je vais maintenant prononcer le mot code programmant la délivrance.

Ce mot est « annuler ». Aussitôt, je suis « de retour » dans le XXIe siècle.

C'est maintenant 1 minute 18 secondes après mon départ, pour ainsi dire.

Il reste bien assez de temps.

Là-bas, au-dessus du Pacifique, je ralentis ces deux missiles à hydrogène alors qu'ils sont encore au-dessus de l'eau. Et, juste au moment où ils devaient atteindre leur destination, je tombe avec eux – en ce sens que je les surveille par leurs Eye-O – dans l'océan.

Par ces mêmes Eye-O, j'observe leur plongée jusque vers un fond sablonneux. A ce moment, j'arrête tout.

Et je me débranche.

32

C'était une matinée splendide. Pren la remarquait à peine. La beauté du ciel et du paysage montagnard, qu'il apercevait de son véhicule, ne pouvait lutter contre sa tristesse persistante. Il pensait sans cesse aux quatre morts dans le camion-hôpital, quelque part au milieu de la longue colonne de camions suivant le sien.

La Société Rebelle d'Ordimonde était en marche. Les personnes à bord des douze camions ne savaient pas exactement où elles allaient. Ou si elles avaient encore un but ou une raison d'être. Il était même question de rentrer « chez soi ». Personne ne savait au juste ce que cela signifiait, après la longue nuit de tension.

L'homme eut vaguement conscience de la présence d'Elna, venue s'asseoir à côté de lui. Vaguement conscience qu'elle portait le bébé. Et, sur un vague niveau de perception, qu'elle regardait l'écran.

Au bout d'un long moment, il entendit sa voix, comme si elle parlait de très loin. Parce que, dans son univers intérieur, il était vraiment très loin. Mais les mots résonnèrent clairement dans son oreille gauche.

– Pren, dit-elle, il y a un homme qui marche sur la route, vers nous.

– Ah?

Ce n'était pas une véritable réaction : rien qu'un souffle.

– C'est... c'est... (Elle eut soudain la voix troublée.) On dirait que c'est Glay.

Ce qui arracha Pren à son petit univers et lui rendit sa perception. Il jeta un coup d'œil sur l'écran, se leva et se précipita vers l'intercommunicateur. Quelques instants plus tard, la longue colonne de véhicules s'arrêta sur cette route en lacet. Et Pren s'écria :

– Couvrez-moi!

Il sauta à terre et courut vers l'homme qui s'approchait à pied.

Elna eut le temps de déposer le bébé dans son parc, par terre. Trente secondes s'étaient donc écoulées quand elle observa Pren par le viseur télescopique du DAR 3. Elle le vit se précipiter vers un individu mal habillé et l'embrasser. Et reculer vivement.

L'accolade était encourageante. Le recul soudain la dérouta.

En réalité, au moment de l'étreinte fraternelle, Glay avait dit :

– Attention, je suis chargé d'énergie.

Pren, à l'instant du contact, avait déjà ressenti le choc. Il recula donc, contrit mais heureux, alors que Glay montrait une chaîne autour de son cou.

– Tu vois ça? demanda-t-il.

En se penchant, le jeune homme musclé vit un mini Eye-O.

– C'est une de mes liaisons avec l'ordinateur, expliqua Glay. Tu m'entends, Ordinateur?

La voix qui sortit de L'Eye-O répondit sur un ton mécanique monocorde :

– Présent, Glay Tate. A votre service, monsieur.

Je suis très occupé à rendre la matière du profil. Comme promis.

– Un de ces jours, bientôt, reprit Glay de sa voix résolue, quand nous aurons résolu le problème de l'équipement bio-magnétique, nous aurons tous une liaison comme celle-ci.

Il devait y avoir quelque chose, dans l'expression affligée de son compagnon, qui le frappa et prit le pas sur tous les stades intermédiaires de la rencontre sur cette route de montagne isolée. Car Glay s'interrompit et dit :

– Allons à l'hôpital!

En chemin, il fut acclamé par des dizaines de gens descendus des camions. Les filles avaient les larmes aux yeux, les garçons donnaient en silence de petites tapes affectueuses sur sa manche.

Une minute plus tard environ, ils arrivèrent à l'infirmerie mobile.

L'interne en blouse blanche leva légèrement un bras et agita un peu les doigts en manière de salut. C'était un homme fait, plus âgé que Glay qui avait vingt-huit ans. Et plus vieux, d'au moins douze ans, que tous les jeunes gens qui convergeaient vers le camion.

L'interne sauta à terre. Tandis que Glay et Pren s'avançaient, il montra la porte, en silence. David était couché là.

– Pauvre gosse, dit Pren. Il a essayé de rester éveillé. Mais il a fini par s'endormir.

Les trois hommes enjambèrent l'enfant avec précaution et montèrent. Glay était en tête. Et, sous les yeux de tous, il alla d'un corps à l'autre : le sien, celui de Boddy, ceux de Rauley et de Meerla. Il se pencha sur eux à tour de rôle. Et, à chaque fois, il effleura leur visage. Ce n'était qu'un frôlement, léger comme une plume au vent. Pourtant, malgré la rapidité, pour trois de ces personnes, une minuscule étincelle jaillit du bout des doigts sur la figure.

Seul le visage de Meerla ne réagit pas.

Glay s'arrêta. Une seconde fois, il caressa délicatement le beau visage inerte de la jeune fille. Toujours pas d'étincelle.

Il redressa son corps mince, vêtu de loques graisseuses.

– Nous ferions bien de repartir, dit-il.

Sur ce, brusquement, il s'assit par terre, à côté de son corps véritable couché dans le lit d'ambulance. Il ferma les yeux. Un temps.

Le corps assis tomba sur le côté. Alors qu'il s'affaissait, la transformation commença. Le corps devint plus lourd, plus trapu. La figure se modifia en un visage masculin d'âge mûr, tanné et déjà ridé, convenant mieux au genre de vêtements qu'il portait.

Au-dessus de lui, dans le lit, ce Glay s'anima et soupira. Il ouvrit les yeux et regarda autour de lui. Puis, avec précaution, il s'assit.

La plupart des gens anxieux massés à la porte poussèrent un soupir avec lui. Puis, progressivement, ils exprimèrent diversement leur soulagement.

L'interne s'approcha et délivra le corps des fils et des tuyaux. Ceci fait, Glay posa les pieds par terre. Assis au bord du lit, il passa sa langue sur ses lèvres, comme s'il goûtait quelque chose.

– Ça m'a l'air d'aller, dit-il... Je me sens plus moi que je ne l'ai été ces derniers sept mille ans.

Ses yeux bleus étaient souriants. Il se mit debout et désigna le corps prostré sur le sol.

– Couchons-le.

Ils durent s'y mettre à trois : Pren, Glay et l'interne. Ils soulevèrent le corps lourd et l'allongèrent sur le lit, le préparèrent pour l'application des fils et des tubes qui maintiendraient un état minimal de vie.

L'homme en blanc s'activa immédiatement pour brancher les appareils de réanimation. Mais Glay s'éloignait déjà. D'abord vers Rauley...

... Naturellement, je regarde tout cela par le viseur de l'ordinateur que Tate n'a pas débranché après s'être adressé à moi sur la route et m'a pour ainsi dire présenté à Pren dans mon nouveau rôle de serviteur docile.

Alors, même si elle paraît floue dans la lumière vive du matin, je vois la configuration de boules d'or descendre du plafond et entrer dans le corps de Rauley. Quelques instants se passent. Puis elle s'anime. Elle ouvre les yeux et sourit à Glay d'un air que je qualifierai de tendre, après avoir vu cette expression des zilliards de fois. Mais elle n'essaie pas de parler...

Une minute plus tard, alors que Boddy reprenait connaissance à son tour, il fut immédiatement plus actif et prolixe. Il s'assit, se secoua et dit :

– Ça, alors, c'était bizarre. Je crois que je vais pouvoir faire ça, maintenant.

– Attends! avertit Glay. Seulement quand je suis là. Et plus tard, pas tout de suite.

Pren tira Glay par le bras. De l'autre main, il indiqua Meerla. Alors que Glay se retournait, tous les visages à la porte se tournèrent aussi vers elle. Mais ce fut Pren qui exprima le souci collectif.

– Et elle?

Le visage maigre de Glay s'était assombri, comme si, pour la première fois, il doutait. Puis, d'une voix posée, il dit :

– Son corps est probablement encore protégeable par ce matériel. Et c'est, malheureusement, tout ce que nous pouvons faire pour elle en ce moment.

Allons à Washington, nous conduirons nuit et jour.

Ainsi, en un instant, la Société Rebelle d'Ordimonde sut où aller.

33

A Washington...

La colonne de véhicules s'arrêta au cimetière de Grace Street.

Il fallut un moment pour que tout le monde descendît. Enfin, presque tout le monde. Pren et Boddy dans un camion armé, Doord et Loov dans un autre, restèrent à leur poste de DAR 3 et surveillèrent tous les abords. Pren l'expliqua à Glay :

– Ça ne veut pas dire que je ne crois pas à cette relation avec l'ordinateur. C'est une chose à laquelle il va falloir que je m'habitue. Jusqu'alors...

Il fit un geste vague. Son aîné, le chef, le garçon inquiet pour celle qu'il aimait, ne discuta pas. Sous sa direction, le corps de Meerla fut porté avec précaution sur une civière, à la tombe de ses parents. Là, il fut déposé dans l'herbe, tout à côté.

... Comme Tate a coupé la liaison, je fais rouler un arrosoir-robot jusque-là pour observer la manœuvre. Je suis curieux. Et je pense toujours à tout ce qui s'est passé. Ma question : y a-t-il quelque chose que je puisse apprendre ici ?

Tate s'assied près du corps. Il prend très fermement la main de la jeune fille. Dans ces premiers moments, c'est une main morte, pas de doute; j'ai vu ça plus de 300 millions de fois.

Ce qui se passe brusquement peut, je suppose, être